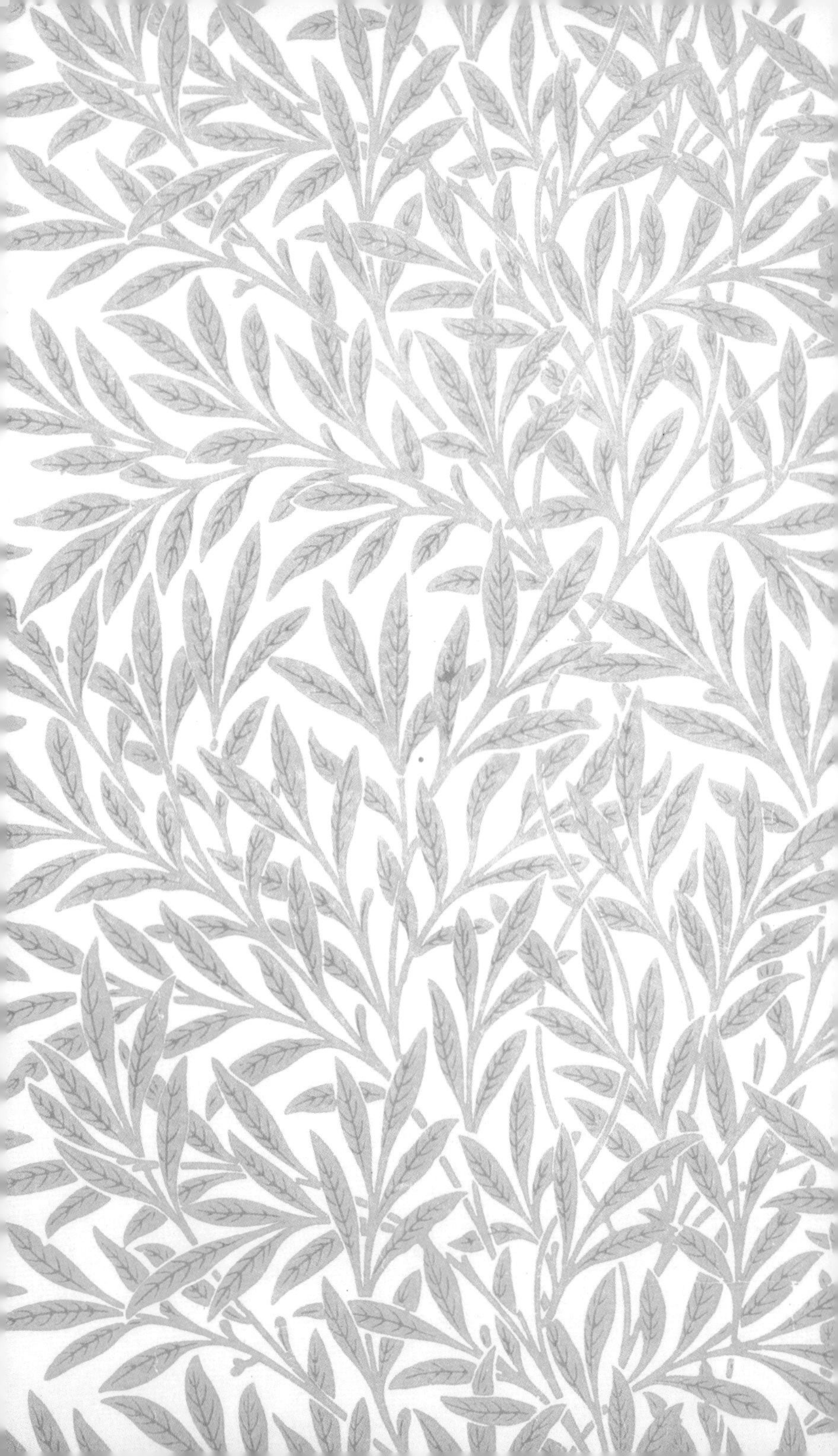

三民叢刊152

風信子女郎

虹影著

三民書局印行

風信子女郎　目次

一年前你第一次給我風信子，
他們叫我風信子女郎。

——T・S・艾略特

岔路上消失的女人

他沉默地和馬克握了握手，在沙發上坐下。咖啡桌有個鏡框，是馬克和林奈特頭擠在一起的照片。他的眼光從馬克臉上的笑容掠到林奈特誘人的嘴唇，他感到馬克正怪異朝他看。

「你來一杯？」馬克坐在他對面，倒了一杯威士忌。

他發現馬克鬍子大約兩天沒刮了，頭髮亂糟糟，血絲充斥他的藍眼睛，上衣缺了一枚鈕扣。這副模樣叫他難以決定採取一種什麼態度與他談話。他回答著，「好的，兌上礦泉水的吧。但你少喝點。」馬克身上濃烈的酒味，使房間裡的空氣渾濁，一盞吊燈低垂像張慘白的臉對著他倆。

「無所謂。」馬克脫掉上衣，「喝不喝都一樣，人生有多少能放心喝酒的日子。」

聽這樣的話，真讓人難受。人到這時候，總沒完沒了的說，怎麼初次見面，怎麼一見鍾情，怎麼墮入情網難以自拔等等，心理醫生每小時收五十美元，無非是硬著頭皮由你從頭談，顛三倒四，反反覆覆。

可馬克開場卻說，「我們吵了已有近半年。」

「是嗎？」他盡量平淡地回應，好像這是再正常不過的事。

「我想有孩子，想結婚。」馬克臉並不朝向他，「你可能笑我性急。這裏很少有人在社會上立足之前結婚的。但我不同，我覺得已經穩定了。」

他相信這點，雖然還沒有拿到學位，馬克卻是一個特殊人物。馬克在商學院主攻保險計算，這是美國最吃香的專業，既要有數字的精確，又要有投資家的眼力，馬克為此設計的計算機模式程序，幾家大公司早就矚目，搶著給他全費資助，條件只有一個，畢業後優先考慮到本公司工作，就事業而言馬克是典型的雅皮士，注定的社會精英，他有權要求過他自己想過的生活。

「我不能讓她從我的手指縫溜走。」馬克問，「你們中國知識分子最嚮往的不就是『粉紅的衣袖，再插一支香，在那讀書的晚上』，是嗎？」

「有這麼一碼事。」他咕噥著說。

「有比林奈特更合適的東方美人陪著讀書的嗎？」馬克又問。

「確是沒有。」他說。

「兩星期前我把她的避孕藥扔了，她生了氣，一直不讓我碰她，還說要離開我。你們中國女人不是最喜歡家庭和孩子嗎？」

「人和人不一樣。」他答道。

馬克沈默了，又喝了一口酒，身子往後一仰，閉上了眼睛。

他覺得馬克的身體在微微顫抖，他看得出馬克是在抑制自己的淚水。厚厚的窗帘映出加利福尼亞的黃昏，陽光還是那麼燦爛、美麗。街上的汽車聲隱隱傳來，像一個在陽光下輕輕打鼾的夢遊者。

那是三天前的深夜，他正去開冰箱取一杯飲料，準備繼續寫他的論文。鈴聲響了，他看了下錶十二點半。星期天是他的苦修日，哪個苦於異國寂寞的朋友，在這時候找他解悶？

打電話的卻是柏克利警察局。

「聽說你是林奈特・李小姐的朋友。」

「認識吧，」他說，「有什麼事？」

「昨天上午李小姐在聖巴勃羅水庫附近的山上跑步，最後一人看見她是上午十點二十分，此後就沒人見過她，你能提供線索嗎？」

「我好多天沒見到她了。」他說。美國警察常常小題大作，大題不做。「確切地說，有大半個月了。」週末找一個女孩子，無事生非，自尋煩惱，他想。

「你能建議我們再與誰接觸嗎？這事看起來很嚴重，我們希望所有人的合作。」

他頓了一下，他不喜歡談朋友的事，尤其對警察，但這個警察的聲音聽來很嚴肅。

「好吧。」他說，「不妨問一下馬克・布萊德雷。他可能知道。」他老大不情願地說。

「布萊德雷先生是最後一個見到她的人。昨天下午他來報警，布萊德雷先生一直在找林奈特・李小姐。」

「哦，老天！」他誇張地叫了一聲，心裏卻不以為然，這個馬克似乎是個挺能沉住氣的人，跟女朋友打鬧鬥氣，報警幹什麼？「我能做什麼呢？」

「等一下，布萊德雷先生就在這裏，他想跟你說話。」

「林奈特不見了。」傳來馬克疲倦的聲音，「昨天我們一起在山上跑步——」

他知道馬克已重複過許多遍，真不想讓他再重複一次，雖然他急於知道馬克怎麼說。

「我們按她的電話本一個個全打了，你還知道哪些中國朋友有可能提供消息？」

他的中國名字拼音字母排列在電話本最後一頁，馬克恐怕真全打遍了。

「這樣，」馬克說，「警方同意我們做一次搜索，明天上午八時半，在學校後門集合，不知你能參加嗎？」

「當然。」他回答，「我肯定來。今晚我還能做什麼呢？你有她姐姐在新澤西的電話嗎？」

「早打過了。」

「馬克，」他高聲說。「我不相信會出什麼事，好好休息。她肯定在什麼地方樂著呢，明天上課她就會出來的。」他不是純為安慰馬克而說這話，林奈特想做什麼，誰也攔不住。

「你不明白。」馬克嚷道，「好吧，願我們好運。」

他擱下電話，喝了一口苦味的凍啤酒，世上本無事，洋人自擾之。星期一上午的符號學課，林奈特會冒出來，她尖刻的提問，又會弄得教授只好開玩笑來答覆。他想起她那剪得短短的頭髮，露出令人神往的耳朵和頸子，她說話時常伴有手勢，兩眼閃出迷人的光。

馬克睜開眼睛，說，「我二年前剛剛見到她就被迷住了，那麼端莊，婉麗。

其實我到柏克利來讀書，就是奔著這裏的中國女孩子來的。很小的時候，我就喜歡電影裡的東方女性。中國菜好吃，但我更喜歡到唐人街看穿旗袍的女招待，既神秘又性感。我一看到林奈特就知道她穿上旗袍一定特別美。」

馬克站起來，從屋內拿出一件光閃閃的綠緞的長旗袍，上面綴滿了金線的花。「這是我今年夏天送給她的。她穿著參加我父母為她舉行的晚會，把整個晚會震住了，那些女人的酸勁，逗得我直樂。」

他差點笑出聲來，林奈特平時一直是運動式打扮，T恤加牛仔褲，短褲特別短，還蝕幾個洞，露出健美的大腿，一雙半髒半舊的運動鞋。他很難想像她穿旗袍高跟鞋的樣子，尤其是這麼一襲富貴氣象的緞旗袍。

「但她再也不肯穿第二次。她說她不喜歡按別人的需要打扮，其實我們每個人都為別人打扮，你說對不對？」

馬克是那樣的無助，那遮掩不住的苦痛，連他都有點感動了。他微微地嘆了一口氣。在柏克利只有教授才穿西服打領帶全套行頭，有的教授也穿緊身褲和運動鞋上課。但馬克這個學生卻不願穿著太隨便。

馬克又拿出一疊林奈特的照片，都是那次穿旗袍時照的。他得承認，林奈特穿了旗袍，描了眉，塗了口紅，的確是美極了，長身玉立、端莊、嫻雅，令人不敢正視，和平日的她很不一樣，的確是個使全美國任何丈夫得意的主婦。

他們對著照片沉默了很久。

那天早晨他打電話到系裡請假，他說他有事。系秘書說她會轉達口信，但她叫他放心，說恐怕許多人都不會來上課。

到校後門一看，人已經有五十來個。一部分熟面孔，有同系的，有不知哪兒見過的，似乎女的比男的多，喧聲嘈雜。有個姑娘抓住他就講：星期六早晨，林奈特和馬克一起去跑步，順著熟悉的路徑，穿過柏克利山口到梯爾頓湖上，然後沿著山路拐到聖巴勃羅水庫。他們約好到住在卡林頓的一個朋友家喝一杯茶。那個朋友中午要驅車到城裡購物，順便把他們帶回伯克利，他們的週末經常有這項活動，這是常規。可是那天在路上，二人不知為什麼拌起嘴來，林奈特一生氣，扭頭就拐上了一條小道。馬克在後面喊，說還在卡林頓等她。但是他在卡林頓左等右等她不來。只好一個人回到柏克利公寓裡。一直到傍晚，林奈特還沒出現。馬克打了一串電話，沒有頭緒，於是他開車去卡林頓，與朋友一家從卡林頓回過來找，仍然沒有人影。馬克著急了，星期六夜裡他去了警察局，警察和他一起找了一天，還是沒有結果，警方已宣布林奈特・李小姐失蹤。

有人遞給他警方的布告，林奈特含笑的臉，照片比人更漂亮，尤其那微微向上皺起的眉，使她顯得柔順，易受驚恐。照片上看不出林奈特挺直、秀拔的身材，也看不出她倔強的心靈。

這樣的姑娘不會出事，他想。

警笛的叫聲止住了喧囂。從警車走下來一個額前有顆黑痣的警官，後面跟著馬克，他臉色慘白，用目光向眾人打招呼。

警察請大家上車，人太多，他讓有車的自己出發，到梯爾頓公園山口等，到那兒再布置搜索的路線。

馬克舉起雙手說，「謝謝！謝謝！」人群卻沉默了，他身邊的男人握他的手，女孩子擁抱他。

警官叫大家快走。學生報紙《加利福尼亞人》來了個記者，攔住馬克，要馬克回答一些問題。

「嗨，你要不就參加搜索，要不就滾開！」他一把抓住這位新聞系的什麼角色說。記者聳聳肩膀，收起本子，一聲不響爬上了車。馬克似乎挺感謝他，把手放在他的肩頭，輕輕按了按。

「你認識她好多年了？」在上山的汽車馬達隆隆聲中，馬克問他。

「是的。」他說，「她不會出事的。」

「沒有人知道我怎麼愛林奈特，你也不會。」馬克停了停，望著他說，「雖然我知道你也很喜歡她。」

他不由得臉有點發紅，「當然，沒有男人不喜歡林奈特。」

馬克看了看他，不再說話了。

初秋的加利福尼亞，覆蓋著一層層陽光。海灣背襯著山，連著天，蔚藍得刺眼。一片蔥綠和遍野的山花，幾乎把小徑淹沒。

警察讓他們排成半里的長蛇陣，齊頭往前推進，到卡林頓集合。但樹林和山岩很快就吞噬了這支五十來人的隊伍，不再成陣勢，互相也看不見了。

他艱難地走出一片灌木叢擋路的林子，突然看到馬克跪在幾棵樹之間，垂著頭被風吹著，一動不動。他走到他的背後，說：

「馬克，你沒什麼吧？」

馬克抬起頭，滿臉是淚水。他真不忍心看一個大男子漢哭泣，轉過了身。停了一會，馬克說：「沒什麼。」站起來跟著他走出林子。馬克魁梧挺直，高過他半個頭。這時，馬克說：

「這條路如此熟悉，我剛才似乎看見了她。」

他站住了，猶豫地看著馬克。馬克眼睛直直地往前看著，繼續說道：「那片小空地，我們曾經在那裏做愛，像剛剛才發生的一樣。」

他聽得有些毛骨悚然，「那天我們跑到這兒，坐下來歇口氣。在我吻她之後，她突然說，『我想愛你，就在這裏。』我說不行，不能在這兒。她說，你『真是個後備雅皮，沒心肝的情人，我要你的時候我就要你。』說著她剝掉上衣，鋪在地上。她說，『我要你的上衣。』不等我回答，她就揪住了我的T恤往上拉。」

他站定下來，讓馬克講，心在咚咚跳個不停。

「她把我的T恤鋪在她的衣服旁，坐在上面，脫掉了鞋子、短褲，然後躺了下來，手放在腦後看著我說，『這樹林真美，這鳥聲真美，來，快來。』

我看到她的大腿，美麗地伸展著，特別是她嘴角的一絲微笑，我的心快跳出來了。」

「我說，『親愛的，咱們換個地方。』

但我知道說也沒用。那次我表現很糟，但事過了，她坐起來抱著我說，『我從來沒這麼愛你。』

我直想哭，我到今天才哭出來。」

可是馬克打住了話頭，不再吱聲。他倆繼續往前走，出了林子，看不到搜索的其他人，大約都走遠了。馬克說：

「你真好，你能聽我說。我早覺得唯有你能這麼做。」

「不要緊，你想說什麼都說出來吧。」他安慰馬克說。

「東方女子真是個謎，一個纏人的謎，叫人永遠不會忘記。」馬克轉過身來，和他面對面說：「恐怕真只有你們中國人才能理解中國人。」

他想告訴馬克，林奈特是她自己，不是什麼範疇，只有在他們白人看來，她才是特殊品種，一個需要歸類的對象。但他只是沉默地陪他走了好一段，馬克說，「不知你什麼時候有空，我們再談談。」

到卡林頓，已經是下午三點了。警官在路邊一家咖啡館門口等著，讓陸續到的人進去吃份快餐。警官把馬克拉到一邊說著什麼。警車已送走了一批人，開了回來。

馬克走過來對他說，明天他們將從卡林頓開始，返回來搜索，放棄大面積，集中在幾個點，主要在林奈特轉頭跑去的那條線可能延伸的方向，細查一下。他問他願不願意參加。

他說，「當然。」臨上車，馬克又對他說，「我一有空就打電話給你。」

晚上，馬克來了電話，叫他去看晚報，便匆匆結束了。

他跑到附近的小店，報紙已經賣完了，他說想看看李小姐的消息。店主傳遞給他一張自己留著看的報紙，他站著讀了一下，好幾則報導，說了他們上午搜索的情況，說警方搜索也一無所獲。但中間一則報導則說某某跑步者，星期六近中午時遠遠看到一男一女在爭執，似乎有點拉拉扯扯。女的裝束很像告示上說的。他因為急於跑完全程，也沒仔細看。男的似乎也穿著運動短服。警方要求居民協助提供更多線索云云。

他的心沉下去，這不像是開玩笑了。看來馬克是對的，林奈特真遭到了不測。他心情沉重走回宿舍，給馬克打電話，沒人。入睡前，他又打了，還是沒人。

第二天一早他開車到了卡林頓，不少人已經聚集在那裏了，比第一天人還多。最後馬克和警官來了，警官這次臉色很嚴肅，給每個發了一張複印的地圖，要求他們分成幾個小組，承包地圖上畫著圈的幾塊地方。正當人群嘰嘰喳喳地在分組時，突然大家沉默了，馬克站到咖啡館臺階上，取下頸上的十字架項鍊，抓在手中，眼淚嘩嘩地淌了下來，「主啊，請您幫助我。」他不斷重複這句話。

人群中有不少人劃起十字，女孩子在掉眼淚，他不信教，也在心裏祈禱，似乎真有個上帝會理清人間男女恩怨。

一天的勞累，依然毫無所獲。那天搜索他沒有再見到馬克。晚上七時接到馬克的電話，說毫無消息，想到他這兒談談。他說，「你肯定累壞了，還是我到你那兒。」馬克沒有拒絕。

馬克從一大堆林奈特的照片中抬起臉，「從今年初起，我就要求結婚。我想有孩子，她不願意，我問她愛不愛我，她說很愛我，但還沒有準備做我妻子。

上星期，我們又吵架了。星期五，就是星期五中午，你知道西門那片大草坪，老有人在那兒曬太陽。」

他當然知道那塊大草地，穿比基尼泳衣曬太陽的女人，有時把身子翻過來，背朝天把乳罩解開，這是校警允許的最高限度。過路的人，忍不住都要看上幾眼，雖然都裝著見慣不驚。

「我走過那兒，看見一個女人俯在地上，上身那麼熟悉，一看是林奈特。我走上前去，盡可能平靜地叫她，她抬起頭，朝我笑。

『親愛的，東方女子不這麼曬太陽。』

她說，『我就這麼曬太陽。』

我笑著說，『白種女人皮膚慘白，要加顏色，東方女人顏色正好。』

她突然手撐著地抬起身，兩個乳房正面對著我，說，『我曬太陽，不是調雞尾酒。』

我連忙坐下去摟著她，把她遮掩起來，『你真美。但你是我的。』我這話說漏了嘴，她猛一下推開我，套上衣服說，『我什麼時候把我的自由出售給你啦?!』

她穿上緊身褲，嘟著嘴走了。晚上我們又吵了架。最後我強調不管怎麼著，我愛她。她說，我愛的不是她，是我自己。

她去洗澡，洗完澡，裸著身子在屋裡走來走去收拾東西。我看著她美妙的身子。心裡陣陣發熱。我真希望她嬌弱一些，害羞一些，把燈光扭暗，裹在衣服裡，讓我一層層把她剝出來。可她就這麼光著身子走來走去，像一頭母豹，像是自我欣賞，像是故意氣我，又像故意撩我。她到這張咖啡桌前，給自己倒了杯水喝。

我跳起來說，『窗帘還沒拉上呢！』

她說，『好吧，我來拉！』

我衝上去把窗帘合了起來。她笑了起來，說我是個鬆包，軟蛋，窩囊廢。我不想還嘴，回到我的計算機邊，一個小時後，我走出去，發現她撲在沙發上睡著了，依然一絲不掛。我取了條床單，給她蓋上。看看她美麗的臉，我想了很久。我也有過別的女朋友，在偷看《藏春閣》雜誌的少年時代，從初闖人世後，見過不少女人，可我怎麼也不喜歡她們，只有林奈特是我想娶的東方女人。

星期六早晨，我們還是按老規矩，出發去跑步。我在後面，看著她矯健的步子，修長的大腿，飄動的黑髮，我跑上去，一把抱著她說：

『嫁給我吧。』

『你會恨我的。』她要掙開。

『那個老跟在你屁股後面的中國人是誰？』」

「是誰呢？」他問自己，用不著問馬克。馬克的眼睛正盯住他，他強按住自己的心跳，假裝鎮靜地轉動手中的高腳杯，眼睛一眨不眨地看著馬克火辣辣的眼光。

「我承認我是無事找事。」馬克繼續往下說，

「我說『我愛妳。』她卻說『就是因為你愛我，你會恨我。』」馬克突然越說越快，好像呼吸都困難了。「她在我的臂彎裡，眼睛盯住我，與我對視。我明白了，她說的是對的。但是我要她，她是我的，就在這裏要她。我非要她不可，我對自己說。」

他看著馬克拿起酒杯，一口喝完，一拳擊在桌上。屋裡死一般寂靜，只有鬧鐘的滴答聲在點著心跳。他強壓住自己不對馬克作任何評論。

過了很久，馬克像在夢中似的喃喃說道：

「她在我的懷裡，還是那麼溫順，那麼文靜，我慢慢剝下她的衣服，她那麼美，我從來沒這麼激動過。」

「她為什麼要離開？」

「真的，」他問，「為什麼呢？」他也不吱聲，臉上的肌肉抽搐著。馬克也不再說話，只

是看著他好像雙方都知道只剩下最後一句可說的話了。

電話鈴聲突然響起，馬克從沉思中突然驚醒，語無倫次地嚷道：「哪裡？哪裡？」

他把電話筒拿起來，遞到馬克手裡，他拿著話筒的手直發抖，聽了半天，他只是支支吾吾地應著。

「我累了，明天再談好嗎？」他放下話筒。

「沒什麼事吧？」他問馬克。

「警方從外地調來大規模的警犬隊，問我如何配合。」

「你真累了，睡吧，明天一切都會好的。」

馬克沒作聲，似乎又回到接這個電話前的狀態。看著馬克，他的心卻激烈地跳著，他站了起來，手和腿似乎在抽搐，用一種他自己都不相信的聲音說，「明天，明天他們會找到屍體嗎？」

「屍體？」馬克說，「當然，屍體會找到的，一切都會找到的。」

馬克突然回過味來，愣眼瞪著他，樣子可怕地冷笑起來。

「我喝了酒。胡說，別在意。」他邊說邊朝門口走去。像是下逐客令，他打開門，和邀他來時的歡迎態度完全相反。

「白浪費你的時間，有警犬，明天我們也不用搜索了。」

他淡淡地對馬克說了一句。「希望今後常能見到你。」

他走入星光滿天的加利福尼亞之夜，步子放得很慢，他明白自己今後再也不會見到馬克。

翩翩

那天晚餐吃了好幾個鐘頭，直到夜深，客人才一一告別。

你吹熄桌上的蠟燭，端回廚房，開始洗碗。客人眾多，卻都是他的朋友。他們談笑風生，你服侍。擦擦手，你關了廚房的燈，突然發現一隻蝙蝠倒掛在過道裡，正對著廚房，遮住了過道的亮光。龐大的影子投在牆上，你叫了起來。

怎麼回事？送走客人後，他在客廳看電視連續劇《皇城根兒》，他走了出來。

你站在廚房裡，一動不動：蝙蝠！但過道裡沒有蝙蝠，你拉住他，說看看房間，房間裡也沒有蝙蝠的影子。他白了你一眼，去客廳繼續看無聊的《皇城根兒》。

也許是我看錯了。你放水洗完澡，馬馬虎虎披了一條毛巾，對著鏡子將盤在頭頂的黑髮，慢慢放下來，用手理了理，你害怕看你的眼睛。你拉開浴室門，把毛巾搭好，穿了件棉布睡衣，走進臥室，天花板靠窗的地方，一隻蝙蝠傾側，黑翅膀撕開，爪張著打旋，隨時要撲來。你打了個寒噤，哆嗦的聲音在叫，快來，快來！那蝙蝠朝窗帘衝去，斜著翅膀翻來覆去，不太像蝙蝠，而像一頭失意的獸，橫衝直撞。他奔了過來。你半裸著身體，神態驚慌，說，你看，在那兒，那兒。

哪兒？他很不高興，大驚小怪的。房間裡流淌著指甲花浴液淡淡的香味。他詫異你衣衫不整。你翻身上床，拉過被子蓋好，我真的看見了。你小聲爭辯，說那蝙蝠模樣很怪，動作很瘋狂。

他掀開窗帘，瞧瞧，看清楚，窗帘後面是玻璃，玻璃前面是窗帘。你就不能讓我安心看完電視嗎？

他和她話越來越少，下班回家，除了看報吃飯，就是坐在電視機前，難得有床事也是草草完畢，翻身即睡。客廳那邊沒有了電視的聲音，他的腳步響在走廊上，「叭」、「叭」，他在關燈，上床時臉沉著。別再疑神疑鬼，我要睡覺了。

你從床上坐了起來。怎麼變成我疑神疑鬼？你說你成天在家為他打掃這麼大幾間房子，做飯，洗衣，買食品，還要定期去看他父母，他飯來伸手，飯飽就去打電話看報看電視。臺燈柔和的光，折射著你手上的紫晶石婚戒，你心裡說，我既沒疑心你在外面搞女人，也沒認為你有意冷淡我，你何必如此硬心腸？

他不言語。矮牆圍起來的小院子，門前的花在月光下晃動。你不放心，關上門又插上了保險，才躡手躡腳躺回他的身邊。

大清早，丈夫上班去了。

家裡安安靜靜，一夜狂風早已停止。園子裡葡萄樹並不像你想的那樣，被風雨刮倒，它好好的，連木架也挺住了，只有幾片樹葉掉在地上。

一碗雞蛋掛麵，吃下去之後，肚子就不咕咕叫了。你挽起衣袖，跪在客廳擦昨天被客人踩髒的地板。一步步往後挪動身體。很快，客廳被清洗得像樣了。一種風扇似的氣流，抖動到你的身上，你舒了一口氣，從地上站起來，拉拉裙子，順手解下圍裙，打量明晃晃的地板，怎麼，有一團影子？你彎下身想擦掉，但那看起來髒乎乎的東西已不在了，你站起來，那團影子又移動在桌上。四下沒有異常，但輕微的聲音響了起來，一隻鳥，大鳥，翅膀伸展。不不，不是鳥，而是昨夜那隻蝙蝠，幾乎緊挨著書櫥迂迴地飛著，在空中畫出的弧線，一根交叉一根，重重疊疊，離你越來越近。你一愣，大聲喊他，卻沒有回答，你這才想起他不在家。

驚慌之中你奔出客廳，從過道穿過廚房，拉開廚房裡的小門，跑了出去。

積水在石板地上，風吹過，像一面面碎了的鏡子。你一溜小跑，瞥見街名，好生奇怪。住在這條街已三年了，但你平常盡繞道從後面的一條小路穿過去。你對丈夫說，你想搬家，他總不同意。街邊公園溪水潺湲，傍依著亭臺樓廓，草地鮮綠，你步子慢了下來，喘氣，提醒自己，別朝左邊去，那是一座修整一新青灰色古老的廟宇，門前長著一大片紫花地丁。你得順著這街一直往前走。

遠遠地看見一個女人。街上有人，證明一切正常，你便放下心。這人走上前，問你怎麼啦，病了？我能幫你做點什麼嘛？你謝謝她，不用了。她高個，臉長長的，面目有點兒熟悉，什麼地方見過？但又想不起來。你轉過身，想走開，她卻拿出一個紙條，向你問路。

紙條上墨水寫的字，歪歪扭扭，那不像字，而是一些半橢圓三角形爪跡似的符號，你搖搖頭，還給了她，無意之中觸到她的手，你心一緊，趕快縮了回來。走開幾步，才發現她穿著和時令不相宜的黑薄呢子大衣，樣子有點可憐。女人看女人，總先看是否比我漂亮，你奇怪為什麼你沒問自己。

你的步子加快，梧桐樹像綠色的火苗，沿街燃燒，一幢幢高樓四合院門窗緊閉。那人大概不放心，遠遠地跟在身後。你說不出為什麼原因，跑了起來，一口氣還沒有完，抬眼一看，又到了家門口。房門虛掩，你鑽了進去，關好門後，趕緊掀開窗帘一角：玻璃窗外，陽光傾灑在風上，緩緩搖著樹木，擦過靠在街沿的自行車板車小麵包車。窗外沒人，那人並沒跟來，看來找到她要找的地址。

你回到臥室，見被子還未摺，便開始理床，鋪上床罩，你坐在梳妝臺前，臉色蒼白。鏡子裡隱隱約約抖動著一對翅膀，漸漸近了，像穿出鏡子直衝你而來。你閉上眼睛，順勢向後仰，倒在床上。那隻蝙蝠不僅沒有消失，而且還在你的頭頂來來回回飛著，嘲笑，威脅？逼迫你作出反應。將枕頭扔了過去，沒用；拾起來又扔過去，險些打中，它閃了一下，飛高，斜過衣櫥。你拿起一本讀了一半的小說甩上去。蝙蝠停在空中，兩個小眼轉動，既在看你又在看書垂直落在地上。然後，朝大門振翅而去。你跟上，趕緊打開門，門外幾步遠，正站著那個女人。你猛地碰上門，嚇得幾乎癱軟。

你接過丈夫的公文包，他去洗手。將飯菜端上桌，取了一個杯子，丈夫每晚必喝點啤酒，你又取了一個杯子，給自己盛滿。他詫異地看了你一眼，平常你什麼酒都不沾。因為害怕，還是第一次想到應該湊丈夫的趣？喝酒，隨意地問他一天工作怎麼樣，淡淡地吃飯。他突然想起什麼，端著飯碗挾了兩塊雞，就往客廳裡跑。牆上的鐘正是電視新聞時間，你感嘆豆腐青菜湯，鮮鱔魚片炒紅辣椒，麻油蒜拌蘿蔔絲，紅燒蘑菇小雞無人欣賞，他從來就是這樣，不管是什麼菜，只往嘴裡塞，塞飽為止。你一個人坐在那裡吃完飯。

當你整理燙過的衣服，該摺疊的摺疊，該掛起的掛起，你感到頭有點暈。是喝了酒的緣故吧？他擱下了飯碗。你想了想，還是不願對他提起白天發生的事。明擺著他不懂不信，而且還會數落你。

夜裡又是飄潑大雨，傾倒在屋頂窗玻璃上。夜裡天氣越來越糟，白晝卻天天陽光普照。這安排太好了，夜裡反正躺在床上，睡著睡不著都一樣傾聽雨聲，混雜汽車停下又開走的聲音。他為自己沖了杯咖啡，那香味飄了過來，你閉上了眼睛，擰滅床頭櫃上的臺燈。

全身滾燙，滾燙，你輕輕叫了起來。那麼猛烈、連續不斷。你緊抓枕頭，不願睜開眼睛。太好了太好了。從未體驗過的潮湧、翻捲，一遍一遍，你的身體被雕刻、拆散、重新拼合，你已上升到屋頂，大雨淋在身上，側著仰著俯著，快樂黏連你和她一起俯衝。你大聲疾呼，發現丈夫躺在旁邊，推醒他，有人強姦我！誰？一個女人！扯蛋！丈夫轉過身去，眼皮也不張開。你不管，真的不管？你的聲音高起來。胡思亂想，總改不了習氣。他背過身去，打起呼嚕。你暈得貼近了牆，害怕一下失去平衡，但你是那麼柔軟無力，一點點被推入床的凹處，你的手從枕頭下面摸到一把裁衣剪刀，冰涼的剪刀使你全身的火涼了下來。她的喘氣漸漸平息，你的喘息也漸漸平息。然後，你握著剪刀猛戳過去，血噴了出來，她連叫也未叫就倒下了。

你戰戰慄慄把他翻過來，躺在血泊之中的竟是你丈夫，那把鋒利的剪刀插在他的背上。剛才那一切不過是一個夢，你醒了，明白自己在夢中竟把丈夫殺死了。你愣住了，從床上一頭栽到地板上，暈厥過去。

你從地板上爬了起來，天已經有點亮了。你戰戰兢兢地看床上，發現丈夫仍熟睡著，臉色紅潤，一隻手擱在被子外面。

你鬆了一口氣，但你已搞不清從哪個夢醒到哪個夢，弄不明白現在是不是另一個夢。你把他的手放進被子裡。他翻了一個身，腿彎曲著。你走到窗邊，捲起一小半窗帘，玻璃潔淨，輕輕推開一扇窗，街上一個人也沒有。早晨新鮮的空氣裹著園子裡的花香，慢慢湧進房間。

在人群之上

他從旋轉門走出來。陰沉沉的街道，路面一些凹坑殘留著雨水，天竺菊和劍蘭盛開在高高的陽臺上。行人繃著臉，腳步匆忙。他的頭髮不很黑，但稠密，迎面吹來的風，把頭髮掀下他的前額，遮住了眼睛。他甩了甩頭髮，側身繞過賣小報攤旁的一位拄拐杖的老頭。人群之中，他那件米黃色燈芯絨西服，給我的感覺，跟剛過去的冬天大街小巷叫賣的梅花一樣，流瀉出淺淺的暖意和溫馨，也有一丁點俗氣。

足足一個上午他在這條街上，一個個公司、商店尋找雇主滿意他也滿意的工作。前者是首要的。這時代不錯，允許跳槽。他說這句話時，手在空中作了個相應的動作，很瀟灑。

對著自己的臉，我舉起綠色的小方鏡：一堆骷髏，散裂的聲音蹦出光滑的鏡面。鏡邊一圈冷冷的綠，有著不可捉摸的淒涼。我停止說話。從沙發上支起身子，兩條腿略略交叉坐著，然後，說，瞧，他送我的，居然到今天還沒扔掉。每次照這惡毒的玩意兒，心似乎收縮了一半。他撫著我的肩，在我身後笑，「幹嗎不送人呢？」我或許恨這鏡子，或許著了魔，弄不清楚，可能是幻覺，但也可能不是。

這是個有著橘黃色窗帘的房間，你坐在我對面的轉椅上，寬大的桌子，除了文件電腦一類東西，還有一束新鮮的白杜鵑，斜插在橄欖色與石榴紅混合的斑馬狀的瓷缸裡。怎麼說呢，我喜歡這兒。我承認你是我的心理醫生。但從乘電梯到八樓走進這個房間後，我就不這麼看。女人和女人很不一樣。

你接過我遞上的鏡子，摸了摸，然後打開鏡蓋，低垂的睫毛，由於白杜鵑花的陪襯，那一排整齊的漆黑，很有幾分明察秋毫的神秘。肯定從生下到現在，你都如此細皮嫩肉，端莊雅麗。不用揭下衣服，我都可以閉著眼睛勾勒出你身體的輪廓，那種精緻。就如同我明白你喜歡戶內生活的天性，和你的職業統一協調。潛埋在我身體內的某種痛覺被輕輕碰了一下。

「我看見的是一個舊房間。」第一次不像一個醫生對病人那麼和我說話。你把臉貼近鏡子，用一種模糊的聲調說，「奇怪，我聽見了雨聲！」

我感到意外，手在沙發上滑動，竭力做出神情安靜，「你知道的，我照這鏡子時，看到的是堆站立的骷髏。那就是我死後的樣子。」

「每個人死了都一樣！」

「那麼請你說說，這鏡中的房間，雨聲是什麼？」我彷彿看見那房間，而細雨淅瀝近在身旁。「你別呆望著我。」

這個下午完全不對勁，我強烈地感到了這一點。或許我不該來見你。對你來說，我不正常，需要治療；對我來說，你太正常，你已經成為我的心理障礙。

「誘惑，全在眼睛。」我對他說。他點點頭。他的面貌，身體不在這兒，卻仍然清晰地出現在面前，他的眼睛充滿怨恨時最生動。當我洗完澡，對著梳妝臺拿出玫瑰色的口紅，「晚上塗它幹嗎？」他用眼神強調他的不快。

在床上他摟著我，我說你嘴唇的線條和你下面的真相似。他的手鬆開了，以此來回答我扔向他的信號。他躺在那兒，如一隻黝黑的鳥，翅膀萎軟，身體輕盈，輕聲啼鳴出一個個可怕的音節。

我輾轉反側，反覆地自問：是我太主動，還是他另有不能言談的隱情？白霜似的被子自然而然地和黑夜融成一體，擠壓著我的身體。咳，躲到哪裡去可以輕鬆呼吸？不眠之夜，把我自己變成自己的對手和敵人。

收起自己設計的作品照片、圖案，笑容出現在他的臉上。當場拍板，下午就開始在這家不算差的公司上班。他將為公司一個新開張的時裝商店設計櫥窗。

玻璃映出他的身影，在與人說話。他是一個成熟的男人。不像我十六歲就熟透了，輕輕一碰，就會湧出一股濃郁的香味來。除此之外，我什麼也不擁有。漫長的未來，將無聲無息從我腳下迅速溜走。我所渴望的，無非是一個正常女人所渴望的，真談不上是奢侈或是妄想。

小心地越過紅燈攔住的一輛輛車，到了馬路對面，我才放慢腳步。我不只一次想像這樣的情景：我從黑皮沙發起身，走到我的心理醫生面前，迫使她躺在我躺的地方。並不是想變換病人與醫生的位置，而是讓她躺在沙發上，我認為她的臉仰著比較刺激我的想像，我不必對她做什麼。

喧鬧的市聲裡好似傳來他的嗓音，這是犯罪的開始。

為什麼他可以解開我的杏黃色呢子大衣，手越過白圍巾、嫣紅色毛衣，把整個冬天毫無遺留地帶給我的乳房，讓我領受一種徹骨的顫抖？坦白地說，我與他相識不過兩個季節，我們不太像夫妻，更像兄妹或姐弟。和所有情侶一樣，最初都很美好，相對現在而言，那不過是新鮮的觸摸，之後，對彼此身體的探索從陌生到熟悉，始終缺乏火焰灼燒的激情。

我回頭望了望和其他房子並列極普通的灰塵撲撲的大樓。一片密集的樹林——城中心公園，正對著那個永遠敞開窗帘黑色鐵欄杆的陽臺，寂靜，沒有人影晃動，似乎醫生已離開她的椅子。是否真像他說的那樣：我心裡總是充滿了罪惡的念頭？我房間裡保留著一個有裂痕的玻璃花瓶，閃射出不常見的透明的深藍色，似有一瓣殘月沉入瓶底。我的雙手此起彼伏地撫摸著，猩紅的血一絲絲沁出來。

他不行，這並不是我趨於瘋狂的理由。他離家後，我開始擁抱床單，漸漸硬起來的枕頭。紅暈染上臉頰。「你這麼隨便就臉紅，難道不是一種挑逗嗎？」有人無人在面前，他都會這麼指責我。但令人發窘的紅暈不會聽從我的意志，在一瞬間就傳遍我的脖頸，前胸。緊關著的窗外，天空低垂下來，一副等著下雨的樣子。我翻過身，低低的抽泣。我手上的劃痕已痊癒。

鑰匙在門外嘩啦響的聲音。他推門進來。

我在被子裡躺好。「你感覺好一點了嗎？」他把手放在你的額頭上。

我點了點頭。

「你不必去畫廊了，」他說。他已為我打了電話，請過假。

當他的米黃色燈芯絨西服消失在我的視野之外，我捆綁在半空的心才被解開。「你並不想與他分開，你也從不想生兒育女。你不過對自己的生命太虐待了。」昨天，你用職業的語調靜靜指出要害：「你在無聊的生活中用面具掩蓋天性。」

瞧瞧，天空和樹葉挨得多麼近，樹葉和你的陽臺挨得多麼近。即使是離開他，重新找一個男人，可能情況更糟。我知道自己恐慌的是每件事的重複，而且我的新鮮感會更加減弱。在我看來，我對心理醫生的訴說是一種糧食，我必須依賴糧食活下去。我把手裡的鏡子扔進包裡，那感覺即是置身於鏡中的那間房子裡，雨，點點滴滴，清晰地打在窗玻璃上，然後滾落在地上。

我，就是那個走在街上神情異常的年輕女人嗎？冬天的雪蓋滿了屋頂、樹枝，鮮紅的圍巾遮住臉，露出一雙亮閃閃的眼睛。一個中等身材的男人朝這個年輕女人微笑，你好麼？我是你等的那個人哪！

這個年輕女人的確不認識他了，笑了起來。我搞不懂為什麼總想起這一幕。為什麼我會跟他走呢。難道不知？有第一次，便會有第二次。在我頭腦裡時常會跳出一兩張模糊的臉，抱歉，已記不清了這些在某一時刻代替我丈夫的身體和我同床共枕的人。

百貨公司第一層大廳，那臺進口鋼琴早已停止流水般的音樂聲，磨石地，大理石的柱子，和無處不在的鏡子一樣亮，加之第一流的裝飾，使每一樓層分類所設的商店既豪華、氣派，又不失高雅，夠超前的審美水準。特別是每個櫥窗裡典型的黑髮丹鳳眼細腰模特兒，真正的東方美女，確實能挽住顧客的腳步和眼睛。

明天是展覽日，總監問他，是否能把大廳重新布置？

這意味著加班，他想到，這是可以晚回去的理由，他也可以不答應，總監可以找別人。坐在辦公桌前，透過玻璃他掃了一眼大廳，就同意了。

朱紅色的環形樓梯，一直通向地下室。我俯下身，恰好與一張瘦長的臉目光相遇。我和他計算準確，各走了一半長長的樓梯。這是一個叫人納悶的一天：整幢樓居然空無人跡。我扶住欄杆，才站穩。他非常準確地瞄準我的要害之處，我的頭髮披了下來，我燃燒的臉隱在頭髮裡面，只有應該暴露的身體暴露在斜進樓來的陽光之中。說不上羞恥心，我早就沒有臉面了。駕駛和被駕駛完全是兩種感覺，樓梯的凸度與凹處好比山巒的起伏，這套臨時拼湊而成的馬車，奔出萬年如一的軌道。

當我想到自己會在那個陽臺對著城中心公園的房間裡，面對一個嚴肅認真的心理醫生時，內心瞬刻堆滿了愧疚，同時發現自己心理治療的醫史可以更換一頁，或應在上面增添新的內容。壓在床墊下的報紙成了我的秘密，而那個傍晚——我按照報紙廣告頁上的地址，找到市裡新開的這家據稱是專治男女關係不合的私人診所，對我充滿了更多的含義。

「那你對自己的工作就一點沒興趣？」

「有，但我不喜歡。」說起工作，我便頭痛。作為畫廊的管理人員，這是生存下去的手段。可我常常需要一張病假條子，休息一段時間才能重新上班。當然，若換其他工作，我可能更堅持不了。工作怎會讓人快樂？我喜歡畫廊裡一幅總是售不出去的木刻畫：循環的人流在一座山腰來回走著，沒頭沒尾，無始無終，這場遊戲只能隨遊戲進行下去。哎，你知道的，我們活著就是一個謎。

陽臺外碧綠的樹林，光一輪輪跳躍在樹葉上，不時被風搖得簌簌響。室內，音樂緊貼著牆壁柔軟地滑來，像淡藍色的江水環繞這座城市流淌。

「懶散和閑情逸趣是兩回事。你的懶散來自心理中解不開的結，人不應該選擇這種方式活著。」說完，你點燃打火機，長長的手指夾了一支香煙。吐氣，呵氣，嘴唇抽動一次，眼睛便亮了一下。

錄音電話他的聲音在說，因為加班，要晚點回家。

「加班？很好。」我嘴裡咕噥著，臉頓時飛紅。

穿上外衣，我拉開門的動作很渺茫，靜靜呆在那兒，行人的腳步和笑容極勉強晃過眼睛，我好像在搜索一種陌生的記憶，預先指定了時間、地點、人，我的注意力逐漸集中起來。每個人無法對自己的行為負責，又何必要求這種負責呢？我的問題在於從不去弄清問題如何提出，更不關心如何解答。這和我的心理醫生的看法不期而遇，或許，我可以把對男人的不滿足轉換成一種行為，那行為在開始前就令我戰慄。

這是一件白色的西式上裝套百褶短裙，筆挺，線條流暢。他喜歡白色，牆，椅子，門窗，毛巾乃至牙刷，統統白色，跟醫院或地獄差不多。可他不這麼看，不用考慮就順手扯掉身邊的一個塑料模特兒的淡黃色夾桃紅條紋的頭巾，被裹捲的長髮垂落到肩上。他的手撫了撫頭髮，端詳：配上挑中的那套衣服，嗯，不錯。模特兒身上橘紅色的連衣短裙，有兩排鈕扣，像牙齒咬得緊緊的。他解開第一顆鈕扣時，耳朵傳來風吹過電線的聲音，呼呼地響。他的手由生硬變得靈巧起來，很快就解開了剩下的全部鈕扣：裡面竟然沒穿任何衣服，他的眉頭皺了皺，又是一個淫蕩女人！他將其扳倒，模特兒的塑料臉轉到一邊。這提醒了他，這些胳膊、腿都是可以轉動的。他試了試，沒用，必須卸下，這件漂亮的衣服才能從兩隻胳膊裡無一損壞地退出來。

馬路上偶爾駛過一兩輛車，輪胎壓在下水道的鐵蓋上，怪嚇人地哐噹一聲，與隔街上的通宵電影和卡拉OK歌舞廳合成一個夜晚。而百貨公司第一層的大廳，無論是對比營業時間還是對比玻璃外的任何一個地方都太靜寂，靜寂得教人心裡發慌。他的嘴角朝上翹，形成一段迷人的弧線。

這就對了：剛觸到衣服，一絲害羞的微笑便掛在一個短髮的模特兒臉上，她還垂下了眼帘。那神態跟幼年時讀過的古典小說裡女主角一樣嬌羞柔順……他禁不住一邊輕撫一邊小心地脫模特兒身上的旗袍，她婉拒似地掙扎，卻經不起他執著的引導，靠在了他的懷裡。她的呼吸潔淨，肌膚白玉般光滑透明，如胭脂色的燈盞，一個老想躲藏起來的幻影，左右著他的雙眼，令他喜悅，心跳不止。

「對種種罪惡的念頭，你別害怕。同時，也別反過來添枝加葉，只要如實說出來就行。」仍是孔雀藍筒裙配米色絲襯衣，套一件水洗紗短衫，不長的頭髮整齊地攏在腦後，鼻梁上架著一副無框橢圓形秀氣的眼鏡，手襯著臉，不說話的時候，你看上去心境淡泊，對己對人無恨無怨。這正是我最為欠缺的。

我情緒好了一點，動了動身體。

「若是我的治療，換一個環境，比如一個什麼海邊，肯定不一樣。」

「對心理病治療，診所的寧靜是最適合的。」你彈掉煙灰。

「在那兒，湛藍色的海水退潮時，我希望也這樣面對你，對你說話，或者什麼也不用說。」

費了好大勁，我才將這些話說出。讓我驚訝的是你一點也沒覺得這些話太出格。良久，我聽到你的聲音：你是知道的，我是你的醫生。

這不用說，或許這正是我這麼說的理由之一。你想，我一站到山崖上，面對陰霾的天空，手就發癢，想把身邊的人一個個推下去；站在高樓，還有紀念碑上，我更是這麼想，比野獸還像野獸。可對你我不會。就像每次跟他吵架，他的腳在地板上跳，對我大吼，我真想把手裡的切菜刀向他扔過去。——可對你我不會。——不一樣，總是不一樣。這個世界上，可能只有你可以使我鎮定，自信，充滿平和。

在我離開你的房間關門的那一瞬，我瞥見你取下眼鏡，難道你流淚了？

夜市：長長的一條街，亮著大大小小的燈，擺滿了小吃攤，涼麵，麻辣牛肉絲，滷鴨翅膀雞翅膀等等，兼賣啤酒。人不少，街中心電影院的廣告牌下各式各樣的男人都有。這個生著鬍鬚已顯老態的男人，身體高大，肯定硬朗著呢！瞅他幾眼後，我便把自己像一頭羊交到他手中。往前走，度過今天就有明天，這是我引為驕傲百折不撓的求生本領。在我挽著這個艷福不淺的男人，走進黑漆漆的電影院時，我哪裡想起過我的心理醫生，一分一秒也沒有。

男人不擺布女人，女人就擺布男人，而女人應當被男人擺布，例如鞭子打、鐐銬和更具有暴力的行為。塑料模特兒居然發出聲音，聲調如此熟悉，他一驚，手裡的衣服滑落到地上。哦，不過是自己在自言自語。彷彿一段過渡，他的頭腦閃現出我赤裸的現象：我與他爭辯，女人不是一件舞臺道具供演戲用，並不是假裝羞怯欲迎還拒。「鬼話！」他罵了一聲，他就喜歡害怕被占有的驚恐不安的女人。

壁燈和鑲嵌在屋頂的水晶燈變換著色澤，一束束光打在他的身上。潮濕，潮濕的樹叢的氣息湧上他的手指，風吹著電線的呼呼響聲格外動聽起來。他採取先統統脫掉衣服，再穿系列新款式套裙的方法，因而戰場越拉越大，到處是被肢解的手，腿，頭。當他把一條鐵青色的綢巾蒙在一個模特兒的臉上，她整個身子在哆嗦，五官的輪廓從綢巾裡凸了出來，他感到櫥窗內外都蕩漾著一股特殊的香味，扔在鋼琴上的衣服和被支解的身體部件，穿透琴蓋，在黑白鍵盤上發出一連串玉質的音符，他將這個模特兒的腿扳起來，聽到一聲輕微的叫喚，他騰出一隻手解開自己的褲子。燈繼續照耀大廳，卻跟一個個小太陽一樣，鮮紅的光一片片地吞噬著他四周的空間——在模特兒冰涼的塑料身體之中，他的身體，竟然堅挺興奮了整整一夜。

灑水車清洗著馬路，在來不及躲避的路人尖叫之中，鈴聲得意地笑著。

走出電影院，在幽暗的路燈下，我從褲袋裡掏出污跡斑斑的手，興奮地察看著，一隻骯髒的手，足夠我回味，這回味折磨著我明天去見心理醫生虔誠的心。尋著馬路上自己曖昧的身影，我羞愧得無地自容，除了對她講述我那倒霉的丈夫，我怎麼才能對她公開我的另一種生活？

電話鈴持久地響著。他不太情願地中斷自己的肉體與一堆塑料巨烈的搏鬥，到電話機前拿起話筒，聽見電話另一端傳來熟悉的聲音，他的身體立即軟了下來；我馬上就結束，就回來。他突然發現內褲上有血，不錯，的確是血，他感到下身一陣疼痛。而塑料模特兒的大腿間，血，像一枚枚花瓣，濃淡不一，飄浮著鮮亮絢麗的色彩。

從下半城通向上半城的纜車下來後，我沿著傾斜的馬路，慢慢走上人行道上。我有意將燙過的頭髮梳成兩條辮子，並用摩絲和吹風機拉直額前的瀏海，選了件紫色飄有小菊花的襯衣，一條洗得發青的牛仔褲，比一個女學生還裝束得樸素。

你要忘記，忘記是靈丹妙藥。我又走進這個陽臺對著城中心公園一片樹林的房間，將頭舒適地仰靠在黑皮沙發右端的扶手上，我心裡繼續咕噥道：忘記可以擊碎時間，忘記可以到達想去的任何一個地方。

玻璃與鏡子映出一個男人疲憊衰竭的身影，兩個經過特殊裝飾的模特兒，比起一大堆零亂扔在地上的仍是胳膊、腿、頭的同行，真說得上是幸運——以截然不同的綽約風姿立在櫥窗最顯眼的位置。他自然看不見自己痛不欲生的臉是什麼表情。而我希望的，我怎麼說清呢？既不是那逐漸凋敗的暗紅色花朵，也非他蒼白的臉。我從鏡子看見，我喊他，他肯定聽見了；卻故意不轉過身來。我的眼睛繞著他，他迴避，臉仰向屋頂淒慘的紅光，我遮住自己的臉，幾乎要哭出聲來。當我觸電般緊縮一團時，鏡子掉在地上，碎了。碎了的鏡子以割裂不均的片片段段映出一間濕淋淋的房間，呵，那泛紅光的水……滴在地上的聲音和你曾聽見的雨聲一樣！

我聽到了輕輕的笑聲。你說，「你的表演天才從哪裡來的？你從每週一次治療，變成每週二次，」你似乎不太情願地把話說了出來，「請看看，你的鏡子完好無缺在你手裡，並不是你的丈夫陽萎，而是……」

「什麼？」我打斷你說：我經過那些由他裝飾過的櫥窗，看都不敢看，我感到我的胃裡有個魔鬼，不緊不慢地一刀一刀割我。

你從桌上倒了一杯水遞給我，我接了過來，但沒喝一口就把杯子放在了茶几上。看著我，你帶有歉意說，剛才話說重了，但遊戲到此刻為止，包括說從鏡子裡看到一間房子，還有雨聲等等。你還說我並不是來看病的，而是來看你的。

我沒有料到一層不該捅破的紙，被你輕鬆地捅破了。這樣也好，我承認了：自己一直在找像我的心理醫生這樣類型的人，無論是精神還是肉體，我都接近了一種極值，我需要她無疑說是在求救於她，而且，我想證明自我走入她的診所後發生的一切並不是一個夢。

「這就是一個夢！」

我知道你這麼說所指的是什麼？你怎麼可以想都不想就用這種方式來回應我？

「認清夢的病態，現在就可以……醒來」選擇最後一個詞時，你的表情淡漠出乎我意外。

我倒抽了一口涼氣。這時，我聽見你以認真的口吻在說：「以後你不用來治療了，而且我不再感興趣你的故事，你所講的一切，包括和你丈夫的變態都是你的白日夢。」

這麼說，我以前對她講的話都是編造的？我願意我的耳朵聽岔了。真的，我懼怕你的話，我尊敬的醫生，只有在你面前，我才是一個活生生有思想有感情的人。你看看我被淚水弄濕的臉就知道了，你的確不該這麼說！

我離開沙發，走過去，讓你和我一起到與陽臺相反方向的一扇窗子前。拉開橘黃色的窗帘，我傷心地說，我對你講的故事是否屬實，你往下看，你看了，就清楚了。

灰濛濛的天，霧氣使能見度甚低，閃閃爍爍的燈光，乍明乍暗地點亮已進入夜晚的城市。除此之外，什麼也看不見。

我拿出望遠鏡遞過去。

你神情奇特地看著我，然後，便接過望遠鏡舉了起來：馬路那面正對著你的一幢大樓的第一層，一家高級時裝店櫥窗的一角——柔和的燈光下，一個高個穿米黃色西服的男人，正在專心致志地擺弄塑料模特兒的身體。

你回過頭來。不用多說了，他就是我的丈夫。

望遠鏡緊緊地握在你的手中，掃向了另一幢沉寂的大樓，一雙手從背後伸向櫥窗裡婷婷玉立的模特兒的胸。你不由得調了調鏡頭，一個留長髮的男人轉到模特兒的前面，背對著馬路，已脫掉模特兒的長裙。你叫了一聲，再轉向另一個商店，又有一個男人……望遠鏡從你的手中脫落，慢慢地掉下樓去。從那漆黑的空間裡，我第一次聽見你的心跳。你轉過身來，我感到你臉紅得發燙。

我合上鏡子菜青色的蓋，像合上一樁策劃已久的陰謀，滿意地握在手中。就是這個晚上，我能夠不需要任何外在因素的幫助，穩穩地進入睡眠。在夢中，我看見自己一個人在一間房子裡來來回回走著，像個充滿焦慮和恐懼的小灰鼠。

殘缺

你記得我很久以前講述的一些片斷。你說，你為什麼要拒絕將一個個故事講完呢？就是在我講述的夏天，那是另一個我與你面對面而坐。

停電之後五樓走廊一片漆黑，我看不清哪間房子是我的，看不清他的臉，我怕他身體的氣味。雖不難聞，但我不願他的皮膚貼著我。

如果回到燈前，聽唱片裡黑人歌手的歌聲，我可以認為自己還活著。我無法忍受漆黑之中，有人將我抱在懷裡。我的臉、頸子和手臂，我的胸部、背脊都遍布涼氣，彷彿身體內深深的黑暗會在一瞬間吞沒我。

我掙脫了他的手和嘴唇。被人抱著，被男人抱著，我感到更加孤獨。時間慢得叫人喘不過氣來。我轉身看自己的手，試著擦去臉上唇上的印痕。

開滿白花的山，風吹下殘花敗葉。一雙像樹樁般的手指倒插在山坡，泥土覆蓋在上面，微微顫抖。在半明半暗的傍晚，我懷疑這是一場夢。我走上前去，伸出手去摸，濕熱的。這手帶著我在一點點上升，手臂從土裡長出來，緊緊鉗住我。我發出狂叫，逃離那片白色的山坡，路在月下奔跑，紛紛的花瓣灑了一身。

我看見他，許多年前，坐在一個高高的瓷罈上面，他像孩子似的坐在上面哭，他想下來卻下不來了。我問他是怎麼一回事？

他說，虹，你的這種感覺太敏銳了，讓我害怕。

許多我說不出名目的東西像星星一樣墜落下來，發著光朝我躺著的方向墜落下來。整個床在搖晃，金光閃閃，這是我夢中的一部分。

說假話痛苦，說真話同樣痛苦，只要講述都痛苦。我情願是啞巴，而且讓他也是。

他是幫凶，比我父親還蠢。這是我妻子！他逢人這樣得意地介紹。而我總在一旁微笑，可沒有一個人能明白我為什麼笑。

他離開了，留下憤怒的腳步聲。

但我感覺他就在不遠處。他常用異樣的目光打量我，躲在暗處觀察我，提防我，完全是陌生人。他肯定以為我病了，要不就是神經不正常或移情別戀。我健康，像我討厭這健康一樣，我在神經不正常時講的一個個故事明白順暢。

是我出生的野貓溪。一塊大岩石上，三個破舊的院子依石頭的坡度，順著江水的流向緊挨著。在末端的院子裡，每天清晨都挨耳光的張媽，生著白淨的瓜子臉。我在她的臉發霉、腐爛的過程中一天天長大。我又黃又瘦弱，我貧血，常常突然暈倒。我不愛和別的孩子在一起。我蓬著頭，臉沒有洗就靠在張媽的門前。

她男人面目和善極了，他的腳上穿一雙擦得雪亮的大頭皮鞋，好像是專用工具。他踢她時，我暈眩，在一個個光圈中父親把我拖走。

她是妓女。父親說她是用幾塊大洋買來的。

她對我很好，常常給我梳頭髮。她的手輕柔纖細，使木梳子在我的頭髮上癢癢的好舒服。

父親總是一把拉走我。父親不在時，我便到她跟前，坐在小凳上一會兒看著她幹活，一會兒看著天空。直到今天我還忘不了她離去的那個日子。

我看見男男女女老老少少圍在正方形的天井裡，拼命擠進人群：一個人直挺挺擱在舊木板上。是張媽，她的臉布滿厚厚的霜，嘴角有一絲微笑，似乎在輕微抖動。我怔了怔，開始笑，大笑，放聲大笑。

他們都看見了張媽的笑容，卻不承認。罵我、抓住我撕我衣服，唾液拳頭落在我身上，說我鬼魂附身是瘋子。

我不是瘋子，我不是！我叫。父親站在一旁冷冷看著，不理我祈求的眼光，任我掙扎。

我但願自己不是他的女兒，他不是我的父親，從這天起，我的父親就從我的心裡死去了。

我打著顫，乾脆閉上眼睛一聲不吭。最後我被扔到床上，也是一張舊木板搭成的，不過是在漆黑的屋裡。那天立春，院牆外唯一的一棵桑樹長出了幼芽，綠綠的幾片，像鳥兒的小嘴在風中張開。我穿著破舊的衣裳，打開小窗望著樹葉，我感到許多陌生的東西在我內心上升，直到我的雙眼濕潤。

有人說講述是復仇。向誰呢？為了什麼？我僅僅為講而講。鮮血只在自己的體內流淌，我隨著血流的快慢選擇故事開展的速度，不指望找到方向，出口，不指望永恒，像我唱的那支歌：

……很碎，很碎
紫色真正的紫色

新婚之夜，我啃著手指注視白色的家具，像躺在醫院裡，其實，天堂大概也不過如此。我不理他。血從手指一滴滴流下，流成一條線，像熟悉的路。我在笑，笑得開心放肆。他把我擁在懷裡，我發現我的手已纏上紗布。

那內心的巢穴不是由本能構築而成，
永遠也不會很圓。

他躺在身邊。能給他什麼呢？沒有必要隱瞞對他的失望和厭惡。歲月復歲月，愛人復愛人。有人在流淚，有人在火化，還有人在飛馳的火車上看著兩旁的樹蔭，想自己愛過的一個人，許多年前愛過，許多年後仍在愛，很累很快活。這只可能是個詩人。而我像一隻大蜘蛛輕聲吸氣、吐氣，把絲連接在冰涼的角落，呆上一個夜晚又一個夜晚，擺脫自己。

我從來不需要父親。這麼說可以顯示我仍然堅強，父親不許我這麼說更能體現我可憐的命運，他那小而扁的眼睛射出的光足夠我領會一輩子。我始終不明白，父親當時為何只折磨我而不打死我？卻讓我繼續活著？

建在巨石上面的小院，活脫脫一口棺材。那些年我唯一存心要幹的一件事，最想實現的一件事就是：逃。

父親的眼光掃向我時，我第一個反應就是低下頭迅速爬上窄窄的樓梯。樓梯吱嘎作響，每爬一步就顫動一下，一共三十步，來到小閣樓。這是我自己的地方，可以在這兒自由走動，說話，別人不會來打擾。不是他們怕上梯子，而是閣樓經常鬧鬼。

據說閣樓曾吊死一個姨太太。她男人解放時跑臺灣了，丟下她，她吊死了。

在夜裡我不止一次看見她一晃而進，直接朝我的木板床走來。然後她轉過身，拿出一根絲綢帶子，白晃晃的，向屋梁扔去，套上自己的脖子，腳一蹬就一晃一搖升上屋頂，朝天窗飄去，那麼美、優雅，沒有哭沒有一聲喊叫。

偶爾，我聽見一些古怪的聲音在牆角嘰嘰喳喳爭論不休。有時，像腳步聲，一串重一串輕，笑聲和抽泣從屋頂的每片瓦上壓下來。真的，與其面對人，我還不如夢見鬼。

白色的蛆一堆一堆長在父親的腿裡，閣樓下那間正屋氣味難聞。那天，他爬上樓梯揪我下去時，我躲開了，他一急，失足從梯子上摔了下去。腿被地上一根生銹的鐵條劃破了。他拒絕看醫生，躺在床上罵人，最後罵自己，罵祖宗八代。該罵的都罵了，就睡覺，好像那條腿是別人的，睡得很香。一個月後，床上出現了白色的小蟲。我揭開他腿上的紗布，裡面大大小小的蟲子扭動著渾圓透明的身子，這時我十二歲。我用棉花蘸著酒，一根根從他的腿上弄掉。小蟲子越弄越多，抓下一根，生出一根，它們和我決鬥似的蠕動著。我贏了，父親的腿上，一根蟲也不剩了，他昏了過去。

一碗蛆，我一天扔幾根，一天扔幾根，剩下最後兩根，父親就在這天死了。我趴在他身上，我哭不出來。我不會、不該、不能為他掉淚。我忘了，他是我父親。

父親死於意外。災星是我。院子裡的人都這樣看我。以前他們打我罵我凌辱我，現在他們躲著我，有意避開我。

我禁止他走進我的故事之中，我緊閉窗戶和門，我為自己敘述。父親死前，把我的手放在他的手裡握緊。父親到死都不甘心放棄繼續控制我，希望藉他來達到目的。我想過，不是因為我長得又醜又瘦，不可愛，而是相對其他孩子而言，我是一個天生就希望捍衛自己權利的人，我冒犯了父親，特別是他作為一個男人的尊嚴。可為什麼我不能再一次，最後一次冒犯父親，甩脫父親和他？反而在多少年後答應嫁給他呢？

人死三天，那家人在門檻前撒下煤灰柴灰。清晨起床，去察看灰上是否有像馬蹄、牛腳、貓爪的痕跡。你父親回來過，帶他那兒的人來過，他跑來告訴我鄰居的說法。

我想那些人中有媽媽。我從未見過她，對我來講，她只是一片空白。

紅能驅邪。我在門和鏡子上都貼了紅紙，我不願意見到死去的父親。深夜時，一陣接一陣急促輕風似的腳步，從牆角、窗下響起，徘徊不定。我在黑暗中陰險地笑了。

我曾是一個處女，現在仍有一顆處女的心。在天花板下，總是在天花板下被人愛，說實質點，被人占有。從我父親算起，我和男人就沒法弄好，我的過去種下了禍根，如同我前面講到的那些故事，他是我遇到的第一個男人，也會是最後一個。他是我父親為我安排的丈夫，他不能理解、進入我這殘破的心靈，不僅醫治不了我的創傷，反而加重了我的創傷。痛定思痛，我得出結論：要是婚姻虐待了你，你也可以虐待婚姻；你的丈夫即使沒有刺痛了你，你也可以刺痛他，這樣你就可以占有愛情了。找一個情人，為什麼不呢？試試吧！或許，情人能給我乾燥的身體灑下一絲兒水，只要一點就可以救我。

於是我遇到了你，我對你說，你真好，讓你帶走我。

在整幢樓房的漆黑中，光著身子來回走動，一直到天亮，我願意天天這樣。我厭惡那張使我痛苦的床，以致我總是沉醉於裸體死去的快感中。我抽出鋼絲纏在手指上，尋找電源插頭。這種死法既快又輕鬆，死後模樣異常難看。

我渴望這種死法，我在對你講敘的故事中實踐這種死法。

那團火在熄滅，什麼也沒有了。這是事實，不得不承認。

我要點燃它，重新看清你。我對自己說，一會兒也行。

第一次和你坐在桌前，你把杯中的啤酒倒了一半在我的空杯裡。我沒有像對別人那樣劈面澆過去，反而覺得自然。我記得你穿了一件藍襯衣，白色的桌子、靠椅使你在人叢裡格外醒目，顯得老練又年輕，在我所居住的這座山城最高的屋頂花園裡，黑而發亮的天空，時低時高的音樂撫摸著我們的身體。池中的噴泉，我潮濕而豐滿的嘴唇和四周的風連成一片。

那個傍晚，在我與你之間坐著他。不協調產生協調之後，你卻走了，我大聲對他說，我也要走。

我沒有說出口，只在心裡這樣嚷。我安靜地坐在原處，一邊在那些音樂裡漫遊，一邊看你怎樣和我、他一一告別，怎樣慢慢地走到樓梯上，一步步下去。我望著你的背影直到消失。

難道這是一個夢？我邊講邊想像，描繪得更加圓滿完整。那聲音緩慢帶沙啞，聽起來沉甸甸的，彷彿降落到深崖底：

每隻鳥都得進入
那由其他不完美的鳥所構成的
巢穴……

抱著你的頭，我說，我喜歡這首詩。

你舉著手像舉著刀，試圖解剖我：乳房生得好，腰美、腿也美。你怎麼學會了掩藏，把自己保護得這麼頑固？你繼續提醒並暗示我，憑著身體的力量去反抗這個世界降臨在我身上的不幸。

我緊緊貼住你，深深地意識到，只有遠離你，才能把你夢想成我的，才能真正擁有你。整個晚上，你都在訴說，像黑暗中的河流，從我身下流過。

有一天夜裡，他在我稍稍清醒時告訴我，說我發高燒了，一直胡說，又哭又笑。

我不相信我生病了。

我被你摟著，繞過一個個水池，從一扇扇門穿過。天有些亮了，我們走出最後一扇門，來到寬敞的公路上。公路上兩旁高大的榆樹間，只有我和你。

車站到了，隔著玻璃，朦朦朧朧之中我看見你對我微笑，揮手告別。

天氣暖和，越來越暖和。這又是一個雨天，我佇立在窗前，望著窗外的街道，舉著傘的行人，我感到自己在拼命吸收空氣中腐屍的氣味。那些從我窗下經過的人都不是你，你不會再來敲我的門了。只要不是我熟悉的男人，其他任何一個陌生的男性，我都需要，我需要狂暴的撫摸、陰森森的親吻，死而後生的做愛，我發狂地大叫。他走過來了，我對他說：你把我滅了吧，徹底滅掉。因為我早已不存在於這個世界上了。

他叫人給我打了一針，我安靜了，迷迷糊糊睡著了。

下面是水，很髒很深。

這應該是夏天，夏天的某一個日子。

郊外。在夜色之中，我撲向欄杆想跳下去。

你不可能讓我動心，你的痛苦打動不了我。你一邊揍我，一邊吼叫。你的臉泛起紅潮，眼睛燦爛。我只能用燦爛二字來形容你打我時的快樂。

我順從，我撕碎身上的衣服，脖子上的項鏈和頭髮上的綢帶。我一絲不掛，任你拳頭腳尖雨點似落下。我從來也沒有這麼興奮過，從你的眼睛裡，我看到自己面帶笑容。你打夠了，我也叫夠了，我們累垮在橋上，我說，我要抽煙。接過你遞過來的煙，我劃了根火柴，點燃。

我常常想，坐幾站車，撥一個電話或寫一封信，都可以重新改變你是我情人的局面或他是我丈夫的現實。但你只是一個膽怯的情人，我不想指責你的虛偽、自私。你不敢對我的丈夫——你的朋友承認：你對我的愛情。你讓我明白，不管是什麼樣的男人，只要是男人，全都一樣。

我不想見你，甚至我希望自己從來也沒有見過你。我僅僅是由於捨不得抹去覆蓋歲月的灰塵，而變得衰老不堪。

虹……虹……這是他在叫我，堅定，懦弱，懇切近乎乞求。他知道我的心思?他聽見我自言自語?他要阻止我?

真該去幹我想幹的事，特別是去殺人或被人殺死。他，還有那些口口聲聲愛我的男人，他們中的哪一個可以救我?腰以上賦予我嶄新的靈魂，腰以下賦予我完整的情慾。我對他說，我喜歡床；我對你說，我喜歡床；我對自己說我就是床。

小院的天井，停過我的父親，停過許多死人。有血緣無血緣的在這兒相聚。生和死從來就沒有明顯區別。我相信自己是附在這些鬼魂身上，用他們的灰燼塗抹，攪拌自己，改造自己。我哭了，淚水順著面龐流下，冰涼、刺骨、鑽心的疼。

所有的門突然敞開。陽光從門裡向外湧，寂靜又寂靜。只有他站在不遠處看我。我懷疑他已這樣站了一夜。我一陣激動，喉嚨發乾，燥得發火，我使勁喊道：有種的，你過來!

我的這個小說沒法結尾，因為我的生命結不了尾。這個世界，我想要的，它不給我，我不要的，它老給我。但是我想努力給這個小說一個符合批評家所謂格局的結尾。我往下寫了，試試看：

*他自言自語

幾年來，你搬了幾次家，來到這個獨家獨樓。你常常回憶的那個小院現在成了廢墟。一天你告訴我：你說了一夜的夢話，我知道你。我說了什麼呢？也許我說了早想說出的話，可當時我想治服你。我受不了這種折磨。你和我在一起是一場不醒的夢。我要結束這一切，要你永遠和我在一起，你的心和身體都為我所有。

你睡了，好好的睡吧，我做得很輕，不會驚醒你的美夢，你聞到了吧，這氣味多香啊！好，寶貝，讓我再來親你一下。

*虹渾身汽油味

我沒殺人，雖然我一直渴望這樣。

半夜了，我閉上眼睛裝熟睡。他邊說邊幹，把汽油灑在床上，桌子椅子，連牆和門窗也沒放過。他把最後一點汽油灑在了自己身上。我真殘忍。他哆嗦著掏出火柴，準備點火的時候，我應該阻止他，可我呢？卻以自己都想像不到的速度從床上躍起，打開窗子跳了下去，我想他也沒有料到，他的叫聲和油味燒焦味混在一起。濃煙在我身後，並始終縈繞我耳邊、鼻子眼前。我扔下了他，我可以和他一塊死。我真殘忍。

我會死的。

這樣戲劇化的結尾，比我的生命更無聊。我決定把結尾連小說都一起扔了，我的生命本來就不值得記下來。

寫完上面這段文字的三個月之後，我到了臨近海邊的南山下。南山下一處風景是我的故事中出現過的一所石頭房子，一座小橋，一棵樹。只是那棵樹是桃樹，立在薄雲的天空中，開著淡紅的花。

＊此小說獻給小說中穿藍襯衣的那個人。

蛻變

她的頭髮不黑，在黯淡的光線下顯得有些栗色。我看著她進入視野是已經整整兩天沒見太陽之後的傍晚之際。

她走到我面前，問，他在嗎？

誰？

他肯定在！她目光並不閃躲，直直逼著我。我轉過了身。但我知道她未走開，而是跟在了身後。

我許久以來第一次說話，如果不是她向我走來，我決不會說話。我正在懷疑自己是否還有說話的能力。那傾斜的草坡，除了一座灰撲撲的崗樓，遠遠看去像一座奇形怪狀的塔，幾隻羊在草坡上吃草，不時咩叫。沒人照管的羔羊，或許夜裡會躲進那潮濕、充滿鳥糞臭的崗樓裡，避避寒風。

她跟著我，一直朝路上一輛汽車走去。我知道這輛車是她的。我對一切視而不見，包括她以及這輛老掉牙、開起來吱吱響的車，只有那車鏡透過我和她清晰的身影。她停了停，似乎在猶豫，但當我走進路對面的樹叢中時，傳來了她急促的腳步聲。

她說床是世界上最妙的地方！任幻想與激情、仇恨與眷戀都得以充分宣泄的機會。

我沒說話。蟬、蟲、鳥的合唱幾乎蓋住了她的聲音，她個子並不高，容貌卻很一般，那件白綢裙皺巴巴，被刺劃破了，手臂上也有兩道淺淺的傷痕，但已結疤了。我和她走在樹叢中那條似有似無的小徑，公路與崗樓遠遠地拋在後面。

空氣越來越清新，但她的話似乎沒完。她在說一個人活著如何沒勁，如何害怕他不在身邊，現在她必須找到他等等。她的話像一本翻舊又寫了許多密批的書，我跳著讀，裝著一副不在意的樣子。

雨點亂扔似地從天上撒了下來。蟲子躲到樹葉背面上去。光線更加黯淡，我感覺血管裡的血在嘩嘩地響動，和雨聲融匯在一起，分辨不出來。樹葉的聲音交織在雨中，隨風有秩序地擺動著，藏青色的光澤不時出現在眼裡。

她在笑，說這地方跟他曾幻想過的一模一樣。她笑過雨聲之後，突然停住了，臉上露出得意的神色，似乎是她聰慧過人，判斷正確，終於找到了這奇怪的地方。她見我沒有任何反應，便一隻手扯住我的胳膊。

我重重地打掉了她的手，依舊淋著雨走在前面。

「站住！再不站住，我……」

我聽見她叫，轉過了頭。她舉起一節樹枝，揮動著手臂，看見我的目光，她停住了。

我繼續走路。

你說，他在哪兒？

沒有回答。

說，他怎麼回事了？她攔在我的面前。她說，憑直覺她知道我知道他。

我一把奪過樹枝，扔在地上，彎下身子，鑽過樹枝攔截的路，下了一陣陡路，往發霉的一堆樹椿生就的菌旁的山路走去。

他一直在寫詩，如果他現在已沒有寫詩的願望，那也是突然發生的事。她聲音細弱，彷彿自言自語：「他怎麼會討厭寫詩？應該說是我討厭寫詩的人，我已被詩刺得遍體鱗傷了。」

白天，空白一片的白天。她說她懷疑他有遺忘症。

就在這個時候，我們走進一間木頭架起來的房子。我指指地上的穀草堆成的床。那意思很明白。她呆看我，也不再問我他在哪裡之類的話，只是往牆邊退。

她哭了出來。彷彿在掙脫什麼似地扭著四肢。

她說，這房間在他的詩裡曾出現過，那是一首她始終讀不懂的詩，讀時卻頭腦發脹，心陣陣隱痛。她記得他描敘在詩裡的房間、穀草、金黃的穀草，在潮濕陰冷的雨天更加閃閃發亮。

我在她對面的地板上坐了下來。沒有點燈的房間在樹木、雨聲的環繞之中，回憶與不回憶，任我自由。

崗樓的方向，閃電在頻頻展示，羔羊在低低地咩叫，那聲音似乎穿過成片的樹林、雨、閃電，傳送到我們耳邊。她抖了一下，抱緊雙臂，臉上掛著水滴，分不清是雨，還是淚水，她一步步移向我。

我患了失語症，我始終在尋思怎麼處置她，要不就是怎樣去回答她那許許多多的問題。「他不愛我了？我發現好久。他撫摸擁吻我時，眼裡就泛出樹葉的青藍色光，叫我害怕。」她靠在我的肩上，手哆嗦著摸了上來：「我就是要如此這般對待他。」

看來她的汽車沒有拋錨，真如她所言，是有意停在那兒，非要找到他不可了。

我無法抵禦這個下雨的夜晚一個女人柔軟的身體對我的纏繞，我失敗於內心深處的軟弱。我從她臉頰吻到耳朵背後那顆紅痣，撕去她皺巴巴的裙子，那鮮嫩無比的乳房一下跳入我嘴裡，我的手抓了過去，用足了勁，她的叫聲和一道道爪痕使我感到了從未有過的快樂。

那是一排屋頂壓得很低的房間，裡面有穀草鋪就的床。沒有點燈，只有小半截蠟燭在一閃一閃。

我爬到蠟燭旁，發現自己被燭光映照的身影是如此苗條，不，應說是柔軟如水，那披肩的髮絲在水中輕輕飄拂，我的聲音像一尾魚，慢慢游蕩，嬌氣喘喘。我驚異極了，推掉了蠟燭。蠟燭滾在地板上，被一個白晃晃的人一腳踩熄。她在說話，更像念一首詩：

一隻鳥兒在跳躍，一隻鳥兒
經過心臟是一隻鳥自然的死亡

我當然知道這是我寫的詩句，多年以前，在我寫詩的慾望突然停止之前，像那個夜晚發生過的這一切一樣，那地點似乎是一條臨江的街，我敲了敲木頭砌成的牆，想不起來。

我下了樓梯，沒有門，一件件花花綠綠、白白紅紅的衣服掛在牆上，像個可憐的手套，等著肉體的進入和充滿。

水，凶猛的水，淹進了房間。樓梯早已不見了。水，漲到我膝蓋，腰，突然停了。我聽到樓上有人在說話：

「情人關係？」

「廢話！」像她的聲音在回答。

我有點到無助的地步，任水搖擺我的身體。我攥住掛在牆上的衣服，一把扯了下來。難道我是在那天離去的？

她睡在那兒沒有動。

我跑出木屋，在一洼清水裡，照見自己：頭髮仍舊長及肩，眉毛銳利剛健，嘴唇下有一疤痕，像一個月牙兒陷在下巴那兒。喉節，啊，喉節還在！我長長地鬆了一口氣。水洼邊的白藍白藍的細花朵，像一條邊嵌在池水四周。那決不是花朵，我把目光移向樹上的一隻鳥。這時，我發現她從我面前走過去，說，「你騙了我，你這畜牲，他不在！」她走出了十步遠，然後停了下來，手揮了揮，像一把雪亮的匕首。

我鬼差神使地跟在她的身後。但腳步邁不開，似乎走了好幾步才有一步遠。

我聽到了樹叢外汽車發動的聲音，那引擎聲叫我撕心裂肺，我說出了那句積了一夜沒說出來的話：難道你認不出我？我也可以變回去成為他呀！

那輛老式汽車發動後就飛快地駛出路口，駛出有幾隻羊咩叫的崗樓的草地，幾乎衝出懸崖，但卻靈敏地在崖邊掃過轉彎，消失在群山之中。

孤兒小六

為什麼偏偏是你？說話人似乎坐在門邊積滿灰塵、蜘蛛網的缺腿木椅上。這時我機械地將沾了灰塵的手往褲子上抹，卻發現我那條皺巴巴的褲子不翼而飛了，連同襪子、內褲，也就是說，我此時光著下身站在床邊不知所措。

春天裡的一個傍晚，夕陽的餘光投射在我的身上，我推開了老家的大門。母親、父親、姐妹、鄰居都早已成為了遙遠的記憶，一如天井裡那口封得嚴嚴實實的井。有一天，我停止了在夢中和他們相見，我便認為記憶錯了，但不知錯到哪裡，於是我決定乘上火車回到這兒。但我找不到夜夜在夢中糾纏我的檀香木棺材的影子，記憶的錯處無從糾正。我想離開，讓一切遠非遙遠的過去，趕快滾蛋。我垂頭喪氣坐在天井的石階上。

一串腳步聲輕輕響起，我起初沒在意，隨著腳步聲的移近，我判斷出，確實有腳步聲，而且就在堂屋窄小的梯子上。

星拉下一線線光斜扎在天井的一角，不見月亮。我覺得堂屋裡聲音混雜，便傾過身子避開遮住我的柱子。許多人端著盆子、捧著衣服從這個房間竄到那個房間，一個白鬍子小老頭不停地在石塊上磨剪子、菜刀。這些人臉如白紙，機械的行動卻透出專注嚴肅。

一個陌生女人朝我招手，我走了過去。她遞給我一把水果刀，要我把桌上一疊紫色皺紋紙裁成小方塊。四周搖搖晃晃的人吱吱啊啊，像啞巴說話。陌生女人也吱吱啊啊地指派他們。我不知道，她把我當作誰，但她肯定沒有把我當作他們中的一個人。她時不時從我身後走過，那眼光裡的意味深長是我從未見過的，她的頭髮零亂地散開，棉襖緊緊裹著身體。我沒有玩過任何玩具，在我四歲半時，被一個圍紅紗巾的陌生女人帶到外省，為了一架轉動起來嘩嘩響的紙風車，我跟著這位人販子走了十多里。坐輪渡過江時，我突然哭了。

後來，當我真正成了一個無依無靠到處流浪的女人時，我明白咬住衣服或被子的一角獨自痛哭一場，肯定就能使人活下去，不需要自慰便可以進入明天。但有時，我需要人把我劫走，即使那時我像個燈籠，我喜歡狂風撲來，狂風把我捲走。

我驚異裁好的紫色皺紋紙已經一張不剩，一個人影飄過窗角時被我瞥見，我扔下剪子，追了上去。

後院窄小的甬道點著長短不一的蠟燭，甬道兩旁的房間都關著，整個院子變得鴉雀無聲。我想找那位陌生女人，問問她。推開一扇扇門，沒有一個人。點點燭火閃爍不已，後院的小陽臺上，梔子花濃郁的香氣一陣又一陣撲來，我捂住嘴鼻，暈乎乎的。

大木床掛著麻紗蚊帳，我的手觸到上面的補釘，心加劇跳了起來，這蚊帳我最熟悉，它無數次重複在夢中，我睜圓眼珠：我的確站在母親的房間裡。

碗櫃的臺階上兩盞煤油燈冒著烏黑的煙，燈芯有小指頭那麼大。一簍蒸熟的紅鹽雞蛋作了許多記號擱在窗前，桌子上的筷子通通用碗反扣，中央的土碗盛滿了清水，而木板牆上貼了長條的綠黃紙，在煤油燈的映照下我感到陌生，不安，甚至提心吊膽，我總覺得這不會和接生或喪事相關，肯定有其他什麼事將發生或正在發生。

壁櫃後面射出一道光落在我身上，那年我被兩個姐姐合夥關在壁櫃裡，使我的生日不同尋常。在我捂緊耳朵面對櫃子裡的黑暗時，一串串節奏並不舒緩的合唱響在周圍，此刻我又聽見了，在合唱中間還夾有擊掌聲。接著我發現了壁櫃可移動，我好奇又恐懼，使足勁，移開一條縫：

我的母親穿著一身紅衣，耳鬢插了兩朵乳白色的梔子花，整個人彷彿上了一層釉彩，鮮艷而清新，肚子微微腆起，但不失優雅。我知道她正懷著我。相比之下，在她身邊，我的父親卻像笨拙的低能少年不知所措，他們朝著我這個方向跪在地上，叔公背對我坐在高椅上，陌生女人站在叔公背後。這個房間比堂屋還大，坐滿了男男女女，他們的服飾和化妝之亮堂，都是我從未見過的。

「你說呀，願意還是不願意？」叔公問了第二遍。

我的父親還是沉默不語。

叔公第三遍問過，我母親的手撫了一下頭髮，那兩朵梔子花掉在地上，她的眼睛慢慢閉上。

「龜孫子，說話呀，同意還是不同意要這個孩子？」

叔公厲聲喝道。

我看了看母親，以為她會哭，卻見她露出了笑容，母親這種笑使她顯得更美了，她朝父親轉過身。

我的父親旁若無人地跪在地上，像低能少年，終於他臉上露出我小時經常見到的凶氣，那是我最害怕的，令我渾身顫抖。叔公的聲音響在大廳像雷聲轟鳴，是怕父親沉默還是怕父親突然開口回答？我靠在壁櫃上，兩眼昏花，我的父親、母親和大廳一起在縮小，縮小，當只有一個朦朧的影子時，我奮力推開壁櫃，衝進廳堂，大叫了一聲「不」。

大廳的人呆住了。「抓住她！抓住她！」的叫聲使我明白自己處於何種境地，拔腿就朝左邊的樓梯爬去。到了樓上，駝背和白鬍子小老頭正遠遠守著門笑嘻嘻看著我。我只有繼續爬閣樓樓梯，從天窗鑽出。圓形的天空黑藍透底，比鏡子還亮，一大群人從後面緊跟上來，我在屋頂瓦片上傾斜著身體飛快地走著。

一個梯子架在牆邊，一個陌生女人扶住梯子站在那兒。從梯子下來，我隨她左拐右拐穿過幾個房間之後，到了樓梯下面裝雜物的儲藏室裡。我和她緊張地喘著氣，儲藏室低矮潮濕，我們倚牆坐在地上聽著腳步聲漸漸遠去。我的手被陌生女人握著，不一會兒，我感到她不是在握著我而是在撫摸我，我的頭靠在了她的肩上。

夜更深了，老鼠沿牆跑上跑下。我走出儲藏室，輕腳輕手上樓梯，穿過窄小的甬道，找母親的房間，可哪裡找尋得到。划拳喝酒的聲音似乎在堂屋那邊，還有二胡刺耳的伴奏。陽臺上的梔子花照樣使我暈乎乎的，我退到樓梯口，猛見一個人站在面前，剛要叫，我的嘴被一隻手迅速捂住，「六兒，別怕，是我！」母親在我耳邊說。

我只有死死抱住樓梯的欄杆，才能使自己既不開口說話，又不抬頭去看母親。母親的聲音異常蒼老、悲傷：「六兒，你可以不認我，可以罵我。」母親說，「你對我做什麼都可以，但要相信我找過你，四處托人，到派出所，登報，什麼辦法都試過。」

我咬緊牙，牙齒在互相銼得吱吱響。

「六兒，媽知道你不容易，你吃苦受罪，一個人遭難，肯定在心裡怨媽、恨媽，恨這個家，可六兒，」她扳過我的頭，我看見滿頭白髮、淚水漣漣的母親指著自己的身體說：「六兒，說其他都是假的，這兒可是真的，你畢竟在我這裡待足了十個月。」

我看見那子宮在抽搐。我想說話，想對母親叫「媽媽」，可我看不見母親，從我遇上母親，我就沒有看見過母親的臉。第一次我覺得自己的確只配做個沒心沒肺的孤兒。我毫不留戀地離開了，我知道我的命運就是不斷的離別，尋求誘拐我的人。自由，只有離開家才會得到。

就像我在上面提到的那樣，當我光著下身走近說話者時，我認出了坐在椅上的是陌生女人。她救了我？還是我無意介入這個事端的策劃？

「娃，你知道我多想你!?」陌生女人溫柔的聲音正在轉換我腦子冒出的判斷，她坐在椅上，頭髮梳得整整齊齊，顯得高深莫測，但我怎麼看都覺得慈善、親切。

「娃」，她說，「你離我近一點，好，就這樣。」我蹲在她膝邊，變得很溫順。被人欺騙的快樂，湧向我已不年輕的心，她粗糙的手正在解她自己的衣服，然後她把我帶到了床上。

陌生女人蜷縮在我的懷裡，她冰涼潤滑的身體在輕輕顫慄，那一瞬間，我以為我一直就是在找她這樣的肉體和她給我的這種銷魂的感覺。我這麼想之後，越看陌生女人，陌生女人就越像母親，尤其是她身上散發的梔子花香氣。我呼吸著，渴望在這種香氣中醉死過去。

我打開窗，下面有人影在動。我趕緊關嚴窗戶，房間裡一片漆黑。

門外的走廊上有人在說話，由遠而近，腳步聲窸窸窣窣，像朝這邊走來。不知出於何種原因我翻過熟睡的陌生女人，躺到了床的裡側。

我睡了一會兒，醒來，發現陌生女人不在了。我很絕望，認為每次誘拐都逃脫不了被抓住的結局，不管我遇到了誰。

我掩身在過道，從樓梯望下去，堂屋裡大約十來人，他們正在釘釘子。堂屋的門關得密不漏風，看不清他們的臉，錘子和鐵釘的撞擊使我想到：陌生女人為何堅持睡裡側？那個被釘在棺木裡的人是誰？母親？還是陌生女人？如果那口棺材是檀香的又會怎樣？

想到這兒，我閃身出了過道，腳踢到一件東西，我從地板上拾起來，塞進衣袋。我死死盯著堂屋的門，生怕它會突然打開，我就這樣退到院子的大門口，大門虛掩著，我出了門。狹小陡峭的街道回響著我急促的呼吸和輕輕的腳步聲。我沒有回過頭去，只是從衣袋裡取出那件東西：這是一條淡紅色的紗巾，還有兩個小破洞，我把它圍在了脖子上。「哐噹」一下關門的聲音從身後遠遠傳來，這時，天亮了。

我來到叉路口，已有不少行人在匆匆走著。我多麼希望有人向我走過來。真的，誘拐者，我又在等你。

兩道門間的雨

1

馮瑜推開窗，院中的樹梢比窗還高，葉子在抖動著，不顧他人地抖動著，她轉過身來，像進門時一樣的笑容：大夫說你手術恢復正常。

是嗎？李奕鳴的聲音。

她說你不久就可以自己動手寫作，但暫時還得錄音，由我整理。她坐下來翻撿那本大筆記本，紙片嘩嘩地響著，一張卡片掉了出來，落到她的膝蓋上，然後慢慢地，像電影中的慢動作，滑落到地上。

她拾了起來，夾回原處，問：第十五章還有增添嗎？邏輯真理的充分性之論證？

李奕鳴沒有向妻子表示她帶來的消息給自己的反映。他看起來很高興。她看在眼裡。

他說自己得想想比較大的計劃，這本書可以寫得更充實些。他下午會把想法錄下來，先別管這一章。

馮瑜放下筆記本，說當然行，反正以後有的是時間。

他說他想躺一會兒。便把身體滑下，讓頭滑在枕上。

馮瑜起身，把被子往上拉拉。

他說，不，他不想睡。

沉默彌漫了正午陽光傾瀉的房間。窗臺上的大理花，茉莉花、蘭草、太陽花在陽光裡旋轉起來，組成一個奇艷的氣球。陽光照在地板上，在白色的牆角打個折。

李奕鳴突然問：錄音機換上新磁帶了嗎？

磁帶錄了一半，第十五章的補充說明。她回答。

能換盤新的嗎？

當然。但她沒有動，她說：你不是想休息嗎？別急！

不。他急沖沖地說，但馬上緩和了一下口氣，說他也不太明白是怎麼一回事，但他想重新開始。

開始寫新的書？

可能。他讓她把錄音機放在床頭。他說，既然沒有擴散，手術順利，一切都在好轉，她應回家休息休息。

她說她想再坐一會兒。

他要她回家，說有新的章節，他會錄下來的。「睡覺，好好睡一覺。」

2

李奕鳴按下錄音鈕，深深地吸了口氣。開始了他的講述：少年時誰不曾幻想，我也一樣，幻想成為詩人。陰差陽錯，教授誇我有哲學頭腦，我就成了邏輯的奴隸，嚴密論證，步步推理。青春年華就在僵硬的理性中磨滅了。連夢也做得有條有理。戀愛也是條分縷析。不知還能活多久？那本《邏輯學批判教程》，據說不少人等著，但我不想寫了。

他聽著磁帶劃過磁頭發出輕微的吱吱聲，像一隻蒼蠅被關在玻璃窗裡那麼無奈地驚著、叫著。他不知怎麼往下說才好。他仰著頭，閉上眼，童年那只白風箏在慢慢升上天空。中學時所有的夢想，悄悄塗寫的小說構思，又被悄悄扔掉的羞愧，僅僅屬於自己的一些片斷，那是秘密的翅膀，隨風飄散，他站在一個懸崖陡壁，下面是蔚藍的波浪，白帆，在海面上閃著光。

門被推開了。林大夫進了屋，走到他床邊。

「我什麼都知道了！」他平靜地說。他堵死了，但同時也敲開了大夫的嘴。

林大夫一下楞住了，她看了看他，說，這也好，你是個很理智的人，你不同於常人。

他謝謝大夫的恭維，說，「說了你不要見怪。」

「怎麼啦？」

「我想在我生命的最後階段，做自己想做的事。」

「人從來都有權利如此！」林大夫走近床邊。

「但我們總是自己放棄這權利。」

「你現在想做什麼？」

「幻想。」他吐出兩個字。

林大夫第一次那樣怪異地瞅著他。李奕鳴除了臉上病容外，顯得年輕，長得文氣又高大，五十剛出頭，教授名流，生活順遂，病魔還沒毀壞這外殼。她的眼睛停留在他的眼睛上，只一瞬刻，就退了回來。

像往常一樣林大夫坐到李奕鳴床邊椅子上。他抓住她的手，她沒有抽回，她在輕聲說：你說得對，得好好幻想。

他感到全身放鬆下來，彷彿看清了懸崖下的大海，清澈的海水、海草和魚群的游動。沙灘上一層一層的波浪，像白色的花邊，圍繞在海水周圍。

幾隻雲雀飛了過來。

他動了動身體，請她把磁帶倒回頭，洗掉剛才他說的話，他不需要為自己辯護，那些話迂腐，而且可笑。

林大夫長吁了一口氣，說，好的。

他按她的吩咐閉上眼睛。一個聲音從遙遠的地平線傳來，柔軟如水，漫過風吹拂的草地。不幸，或是幸福，都攥在你的手心裡，你說變，它就變。他不再想這是誰在對他說話。那聲音在繼續說，它飛出來了，像一個八音盒，它唱歌了。歌聲在陽光中像閃亮的氣泡一樣紛紛飄揚，組成一個無法抵抗的生命，他看見一條交叉的十字小路，一雙手向他伸開，來吧。他撲了過去，他感到他被托在空中，像一陣輕微的呼吸，像一滴沒有任何重量牽掛的霧點，一根翻捲的羽毛在輕輕往下墜落。

於是他開始說。

3

馮瑜傍晚回到家，打了一圈電話給親朋好友，告訴他們李奕鳴癌症惡化的消息。每個人都很吃驚，很焦急，每個人都急於安慰她，似乎每個人都早就準備著這一天了。

她拿著電話，撥了電話號碼，線通了，但她馬上按住了。隔了一會兒，她又撥了相同的號碼，她握緊了電話筒。她說「請找羅局長。」

「羅局長還沒回家！」對方懶洋洋地回答，像是他家保姆。她留了電話號碼，請對方轉告。

馮瑜靜下心來，她不能再想這件事對她意味著什麼。結婚十五載了，沒有孩子，但她沒感到缺少什麼。李奕鳴是個書蛀蟲，成天啃書鑽書寫書。她，因為丈夫才得以留校在圖書館裡工作。如果自己不選修邏輯課，自己就不會遇見李奕鳴。哲學教授外出開會去了，叫他得意的研究生代幾節外系學生的課。李奕鳴清晰而嚴密的論述把她一下子給迷住了。彷彿一個俗套，馮瑜和李奕鳴成了郎才女貌的模式，他們畢業時結了婚。十多年來，知識分子身價時起時落，卻絲毫未動搖她建創起來的家。他們的戀愛和婚後生活缺乏激動的浪漫氣氛。生活本來就是平凡的，有規律的。李奕鳴讀書教書寫書，一絲不苟。星期日是他休息的日子，而星期六晚上則是性生活的晚上，不需要特殊的要求，特別的信號，他們抱在一起，抱完之後，一人一床被子入睡。從沒紅過臉，吵過架，他們是一對大學裡人人羨慕的恩愛夫妻。

馮瑜給自己倒了杯茶，她想，可能是由於生活太有規律，所以李奕鳴得了癌症一時顯不出來。在病中，李奕鳴仍然繼續寫《邏輯學批判教程》。為此，校長特地讓她離開圖書館去醫院護理他，幫助他整理此書的最後幾章。她按時去醫院，按時搞錄音整理，抄好後第二天帶到醫院給他看。

而這一切，不久就要中斷了。馮瑜很傷心，像她這樣知足而不逾矩的人，為什麼遭到如此不幸？她在臺燈下默默流下眼淚。

電話鈴響了。馮瑜趕快拿了起來。她一聽聲音，便哭了起來，報告了一下李奕鳴的情況，然後止住哭聲說，「羅門，你為朋友盡了力了，有句話我不該說，我說了你別生氣。那個開刀的大夫，叫什麼來著？」

「林漣漪。」

「對對，就這個怪名字。」

「有時醫生也無回天之力，」羅門安慰馮瑜說。

「如果早預料到有擴散可能，應當多切除一些淋巴組織。」

「她也不知道。」

「她應當知道！」

「她是市三院最好的外科大夫，」羅門耐心地說，他清了清嗓子。

「我看不像。」馮瑜嚷了起來，「妖形怪狀的。她這一刀下去就殺死了奕鳴！」

羅門沒有回答。他的沉默使馮瑜意識到自己的情緒過了份。

「對不起，我著急了。」

「我能理解。奕鳴是市裡中年知識界的代表人物，人才難得，我們責無旁貸地為他提供一切。我明天給醫院打電話，要他們用最好的進口藥。」然後羅門說了一些安慰馮瑜的話。

「那就太感謝了。」馮瑜放下電話，雙手不由自主地撫摸了一下臉。暮色已經濃烈到把窗框畫得清清楚楚的程度。她把今天的錄音帶放到錄音機的機匣裡，然後坐下來，拿起筆記本、筆。她按下了鍵鈕。

李奕鳴清晰的聲音響在屋子裡：那些氣球在飛，那些小小的氣球、雨珠輕輕灑落下來。

李奕鳴緩慢的語調在講述：

雨濛濛，看不清窗外。她突然從床上爬起來，穿著睡衣。我不明白，為什麼她的睡衣帶子未繫上，拖在地上，她一點沒察覺？她赤裸的身體在睡衣裡像條魚那麼游去游來。雨太大了。她在鏡子前坐了下來，那頭髮亂亂的。我真想把她的頭髮梳順。

敲門聲響了起來。

我走過去摸她，發現她濕淋淋，面若桃花。那冰涼的衣服全掛著水滴。房間裡一盆仙人掌，不，是仙人掌變種的熱帶植物在晃動。

她掙脫我的懷抱。敲門聲不斷。她撲向門。我抓不住。她邊走邊脫睡衣，她打開了門。

……

馮瑜尖叫一聲，暈倒在沙發裡。

4

林漣漪下班後沒有回家，她騎車直奔衛生局，敲了敲羅局長的門。

進來！門開著！裡面的聲音在說。

她推門進去。羅門坐在辦公桌前整理一堆文件。

她走過去，把桌上文件往邊上一推。

「別給我裝腔作勢的。」

羅門把椅子往後推推，「怎麼啦？什麼事這麼急，非要我在這裡等你不可。其實今晚我真有事，上面找我說個事。」

「我也真有要事非見你不可。」

「當然，你的事對我來說都是最重要的。」

林漣漪在沙發上坐下，「你這種甜言蜜語早就不起作用了，你應當明白。」她看了看羅門，「我來說一件關於你的事。」

羅門笑笑，拿開水瓶沖茶，「我的事？」

「是的。」

「如果是我個人的事，我不會對你保密，如果是其他。」他把茶杯放在林漣漪面前桌子上。

「不用著急！」林漣漪打斷他的話。

「那你問好了！」

「那好。那個李奕鳴教授，那個書呆子，你們是好朋友？」

「從小學起就是。在這城市裡恐怕就我們兩人小學是同學吧。他癌症不治，我很難過。」

「手術已太晚。我問你，為什麼讓我來開刀？不開刀可能維持時間長些。」

「信任你，醫院院長也是這意見。」

「死在醫生刀下的病人多的是，我不怕冤鬼纏身。我只是覺得好像是我宰了他。你認識他的妻子？」

「當然，常來常往。」

「你以前說過除了我，沒真正愛過別的女人，包括你的前妻。」

羅門臉一下子沉了下來。「怎麼回事？」

林漣漪從包裡抽出幾頁紙，交給羅門。她說，這是李奕鳴說的話，我的記錄很詳細。她讓羅門看。

羅門從頭讀下去，讀到最後一段：

她打開門，穿過正下著雨的街道，她敲開了對面那幢房子的門。她倒在一個男人的懷裡。雨水模糊了我的視線，她把他拉了出來，不，是他把她拉了進去。門和牆在雨中搖晃擺動。

我怎麼也走不到街對面，雨太大了。我聽見了沉重的喘氣聲。我走到街中心，那開著的門正好露出他和她緊緊相擁的身體。

雨淋濕我的衣服，舉著傘的人從我的身邊走過，雨靴發出奇怪的聲音。那人看了一眼我。我看不清前邊的路，只看見兩個模糊的身影透過微弱的路燈重疊翻滾的剪影。我揉了揉眼睛，我站在自己家門口，我看見一件衣服，白色的衣服在黑夜的雨水中濕透，雨水沖著白衣，在一點點移動，不時反射著白光。

我踩在衣服上，走過去。

他張著嘴要嚷，卻一口咬住了她裸露的右肩，她一下叫了起來。她在我的懷裡從不叫呀！她的一條腿跨上了他的腰，她從不這麼扭動，她的臉也從沒有這樣如痴如醉呀！

雨水往我的身體，往我的心裡鑽。我看清了，看清了他的臉，我真難以相信，他竟是我從小到大，到現在最好的朋友……

羅門的臉漲得通紅，拍的一下把紙扔在桌上，「這是什麼？」

「李奕鳴的自白。」

「什麼時候說的。」

「今天下午。」

「在知道癌細胞擴散的消息之後？」

林漣漪說，你別激動。我沒說，不過我想他明白。

「這是你在實驗你的催幻氣功。你這樣做是違反醫學道德的。」羅門的臉由紅變成鐵青，說李奕嗚是個臨死也不會喪失理智的人。

「他自己要求的。他很自願地合作。受功的人說的是平時不敢講的話，最真實的話。」

「受功的人把潛意識誇張為現實。」他看了一眼林漣漪，「你是在吃醋！」

「兩種可能性都有。」林漣漪笑了，說她早就沒精神吃醋。羅門他也不值得她嫉妒。磁帶她留在錄音機裡，馮瑜可能取走了，這刻兒她或許正在聽。

羅門跳了起來，「這太過份了，我不能讓我的好朋友帶著這個念頭死去。」

「你放心，受功人自己不會記得他在幻覺中說的任何話，他醒來時一切記憶都抹掉了。馮瑜當然不會公開，她遮還來不及呢，我也不會公開，我為你要面子。」

「你到底想幹什麼？」

「你把今年那個出國進修名額給我。這不是要挾你。磁帶我本可以複製，但我不想那麼做。這幾頁筆記你可以拿去。我只是想逃開這種亂糟糟的生活，離開你。」

5

馮瑜醒了過來，她扶著牆走進盥洗間，用冷水洗了洗臉。她對自己說：他是個病人！隔了一會兒，她又說，他是一個病人！

李奕鳴一生好像從來沒有什麼奇怪的性幻想，他連做愛時也從不變換姿勢，從不調情或說示愛求歡的話。她從未聽到他對別的女人評頭論足。同樣，馮瑜也從不談別的男人。李奕鳴有時去開會，打亂了每週一次的性生活，但回來後，從不把抱妻子上床作為第一件要做的事。他從未抱過我上床。馮瑜強迫自己不往下想，但她辦不到。他們洗澡也是各洗各的，這麼多年來，他可能一次也沒好好看過我的身體。她傷心極了。

只有一種解釋說得過去，他的癌病毒轉移到腦子裡了。他的頭腦肯定受到腫癌的壓迫，因此而產生奇思怪想。她想，這盤磁帶千萬不能落到別人手裡，李奕鳴的一生正派，她自己的一世清白，都會被這盤帶子裡的話摧毀得一乾二淨。馮瑜把磁帶小心地包好，打開書桌中間的抽屜，放進存款摺子等文件之中。她想了想，又把磁帶取出，在磁帶殼寫上「邏輯學批判教程第十五章，補充注釋。」重新放了回去，小心地把抽屜鎖好。

她打電話到醫院。電話通了。

「我找林漣漪大夫。」

「她下班了。」

「我有急事。我必須打電話到她家裡。」她急躁的態度使接電話的人十分不高興：

「醫院無權告訴病人家屬醫生家裡電話。」

「豈有此理！」

「對不起，這是規定。」

唯一的辦法就是打電話給羅門，告訴他李奕鳴可能已神志不清，開始胡說。但她怕與羅門說話，在這個時候。她對自己說，我不能對病人生氣。我得挺住！況且他是個在死亡邊緣上的人。

馮瑜突然想到李奕鳴床頭櫃上的錄音機，要是他繼續胡說，怎麼辦？想到這裡，她立即換衣，拿包奔下樓去。

公共汽車站人已排了很長的隊，車仍沒有蹤影。馮瑜只好站到馬路邊，招了一輛計程車。趕到醫院時，已是晚上九時。門房攔住馮瑜，不讓進。

她說她是危急病人家屬。門房打了個電話之後，讓她進了住院部高級病房的大門。

安靜的走廊，亮著燈。她控制住自己，在三〇四病房門口停了停，然後推門走了進去。李奕鳴坐在床上，臉色安詳，戴著眼鏡，膝上放著他的《邏輯學批判教程》的稿子。

「奕鳴」，她叫道。

李奕鳴抬起頭，看見馮瑜，便放下稿子，抓住她的腰，把她摟到跟前，他的頭埋進她的雙乳之間，久久不放開。

「怎麼啦？」

「我感覺很好。從來沒這麼好。我是快復原了。」李奕鳴越抱越緊，她喘不過氣來。她聽見他在說，「我想要你。」

馮瑜嚇了一跳，「在這裡!?」

「那就離開醫院吧，早晚得離開。」

馮瑜覺得這話很不祥，她的身體一下子僵硬，「回光反照」。她幾乎落下淚來。

6

「今天感覺怎麼樣？」林大夫拿著病歷走進來。

李奕鳴說，不錯。昨天不知怎麼就睡著了。他向她表示抱歉，「我們好像沒談完話。」

「沒談什麼要緊事？」

「記得我們說什麼關於幻想的權利。」李奕鳴自嘲地笑笑。「搞了一輩子邏輯學，卻不知怎麼幻想。」

「你昨天難道連夢也沒做過？」林大夫問。

「不太記得是怎麼回事。」

「想再做一次嗎？」

李奕鳴驚奇地抬起頭來，問，怎麼做呢？

「我幫助你。但夢還是你自己的，我沒法給你一個夢。」她走到床邊坐下。

李奕鳴看著林大夫白衣裡起伏的曲線透出來。他想，我大概不會有多少次幻想的機會了。

生命終結，幻想也就隨即終結。

林大夫握住他的手，說，我知道你在想什麼。她說，幻想從另一個生命階段超越另一個生命階段，一個個體激發另一個個體。

「超越死亡？」

「超越肉身的死亡。」

李奕鳴笑了，「你是搞西醫的，我是搞邏輯學的。要我們這種人相信神秘主義？」

「信不信由你。」林漣漪說，「若不信就試試，如何？」

她讓他躺下，躺平。她修長的雙臂托住他的頭，把他放在枕上，叫他舒展四肢，她的胸部從扣緊的白外衣中凸出來，幾乎碰到他的臉。房間裡彌漫著醫院消毒劑的氣味，她的白帽壓著他的頭髮，顯出頎長白皙的脖子。他閉上了眼睛，那不是消毒劑氣味，而是一股淡淡的幽香，湧向了他。

李奕鳴感到那幽香的氣流團團圍住了他。她的聲音幾乎貼住了自己耳邊，柔軟、親切，像輕輕的呼吸，那聲音在不停地說，缺什麼，就幻想什麼。他隨著那聲音的節奏也在喃喃自語：要什麼，幻想中就會有什麼。一雙手在他的臉上來回摩擦，一團火騰起，一片紅通通的世界。

他穿了過去。

他在雨中奔跑。

那是小時經常玩耍的草地。那棵樹下，站著她。她柔情地看著他，彷彿在說自己一直站在這兒等他。他們相擁親吻。雨在他們的身體中滑過。他穿過一道門，抓住她，但她又躲閃開了。她的頭髮散開。他一驚，見她的家人在他們面前晃來晃去。有的盯著他不走開。他的臉發紅。

他們躲進一間像教室一樣堆滿桌子、椅子的房間，到處是情人，成雙成對，似乎都在等著熄燈。但燈不熄，而且越來越亮。關門的人提著鑰匙來了，他們和其他人一樣蹲在桌子下。別急，我們得好好找一個地方，僅僅屬於我們的地方擁抱接吻。但他們一個不剩地被關門人趕了出去。他倆進了一間浴室，只有未關好水的水龍頭在滴著水，非常靜。他替她解裙子背後的鈕扣。就在這時，一幫洗澡的人闖了進來。

時間在消失，全都是最好的時間。他看著她，她看著他，無法反抗的情慾掀翻了一切，大庭廣眾眾目睽睽，他一把撕開了她的衣服，把她推倒在大廳光滑的大理石地上。玫瑰紛紛飄落，白色的花瓣旋轉著芬香的氣息。他猛撲上去。他把她的雙手舉了起來，按住。她一聲聲尖叫。腳步聲，整齊的腳步聲向他們靠攏，一圈又一圈的觀眾。這是體育館中心臺上，四周的呼喊，口哨聲響成一片。他動作越加粗野，任著性子來，表演般地把她翻來翻去，誇張地將自己拋了出去。真輕呵，一會兒上升，一會兒墜落。他聽到了八音盒美妙的音樂，這音樂蓋住了一切聲音，他哭了起來，快樂到不能再快樂的地步。

林漣漪渾身大汗，精疲力盡癱倒在光滑發亮的地板上。李奕鳴的呼吸很平穩，好像完成了一件重要的工作，現在是享受休憩的時候。她沒有想到她引導出來的敘述，把自己也拉了進去。她只是想多知道一些羅門的事，卻無意之中知道了自己。從這個生命跌入那個生命。這太讓她震驚了。這個肉身漸漸被癌細胞蝕完的病人，她手術刀割開過的身體，在提示她生命中不可抗拒的事，那也是最可怕的事。愛和死蝕骨入髓的悸動。

錄音機還在吱吱地響。她站了起來，伸手啪的一聲關掉她帶來的袖珍錄音機。

在半黑的暮色中，她俯下身來，吻了吻熟睡過去的李奕鳴。

7

羅門家裡電話鈴反覆響起，沒有人接。候機廳裡每個旅客的表情都不一樣，行李或多或少。那電話鈴彷彿響在林漣漪的心上，她在機場第五次打電話了。羅門故意不接？登機的通知又響起來，一遍中文，一遍英文。

林漣漪把電話放下，提起腳邊的箱子，加入登機者的隊列中。

太陽西斜，天色向暮時，馮瑜在家裡沙發上已失神地坐了一個多小時。追悼會是一種不同於其他折磨的折磨，它讓你死去活來，脫一層皮，掉進冰窟之中。尤其是在長期的守護寄寓了無限希望之後。

李奕鳴的書和稿件已運回家，堆在書桌上。追悼會上，校長說系裡將派人來幫馮瑜整理遺稿，即使是未完稿，大學出版社也要出版。

馮瑜打不起精神。李奕鳴火化後，她記憶裡火葬場的煙囪，高得出奇，很像男性生殖器。那淡淡的白煙冒了出來，一個人就永遠從這個世界上走掉了，消失了。

她突然想起那盤奇怪的磁帶。她打開抽屜，摸摸那紙包。還在。她取出紙包，磁帶滑了出來，掉到書桌下。

她俯身去拾。

這時，她聽見門被推開的聲音，有個人走進來，一個男人的腳步，熟悉的腳步。她抬起頭，眼淚一下滾了下來，「羅門，我知道你會來看我的！」她泣不成聲。

她拿著磁帶慢慢站起身。

「就是這？」羅門問道。

她點點頭。羅門沉默地接過磁帶，靈敏地用手指一勾把帶子扯出來，越扯越長，垂到了地上。然後，他把帶子抓起來，放進洗碗槽裡，劃了根火柴。火順著帶子竄過去，像點著導火索，最後砰的一下燒著了整個帶子和帶殼，一股塑料焦糊味充滿了房間。

馮瑜一聲不響地看著他做。突然，她感到右肩膀上有些微的痛感。她手伸進領子，摸了一下，按一按，好像有個瘀塊，她拉下衣服，瞧了瞧，好像是牙齒咬的痕跡，已變成紫青色。

她愣住了，臉一下變得蒼白。羅門正好回過頭，看見剛才那一幕，他的臉色也刷地一下像白紙。他嘴唇發顫想說什麼，卻說不出來。

機長說，我們就要飛出中國領海，進入太平洋上空。

林漣漪從機艙窗口看到黃色的海岸，混濁的一長條海水，而前面，是青藍的一碧無垠的大海。

她站了起來，走進盥洗室，關上門，從袋裡掏出一盒袖珍磁帶。她用小手指把帶子勾了出來，然後順軸拉出帶子，一邊拉，一邊扯碎，然後把空殼扔進馬桶，放水沖掉。那藍色的水流旋轉著，把這一切噴進天空噴入雲層，落進遺忘一切的海水。

8

一個光腳的孩子在海邊逛，撿拾貝殼、海螺。他看到一個被海潮推上來的貝殼，方形的，從未見過。他拾起這空貝殼，放到耳朵邊，想聽裡面的海濤聲。可是他卻聽到一個奇怪的聲音，一個男人的聲音，好像在講一件事，他聽不懂的事，還有一個女人的聲音應和著。

「妖怪！」他嚇得大叫一聲，一甩手，把空殼遠遠地扔進大海。

那貝殼依然在海水裡一起一伏，好像還要回到岸上來。

男孩轉過身，背朝大海跑了。泥沙在他的光腳丫下濺起，一個腳印，又一個腳印。海水湧上來，湮沒一個腳印，又一個腳印。在這空無一人的海灘上，一個孩子在奔跑。

氣功大師

1

方殷行蹤不定，拒絕任何預先安排的日程活動，極其符合街頭巷尾的神秘傳言。痣生眉心，顴骨和眼睛鍍有一層光暈。只要他定睛看著，你就彷彿身在那光暈之中，搖搖晃晃，沉醉不醒。當方殷突然在某個城市冒出，他的信徒、仰慕者都不用電話、傳真或其他現代化通訊，而靠口頭傳遞相互轉告，幾個小時內能在某個單位的體操房或飯堂聚集起來。本來一座蔫不拉耷的城市，轉眼便活了，有了一頓飯工夫的生機，有了一杯茶喝淡的希望，一切都成為可能性馳騁的沃野。方殷不像其他大師那麼挑剔，他對場所沒要求，什麼破舊的地方都可以，只需大門和窗朝西南方向開——這真算不上條件。那些幸運者，生病和未生病的男男女女，坐在場裡；而更多的人，老老少少坐在自家院子中、公園裡、陽臺上，腰挺得筆直，眼閉得留一條線，心騰起一團火，這是按方殷的要求做的。電視機都關掉了，電影院歌舞廳停業，輪船和汽車皆不嘶叫，太陽撒了一江兩岸指甲花汁似的色彩，一個氣泡不冒就墜到了江底，城市進入等待狀態。

順其自然，自順其然。一切自然，萬般自然。始出自然，復歸自然……方殷的嗓音在吟哦中變得婉轉，有勸說力。哦，自然而然，然而自然。

全場聽眾，全城接感者感到全身放鬆，血在體內暢流，感到衣服從身上消失，肉體從靈魂中融化開去。大會堂玻璃窗外，一排麻雀停在長有野花的院牆上，撲閃翅膀，腦袋卻一動不動。

似聽非聽，聽無所聽。似視非視，視無所視。似感非感，感無所感。哦，無聽無視，一切皆定。

移走講臺上的桌椅。方殷大師盤坐於一個紅色的墊子上，他把麥克風拿在手裡，洗得發白的中山裝扣得緊緊的。他的眼睛向下垂著，好像對心裡的自己講話。

虛者實之，實者虛之。實自生虛，虛自生實。虛虛實實，虛實相生。哦，實自有虛，虛自有實。

那隻擱在膝蓋上的手相當緩慢地抬起。兩手上下重疊，中間略留空隙，拇指食指輕輕挨著，比以往親密，也生疏。他的舌頭上翹，抵著上顎。臉上沒有微笑，卻是悅人的光，一輪輪在擴展。眾人沐在神光中，跟隨著，被引領著，開始往後仰，仰到似乎要翻倒的角度。寂靜之中，出現各種聲音：有自言自語的，有磨牙的，有嘆息的，有跺腳的，有打鼾的，合成一種蜂巢似的嗡鳴。而方殷大師的聲音在這一切上面，無可阻擋地鋪蓋過來，好像天風牽著柔軟的白雲。

無中有有，有中無無。有無相濟，無有相潤。有意受感，無意收感。先無後有，有即是無。

方殷的腿伸直，身子向後倒，他的聲音越來越沉著、越來越縹緲。

法無定法，無法即法。感無定感，無感即感。有法亦感，無法亦感。法即為法，感即為感。

全場人的身體開始搖動，一個帶動另一個，像波浪，彼起此伏。皮膚滲出汗珠，或者嚎叫痛哭漫罵，訴說抑鬱之事，或高唱一曲誰也聽不懂的歌。淚呀，汗水呀，自個兒淌，旁若無人，連自己在內，沒一隻手去擦抹，興奮的紅潮一波一波湧現在臉上、脖頸、手臂。於是搖動更劇烈了，嗡嗡聲幾乎成為一片唏噓。在場外，幾里方圓內的受感者，有不少人躺倒在地上，滾動，爬行，倒立，抓住家中的鏡子，對視鏡中的自己，和鏡中人緊緊貼在一起。這時方大師的聲音越來越轉入不可解，一種奇怪的語言，像橫斷高原群山叢中無人聽到的喃喃細語，如青草帶著絲絲風，撥弄著每個人的心弦，一下，再一下……

戛然而止，餘音在空氣裡縷縷絲絲回旋。方殷喘著氣，整個身體模糊，退隱，消失。而全場全城的受感者漸漸變得恬靜，安然，像回到子宮裡，回到更早的自然中，終於掙脫掉上萬年文明的枷梏，一洗生存的積垢，四肢舒放，呼吸平穩，偶爾，發出低低的一聲呻吟，像是夢中又非夢中——另一個世界！星星全像朱門金釘一樣輝煌穩定。草木萬物一個勁地盛開，枝幹不倒，人人永壽！

2

陳一灝走進市衛生局。衛生局與市醫院的門診部相連，那裡排隊就診的隊伍已經很長，萎頓的臉色，盼求的眼光，混重的沉默，樓道裡滿是消毒劑難聞的氣味。宣傳計劃生育、防止流行肝炎、自我發現腫瘤及愛滋病例，花花綠綠、洋洋灑灑地貼在牆和柱子上。牆白到黃的程度，柱子上的漆早就剝落。痰盂總是髒髒的。也不知醫院養了那麼多勤雜人員是幹什麼的？陳一灝走過吱吱發響的地板，眉頭總是那麼向上挑著，直到穿過連接兩幢樓的露天水泥橋，他的臉才舒展一些。一大早，天就不藍，雲緊捆在一塊，隨時準備趁人不防地潑幾瓢雨。他心情一如以往地糟，而這樣的天氣，在導致他心情不變的許多理由中又添一碼。

還得感謝今天晨報登了感療大師方殷的長篇報導，讓他突然明白，比起自己的老同學來，在這麼一個可憐巴巴的機關做個不大不小的科長，實在是一個失敗者，一個活該被社會忘記的人。這恥辱，他一直未覺察，蒙在其中，還是一直不願承認而忍受著？走上樓梯，遠遠瞧見辦公室的門敞開著。一共才三個科員，兩個是鼻子朝天長的太太之流，還經常請病假。不請病假也一樣，聊天打電話，一會兒就跑到街上去採購。另一個新來的科員，剛從醫學院畢業，還沒學會坐辦公室的一套優良方法，正端坐在椅上。他一進門，新科員就嘰嘰喳喳說開了，「陳科長，我們這才明白你的同學是這麼有名的人！」「老聽說你的同學方殷了不起，果然！你也太謙遜。從來也沒有拿這種關係誇耀！」

陳一灝幾乎要把耳朵塞上。這個扭著身子激動不已的淺薄女孩，他真想把她一腳踢出門去。他為這想法嚇了一跳，但只有半秒鐘，他便恢復了常態，坐了下來，臉上掛著笑容。

陳一灝拉開公文包拉鏈，聲音似乎從公文包裡鑽出，毫不近情理：「我們不是同學。他在西醫部，我是中醫部。」

「方大師就是祖國傳統醫學嘛！」女孩尖叫著抗議，彷彿方殷是她爹似的。

「他是傳統醫學？」陳一灝也來了勁，差點兒拍了桌子，「那我就是巫醫！」

這叫他特別生氣。方殷能滿嘴拉丁文，也就算了，卻竟然把理應屬於他陳一灝的遊戲玩得滴溜轉。女孩被他突然的發作震住了，才想起自己怎麼如此之傻，竟跟頂頭上司較真？她臉繃緊，低下頭。

走廊裡的腳步聲和隔壁辦公室的電話鈴不斷。陳一灝彷彿沒發過火一樣做自己的事，他討厭並瞧不起自己——沒出息的人，和平庸之輩一般見識，比平庸之輩還平庸。

辦公室沒幾件文件要處理，他很快就做完了。從座位裡站起來，像平日一樣，半小時出去溜達一會兒，透透空氣。如果他是局長，第一件事就是撤消這個衛生局，讓他們統統回家去。他見不慣這每週開六天的閑人俱樂部。剛到走廊拐角處，他就被一個老頭攔住。他一眼看出老頭是個病人。

「陳大夫，都說您跟方殷大師是老朋友，老同學，能不能求您幫我說一下？」

「我可找不到他。」陳一灝不知怎麼說才好。

「我這裡有封信，信轉給他就能治療。」那老頭神色不自然起來，聲音放低，「信裡有一點點意思，不好意思，陳大夫別嫌。」

「瘋話。」陳一灝轉過身，他不想跟病人吵架，「收起來！」

「報上都說方大師治療療效極大！」

這老頭是老實厚道人，看上去病得不輕，把一點辛苦錢往冤枉之處送。他想勸老人幾句，但這種人你能勸住一個，還會憑空鑽出一百個來。陳一灝加快腳步，跑下樓梯。他徑直到了門口，騎上自行車，怒氣沖沖朝新城區駛去。

在一棟新式公寓房的頂樓，陳一灝按響門鈴。一個穿睡衣，打著呵欠的女人拉開防盜門。

「你今天怎麼啦，電話也不打一個？」

走進門，陳一灝癱倒在沙發裡。

「恭喜啊，琪琪，你丈夫出大名了。」

「他向來就有名。」女人光腳在找拖鞋。

「這次可是全國特異感療第一號大師，還是全心全意為人民服務標兵。」陳一灝從口袋裡掏出今天的報紙。但女人看了看大字標題就放下了，朝洗澡間走去，頭也不回地說，「怎麼，不服氣，哪根神經受了委屈？」聲音還是軟軟細細的。陳一灝站起來，跟進去。女人說：

「出去，出去！」

他笑笑。以前他和她倆人盡可能不談方殷。倆人都心照不宣。今天他更得加倍小心。「我認識方殷比你還早，六三年！我跟他的交情比你跟他還深！」

女人滿臉是水，噗哧一笑，「好意思。」

琪琪三十五了，皮膚仍白皙細嫩，長髮束起，拖在肩後。陳一灝記得第一次見她面時，真被她那股不食人間煙火的模樣抓住了魂。女人也有不守著丈夫孩子、不織絨線衣看電視、不叨嘮雞毛蒜皮的一類？她基本不上班，在家總拿著一本亦舒或瓊瑤的小說，喜歡獨處——這點可能就是當初方殷決定和她結婚的主要原因。一個人熄掉燈聽唱片，看外國電影錄相帶，可以幾天幾夜不出門，孤僻而懶散。陽臺種滿了花草，這多少跟她少女時代幻想寫詩做詩人有某種關係。歲月更替，浪漫情調卻潛留了下來。陳一灝下了一定的苦功夫，去適應這個女人。方殷要他照顧琪琪！想到這裡，陳一灝笑了，看著琪琪洗完臉、仔細地刷牙，他說，「不是說說，是真有交情，才要我多關心你。」

「關心到床上？」

「他不是傻子，我想他明白。」陳一灝說。近段時間琪琪說話越來越不顧忌，再優雅的女人，日子一久就會變，變得滿街遍地一樣一色。

「未必？他一天到晚忙著講課、練功，心思不在這上面。」女人走到廚房，從冰箱裡取出雞蛋，給自己做早餐，「那你說他圖個什麼？」

「圖個一年可以回來兩次的家。」

「這正是我所需要的家庭方式。」女人對此心滿意足地說。她把生雞蛋調得啪啪響，生雞蛋調酒，外國電影裡看來的花招。

「還有，你說他對性生活不感興趣。」陳一灝回到沙發上，看著女人端著玻璃杯走到桌前，「琪琪，他對你肯定是滿意的，但並不排除他拿你做掩護的可能。」

女人說，「你要不要喝點什麼？」她顯然把他的話不當一回事。

「我發現他的行蹤，有個大致的規律。他的感療會雖然在全國各地，但基本上是從四月到十月。」

「他說過，天氣暖和，容易放鬆。」

「那麼十一月到三月他在哪裡？說是上山修功，閉門養性，上哪個山，閉哪個門？」

「不如我開門揖盜。」

「別說笑話了，我覺得他另有一個家！」陳一灝沒料到自己說出這些話竟毫不激動，比預想的效果要好得多。

女人細細地啜飲她的早點，停下，「重婚？我是小老婆？」語調是十二分的不在乎。點起一支薄荷型香煙，叼在嘴裡。

陳一灝不言語，欣賞著淡淡的幾縷煙從女人臉龐滑過，那份憂傷，帶有攝人魂魄的力量，一種久違的感覺迅即傳遍全身。他走到女人背後，既親密又避免受那張臉誘惑，更為了把話繼續說下去。「琪琪，你想想他可能上哪兒去？」

「他從來不寫信。有事打電話。」

「琪琪，好好想想，這是為了你好。總有點蛛絲馬跡。」

女人轉過身，看了一下陳一灝，然後，熄滅了煙。說每次秋天他回家瘦得像猴子，累得半死。春天回來，好像精神不錯。

「瞧，這不就對了？感療是很傷身的。他在哪裡休養半年，被照顧得那麼好？」

女人沒說話，走進裡間。一陣翻找東西的聲響之後，房間出現一片沉寂。像過了很長一段時間似的，女人才出來，換掉睡衣，穿了件顯出苗條身段的棉裙，手裡拿著幾張忘在褲袋裡已被洗過的火車票根。陳一灝接過來，看到是西南鐵路局的，地點模糊，但還看得清。

「他說過他的師傅一燈法師就住在那一帶。」

「哦？」他回答道。話還未說出，便聽到女人笑了起來：瞧你降聲降調的！看來，你這醋瓶子得帶回自家去享用。

3

急駛的火車上，方殷不用掉過臉去就很清楚，有個人在看著自己。

上車時，他看見過身後那人。他站了起來，換了節車廂，沒有座位，擠在過道裡，鋪一張紙在地上，坐下後，盯著車廂接口門。果然，那人走了過來，看見方殷的視線正朝他看，便扭轉過頭。

沒有比一個人旅行更愉快的事情。從一個城市到另一個城市，方殷取掉墨鏡，瘦小，單薄，衣著簡樸，不刮鬍子，與擠在車廂裡大包小包汗水涔涔的旅客，沒有什麼不同，誰也認不出他來。除非萬不得已，他才會乘飛機，或取出全國醫學科學院開的特殊介紹證，去要求照顧一張臥鋪票。幸好每次旅途都不遠。

車到了一個小站。車門閉上前一秒鐘，他突然提了簡單的行李，走出車廂。轉頭往月臺對面停著的一輛列車走去，他喜歡這樣興之所至隨便換車。那個人竟然也跳到月臺上。

「方先生，」有聲音叫住他，很恭敬。

「我不姓方。」他一邊說，一邊往對面車上跨。

「方殷大師，您不用瞞我。」

「你是什麼人？」方殷回過頭來。

這個身材高大穿得齊整的人，臉上刮得鐵青，有一股不容抗拒的力量。

「陳體人，」他從上衣袋裡拿出證件。「我奉命保護方大師。」

「我不需要保護。」方殷不高興地說。

「方大師是國寶。」

這個人倒是一派知書識禮、有節有度的樣子，方殷不太好生氣，「你就這麼老跟著我，跟到何年何月？」

陳體人第一次微笑了。「就這一程。首長想請您去一次。」

「哪位首長？」他父親如果活著，資格不比這些人淺，這也是他從不怵這些人的原因之一。

陳體人毫不猶豫地說出一個人的名字。方殷嚇了一跳，他尊敬的人沒有幾個，此人包括在其中。他有點遲疑地問，「他找我有什麼事？」

「想見見方大師，談談。」

「病了？」方殷說，「還挺重？」

陳體人不回答。

「我對政治不感興趣。首長不生病，要我去幹嗎？」

陳體人說，「方大師明白。」

「我可不想承擔這種責任，我不是會治病的醫生。」

「方大師原諒，沒有授權我介紹情況。」

方殷轉過頭，又朝車上去。「那我也不必自找麻煩。」可是他被攔住了，陳體人誠懇地說，「方大師，您明白這事我作不了主，您也作不了主。我得到的命令是不能強拉您。這樣吧，您等一下，我打個電話。」不由分說便拿過方殷的行李包，轉身朝車站辦公室走去。他讓接線員接到地方駐軍，從駐軍要了一個長途，說了幾句，他就掛了，一臉愉快地朝方殷走來。「好吧，讓我介紹全部情況。汽車馬上來接，送我們上滄州轉快車。」

在列車軟臥單間裡，風灌進來把窗帘翻捲著。方殷聽完陳體人介紹的情況。他說，「就這些？」

「就這些。」

「讓我補充兩句，」方殷說，「你到這兒來找我之前，負責治療的幾位頭兒肯定已經爭得不可開交了。」

陳體人說，「我說不上。」

「我可說得上。衛生部的幾派我太熟悉了。」嘆口氣，方殷視線轉向窗外，那兒是一片荒地，有幾隻羊在吃草。「而你們，肯定反覆審查了我的歷史。六八年被趕到雲南插隊落戶。母親和妹妹死得不明不白。我本人流浪近六年。」

「流浪七年。」

方殷嘴角帶著一絲笑容，「流浪七年，你們搞政審的最頭疼這種事，比進監牢還糟，說不清。最後看來是首長夫人發話，說我父親是首長老部下，文革自殺，全家受迫害，政治上必定清清白白。」

陳體人要抗議，方殷舉起手止住他，說不必解釋，他想托他轉個話：第一，他不想見治療委員會的任何人，病情如何他知道也無益，讓他們全離開；第二，也不見夫人，他幼年時見過一次，也等於沒見過，見之無益；第三，他雖是醫學院畢業，二十年從來沒行過醫，他只能盡他所能調動首長身體中本來就有的生命力，首長有沒有這生命力他無法保證。

「我原話轉告。」陳體人看著方殷，幾乎是一字一字地說，「方大師，我瞧您是個耿直人。您好自為之。」

方殷沈吟了一刻，他拿過桌上的日曆，翻了翻，說，四天後，是陰曆七月十五日。從晚上八點起，讓他單獨陪首長，在這之前，請讓他休息。

4

這個寨子——窩尼寨，有過知青落戶嗎？陳一灝指著地圖問。

縣委書記戴上老花眼鏡，在密密如波浪的等高線中看到陳一灝手點著的地方，他沒有回答陳一灝：哦，近邊境了。對這些寨子，我們一般不干預他們的自治。

陳一灝收起地圖，說對違法活動呢？

要看什麼法。

禁止賣淫法。

陳一灝帶著省衛生廳公文：檢查性病蔓延情況；還有地區宣傳部的公文：禁毒掃黃，維護社會道德。

縣委書記是少數民族，這裡的老土地，留著一把鬍子。他說，四十多年來，不是沒人禁過，沒用。從抽屜裡拿出皺巴巴的紙煙，點上火：況且，這是否算賣淫？

陳一灝說，我知道這是風俗，但性病是會流傳的。

你想怎麼做吧？

縣衛生局派一個小組，跟我去檢查性病。明天就去。

縣委書記仍是不緊不慢地說，後天是陰曆十五，月圓節，那個地方統統要趕集，有喜慶活動，你看是不是等過了這陣才去。

陳一灝一直耐著性子，這一刻，他知道不能再對這地方老爺客氣，便站了起來，環視一遍辦公室極簡陋的陳設。聲音不高，但措詞強硬：我懂得這是什麼「集」。我想，你不願違反省委指示吧！性病問題可是全國重點抓的事，而你們這兒是重點的重點。

用一天時間成立性病查治小組，在這世外桃源式的邊緣小縣，並不是一件容易的事。電話、找人，穿插不息，臨近傍晚人才基本落實下來。陳一灝和兩個縣醫院成員第二天被汽車送到鎮上，往下就只能步行了。在鎮政府，陳一灝打聽落戶知青。一個搖著羽毛扇的胖女人說，這兒有過知青，多少年了，早已離開。陳一灝還想問下去。女人翻著白眼，只顧搖扇子。陳一灝有他興奮的理由，當夜就想走。兩個本地成員堅決反對，說，夜裡趕三十里山路，你要走，你走。地圖上的三十里走起來，起碼五十里。打仗逃命拾寶哪一樣都行，惟你這副上面來的傲慢派頭不行。

陳一灝看看兩個成員那架勢，知道他們軟硬都不吃，便只得作罷，休息一夜，第二天趕路。

夜裡陳一灝醒了多次。雨打在窗外茂盛的芭蕉樹上，兩個撕裂天空的雷拖著光，刷地一下照亮房間。他翻了一個身，任窗扉嘎吱響，這聲音像是伴奏，好讓他踏著黑暗的心臟，去觸摸方殷插隊的地方——問題的內核。跟他判斷的一樣，這事應該有點眉目了。凌晨三點，他終於睡著了，睡得又沉又深。

點點炊煙繚繞於山谷，遠遠看去，猶如雲掉下的細微末節，這時已是日過中天。下山的路歪歪扭扭，一段比一段難走。滿山的樹正是枝繁葉密之際，不僅遮掩小路，更遮掩天空。昨夜下過雨，天極藍極亮，從樹縫裡光線穿射而出。幸好昨天未趕路，不然，說不定會發生什麼事。陳一灝找了個水溪，把臉上的汗洗了一下，然後快步跟上兩個成員，朝山谷裡走去。

那條從山頂流下來的溪水幾乎環繞村寨，此時溪水寬而平緩，涓涓流淌著。村寨顯得相當清潔，靜寂的石板路，佇立著式樣各異的竹樓，可聽見一兩聲嗩吶的啼叫，好像處處都在準備節慶之樂。陳一灝一行人停了下來，說找村長。當地人說的話有如鳥鳴，清脆，刺耳，讓人覺得他們呼吸特別急促。陳一灝完全無法聽懂。等了五六分鐘，村長趕來，一個毛頭小伙子，鄉下學生模樣，看來讀過幾年書，能聽懂小組一個成員的「山外話」。陳一灝鬆了一口氣，取出幾封公文。村長嚇得愣住，不知該如何對待這些稀見的客人。

陳一灝通過翻譯說，得立即開始性病檢查。

今天是月圓節。村長說，全村人馬上都會散到村外溪水周圍的樹林裡，唱歌，跳舞，大歡喜。

陳一灝抖了抖公文，強調得先檢查再大歡喜。

村長無言可說，老實巴腳地請他們在一個竹樓小坐，自己拔腿跑了。一會兒他回來請他們去見祭師。路上，陳一灝問村長：是不是有個城裡人，在這兒娶了媳婦？

村長一聽翻譯講完這句話便樂了，說這裡男人家不娶媳婦。每年秋天到第二年春天，夫婿住到選中他的女人家裡。

其他月份呢？

他每夜隨便住哪家，只要當家女人同意。

陳一灝的衣服被路旁的植物掛扯，差點跌了一跤。小伙子幫他分開植物。陳一灝試探性地說：你一定知道一個城裡人，每年回到這裡來？這裡山清水秀，好地方啊！

村長說：當然，那是當家祭師每年不變的夫婿，從西雙版納農場跑到這裡，住了很多年，現在每年秋天和冬天還回來。

真不虛此行！陳一灝反覆制止自己，才將面部不該出現的表情按捺下去。現在終於可以確定方殷重婚罪，只要找到這女人，證實了，根據就鐵錘般有力，要賴也賴不掉。琪琪的身影閃過他眼前——這未免奇特了些。搞倒了方殷，他就能得到她麼？不，這不是他陳一灝此行的目的，談不上良心，也不摻雜妒嫉，或許他在這一刻拋開了以上種種原由，才猛地發現自己早已陷入利齒的咀嚼——應歸之為純粹的本能之中。他感到莫名的戰慄。

其實不過拐了幾個彎，陳一灝卻認為走了很久，久到穿過整個村寨。終於在一幢寬大別緻的吊腳竹樓前停下。樓上，站著一個婦人，面朝他們。頭上珠飾巍然高聳，閃閃發亮的耳環、項鍊、手環、腳環，裸露在短衣長裙之間的腰，與燦爛的陽光渾為一體。看不出她多大年齡，她屬於那種時光無法羈絆的女人。

她站在那裡，高傲，目空一切地看著除村長之外的三個闖入者。他們不知所措地愣住了。

「娜斯，窩尼寨當家祭師。」村長說。

陳一灝走上竹梯，到女人面前。遠處已傳來對歌的聲音。

他拿出方殷的照片，異常鎮靜地問：「這是你丈夫？」他連查治性病的幌子也不打了，直奔主題。這一秒鐘裡，他感到手指都緊張得出汗了。

娜斯看了一眼，說了些話。還是照舊，村長翻譯給小組成員，小組成員翻譯給陳一灝聽：

「畫得很像，他是我們寨裡人，他做過我的入婿，我們這裡沒有丈夫。」

陳一灝說，「他大半年在外面行騙，你知道嗎？」

於是像機器，將這句話不同的發音傳遞過去：

「他大半年在外面行騙，你——知道嗎？」

「他大半年在外面行騙，你——知道——嗎？」

跟演戲似的，陳一灝突然想大聲發笑，但他笑不出來。

「我們窩尼寨的人，不會騙人，不做壞事。」聽得出娜斯的聲音不快。

「但他是漢人。」

「他早就做了窩尼人。」娜斯擊一下掌，幾個婦人走了出來，把陳一灝拉開，兩個組員閃到一旁。娜斯昂首走下樓。後面跟著一群赤身的、只扎著一塊布的男子，從臉到腳塗滿七種顏色，擎著高高的彩旗，有的捧著點燃的香。白晝只剩下最後一輪光芒。祭典就要開始了。

5

方殷看著錶針計算時間。他被帶到這個崗哨重重戒備森嚴的地方已經四天了。陳體人給他安排在一個舒適的套間。陳體人的上司來看過他一次，說了一些客套話，但明確地告訴他首長病已經很重，希望都在他方殷身上，要他竭盡全力。

方殷問：「如果這些不起作用，將會如何？」

衣服筆挺的來者說：「總不見得有害吧。」方殷說：「我治療時，一切其他藥物必須停，例如輸液等，不然干擾在身，感療不入，必然有害。」

那位頭去請示討論了半天，又來了一次：「好不容易做了決定，停液兩個小時。」他看看方殷，心情沉重地說，「你最好做成功，不然不好說。」

方殷說：「那我就不做，請放我走。」

他說：「現在不能不做了。」

「為什麼？」

「有幾方面在支持你。你不能退。」

方殷的第一個反應是打了個嗝，想，或許已經到了這情形，反使他看清人類推至未知的虛妄。他接下來的反應卻是心平氣和。是的，我幹嗎要害怕呢？幾萬人的感療會他都成功地把握了局面，以前個別醫治病人，有比這次病例更甚的，效果也如他控制的一樣好，這次也能做好。月圓之夜，狂歡的生命必然作最大的釋放。別的女人可能輪空，但娜斯作為主祭，是絕對可靠的生命火源。

一個人的房間很靜，牆上一幅鑲著玻璃的國畫，正好映出窗外的樹被風吹拂的狀態，畫上的山水一下便活了，他踏著畫中的小石橋，過河，他走得不快。他熟悉整套步驟：天黑前年輕男女對歌。娜斯的祭神形式在最後一絲太陽沉入西山的山坳時開始，醇酒分發和禮歌用半小時，八點時，應當跳誘魔之舞。第一個勇者不到十分鐘就會出現。他在寨子裡生活多年之後，才被允許有第一勇者的被選權。積累幾千年的富厚的生命之氣，那在峽谷深溝叢林中保存的未經沾染的原始偉力，定會喚出那位年老的軍人最後的堅韌。娜斯，他對她說，也像是對自己說，你從來沒有使我失望，這次你肯定也會如此。

七點三刻，方殷被引進老人的病房。病房按他的要求布置了：朝西南的窗略開著，病床搖得很低。他的坐墊放在一張大桌上，這樣病人幾乎躺在他的腳下。輸液架等設備都撤走了。房間裡沒有旁人。

面前的病人好像在熟睡，沒有醒來。那張熟悉的臉，親眼見到反而陌生之極，方殷的心不由得猛地一抖。

他如每次一樣，坐在紅墊子上，盤起腿，雙手對合但不接觸，置於腹前。

「順其自然，自順其然。……哦，自然而然，然而自然。」

方殷開始吟誦他的引介語。他臉上隱隱沁出汗珠。他覺得有點梗澀，毫無感應，沒有往常那種漸漸來潮的興奮，那種不由自主的震顫。他努力固定著自己的意念。

6

火光照耀的祭臺前，鼓聲激越而沉重地響起。娜斯嘴裡念念有詞，身體開始有韻律地抽動，彷彿有條鞭子揮在她的身上。全村寨人都出神地注視，隨著她的扭動擺布自己。在火光中，這舞蹈的奇特，帶有幻術的美，與渾身畫滿彩虹色的男人肌肉閃閃地擂鼓，組成一個動搖迷魂的世界。

娜斯身上的裙袍滑落，除了各種首飾，什麼也沒穿，裸露的身上塗了紅藍兩色，線條一道道飛揚，一面逼迫鼓聲、嗩吶癲狂，一面增加擺動的幅度。手臂、頭和腳上的珠玉熠熠閃爍。鼓點和嗩吶聲越來越急，她環繞火焰和煙霧越舞越快，化成一片炫目的光彩，仰倒在地上，旋轉。

陳一灝從來沒想到自己會目睹這樣一個場面，也沒想到方殷的另一個女人會是這麼個非人間所有的尤物。比起她來，琪琪不過是方殷讓給自己的。他呆了，內心曾居留過的形象全在這一瞬間消卻，神經被什麼東西給挑起，脹痛得讓他受不了，他猛地站起，跨前一步。

「勇者！」「勇者！」人群狂叫起來。

陳一灝還沒弄清怎麼一回事，人群就把他抬起，推倒在祭臺上。娜斯從旋轉中扭過頭，看清了他的臉，迅速站起，手捂住嘴尖銳地叫了一聲。

方殷突然感到呼吸一緊，好一陣子透不過氣來。他對自己說，控制，控制。然後從頭念起：實自生虛，虛自有實。實自有虛，虛自有實。但他的思想沉不住，在胡亂飄動。今夜娜斯會出什麼事？他想，難道悠悠八千年的沉厚文明，竟在今夜橫遭不測？

面前的老人，呼吸開始急促起來。方殷努力不去看他。方殷必須排除任何怯懦，接上娜斯傳過來的力量。現在，他得救自己。

在祭臺上的陳一灝大致明白他落到一個奇異的處境，他變成這儀式中當眾表演的角色，那演出只能在屬於二人的範圍之內進行。他六神無主了。

娜斯這時卻舉起了雙臂，舉得那麼高，濃黑的腋毛、豐滿的乳房一展無遺。她雙眼火辣辣地盯著陳一灝，嘴裡不斷地叫喊著什麼。

陳一灝站著，這女人明顯的不喜歡他，但這女人會一樣地撕裂他——這使他興奮，準確點說，叫恐懼。鼓聲、嗩吶聲、人的呼喊震耳欲聾，火光、點燃的香閃耀得更加奇異，猶如夢中。

距這個女人只半尺之遠了，但他一點反應也沒有。喉嚨格格響，湧上來一股苦汁。不，不是我無能，他想，是整個方殷事件荒謬到絕倫地步！

他陡然掉轉頭，背對著篝火往外走。有人攔住他。他把那人推開。人群已躁鬧到翻天覆地的程度。「瘋子！」他罵道，「野蠻人！滾開！」

背後有人把他一把拉住。他回過身，看到的是娜斯因憤怒而扭曲的臉。

他想說什麼，卻說不出，這一刻，娜斯的手掌豎起，重重地落在他的臉上，他一下子失去了知覺。

火燒火燎的巨痛傳過方殷全身。他明白這次真的出事了。他的腿開始痙攣，他用手抓住腳掌。

病人手指也開始抽曲，張開大口呼吸，好像透不過氣來。一陣雜亂的聲音清楚地響起，聲音很近，顯然來自頂上或邊上的一個房間。

「搶救！」那個聲音命令道。

一群人快步衝進來，幾秒鐘內輸液等設備裝置好，氧氣瓶架起。

沒人理睬方殷。過了一兩分鐘，有個人把虛弱之極的他拖起來。他看不清那人是誰。他被帶出房間，帶過一段走廊，又走了一段窄窄的路，在一道道門之間轉悠，最後來到一個只有一張椅子的房間。那人叫他坐在那裡，就把門一關，從外面鎖上了。

蛋黃蛋白

李建國隨鮑爾走進這幢維多利亞式三層獨棟房時，不免有些驚訝，房子雖舊，氣派實在不比姨媽家差。聽說這些嬉皮士大都是從富裕的家庭環境裡出來，除非叫了勁住拖車住帳篷，「占住」那些富戶長久不住的房子時，還是想挑好的。他們不笨，背叛和革命，得從精神上開始，精神上堅定不移，才談得上行動。山上風景美，與別的房子相隔遠，僻靜之極。

「這兒起碼有十年沒人住了！」李建國落在鮑爾後，站在石級上，望著雜草齊腰、花木枯榮都肆意的花園，喃喃地說，他的英語是母親從搖籃裡教的，很濃重的「牛橋」音。

「搬進來就是我們的。」在拆鎖的一個胖子，抬起來的頭歪斜在門框上，說，這是這個國家唯一有理的造反行動。他蓄的長髮只比鮑爾短，披散在肩膀上，繫了幾根深黃色線繩，混雜入亞麻色的頭髮，牛仔褲卻蓋住了腳。

結巴……正是……我和……別人……別人的不同之……處。鮑爾說他認識了胖子後，從家裡跑掉，開始嚮往已久自由自在的生活。他們在海德公園作演講撒傳單，在白金漢宮、唐寧街十四號門前示威遊行。我才不……在乎被……人叫……做什麼呢？

這幢房子的甦醒，在中午時分，像是被什麼東西猛擊一樣。一個人穿著重頭皮鞋，個子高高的，手裡握個酒瓶，踩著“love me do”的節奏，從樓梯上一級級下來。此人眼睛筆直地盯著前方，說：「今晚，有朋友要帶一個貨真價實的紅衛兵，到這兒——。」

鮑爾瞅著李建國擠了下眉眼，幾步湊在他耳邊，悄聲細語。李建國弄了半天才明白：鮑爾是不想盡早讓人知道今晚的主講人是他。這房子人來人往多。直到李建國點頭，鮑爾才放了心似的。

「頭兒，是不是又要開個大派對？」

那人晃了晃手裡的瓶子，停在最末一級樓梯上，像有什麼重大消息要發布，時間滑過幾秒，他不過是將手裡的酒瓶從左手扔到右手，昂頭跨下樓梯，朝地窖走去。

在樓梯轉角口，蜷縮成一隻貓樣睡覺的姑娘，臉也不抬起來，伸出一隻腳攔住大個子。

「怎麼啦？」大個子俯下身去揉姑娘亂亂的金髮。她仰起臉，嘴唇鮮亮濕潤，大約十七、八歲。「頭兒，從哪兒，從哪兒？」

大個子隔了好一會，才反應過來，說，當然是從北京來的了。

李建國身體一下繃緊，他動了動頭頸，彷彿身上的總開關在那兒，這辦法還算有點靈驗，但臉卻仍是一副心不在焉，也可以說這面孔是屬於出不了表情的一類。鮑爾拉他到了地窖。地窖裡鐵架木架擱滿了各式各樣的酒，門旁右側角落堆著塊狀的煤，年代較久的暖水器，還有一個柴油發電機，似乎年代更為久遠。大個子在挑酒，一面皺著眉頭很不滿意主人的奢華。

他們三人將一堆酒瓶搬到樓上的廚房。爐子上一排鐵鉤稀稀疏疏垂著勺、調羹、漏勺，水池裡有一疊未洗的盤子刀叉以及大小不一的鍋。廚房奇大。

「來，玩……玩……這個。」鮑爾叫，雙手張開，猛抓屋梁的兩個掛鉤，腳一曲，身子便翻上了梁。富於生活氣息和展開的空間，李建國頓時感到臉上肌肉鬆弛了許多。陽光從雲裡穿透，從山巒樹叢折射進房子，邁過方形窗框時，自然也成了方塊。有露水的地方，光線投在桌椅磁磚地上是七彩的。

這幢房子不時有人走，不時有人不敲門就進來。較為長住的大概只有那個大個子、鮑爾，還有那個金髮姑娘，再就是胖子。客廳地毯比起過道還算乾淨，淡青色夾著深藍波狀花紋。舊沙發已磨損出芯來。還有一臺老掉牙的鋼琴，李建國走上前去，他手指溜順，卻發出怪調，沒調好音，而且不止兩個鍵沒聲了。他記起自己十歲時得到過少年鋼琴比賽第一名。綠色的窗帘，是天鵝絨的，襯得房間陰冷鬼祟。鮑爾把地上的留聲機開到最大，震耳欲聾的音樂摸擦著地上零亂的一堆唱片。牆上不知是誰的傑作，油彩塗抹的「披頭士」成員，比唱片廣告上的更有稜有角。

天暗下來後，上樓下樓的人都在問，從北京來的人來沒有？

鮑爾跟著音樂，抽動身體，腳原地彈蹦，自有一種節奏。李建國第一次見人把舞跳得這麼盡興。而自己，簡直被憂鬱包住了，怎麼也高興不起來。於是他對鮑爾說，想找個房間歇會兒。

他倆來到樓上，推開一個房間，有人，推開二個房間，還是有人。正在做愛，或剛是做完愛躺倒時候。沒有床，都是床墊，也沒有其他家具，衣服扔得遍地。看見他們推門，這些人也不遮一下。李建國窘得手足無措。傍晚，正是這幢房子歸入正軌，即將滑向高潮的時刻。他們往屋頂閣樓爬去。樓梯窄陡，門上全是灰，堆了些傳單、紙張、報紙、旗幟的東西，沒鋪地毯的地板上還擱了好幾臺打字機，有好幾個木箱用一面大英米字旗蓋住。鮑爾掀開一角，從裡摸出一個酒瓶，蠟封住瓶口，留出一根線。這是汽油瓶，「莫洛托夫雞尾酒」。鮑爾作了個扔的動作。李建國說「小心」。鮑爾說這是汽油瓶，「嚇……嚇你」，他把它放回木箱裡。李建國舒了口氣靠牆坐下，雙腿未來得及伸直，睡意就襲了上來。

「到我這兒來。」母親傷心地站在面前，張開手臂，「求求你……建國。」牧師身後黑壓壓立著成群的人，他們怒氣沖沖的臉整齊地埋下，劃十字。禱告吧，背棄主的人！母親抱住他，轉瞬變成姨媽。他一驚，醒了。揉揉眼睛，發現自己在一幢格外陌生房子的閣樓裡。鮑爾居然也睡著了。小小的窗，天已暗到青灰色。他不知道，他已經睡掉了幾個鐘頭。樓下喧嘩異常。

他站起來，躡躡地摸黑出了閣樓。樓梯過道間燈火輝煌，沒有人影，喧嘩聲是從各個關閉的房間裡撲出來，圍緊他，不給他一點想的空間。

一些人正在將廚房的桌椅搬入客廳，往上放食品之類的東西，一個盤子堆滿刀叉勺。紅紅的西紅柿在亮亮的燈光下十分耀眼。他肚子餓得厲害。「你愛吃什麼就吃吧！」在點蠟燭的姑娘說。他便拿了一個西紅柿，奇怪肚子一點也不餓了。那個披著毯子的金髮姑娘，此刻在沙發上對拘謹的他笑，問他是不是第一次來？他點點頭。點蠟燭的姑娘長得很漂亮，對男的喝來使去，一會兒讓他們關燈，一會兒叫他們去外邊弄些杯盤來，她打打他們的背，踢踢他們的腿，放開聲音大笑。漂亮姑娘對男人揚起眉毛，對金髮姑娘卻輕聲柔氣。

「我正值青春年華」有人邊彈吉他邊哼唱。桌子上的食物酒已被掃蕩得差不多了。地毯上麵包屑星星點點。屋子裡的男男女女，站臥蹲坐各不一樣，長髮、大褲腿、緊身衫、頭巾，渾身上下披披掛掛，叼著煙，手執吉他或酒杯，裝束一個比一個怪，又好像全一樣。李建國坐在地毯上，左側是靠另堵窗的那架老老的鋼琴，上面坐了一個穿緊身短裙的女人，也像是新來的，和其他人不太認識，不說話，但很隨便。他側轉身，看見鮑爾邁進客廳，胖子朝鮑爾頭上蓋了頂插有兩支羽毛的帽子。胖子說，嘿，你到哪兒逛蕩去了，熱鬧勁都早過，這是回鍋湯。

鮑爾不理，只管拿起二塊麵包，往上塗果醬，幾口就吞下肚子。他彎身取地上啤酒時，帽子掉了，也當沒看見一樣，一口氣喝了半瓶。

大個子說今晚的革命講習班很特殊，是紅衛兵講造反的親身經歷。大家的注意力都隨著他的目光轉移到李建國身上。蠟燭閃閃爍爍，光線暗淡，恰好掩住了李建國的焦灼。

“Jingle,” 大個子摟著一個姑娘的腰，對李建國說。

鮑爾糾正他：「你叫錯了，他不叫Jingle。」

「那你叫叫。」

“Jianguo Li.”鮑爾的聲音有些沙啞，略帶有童音，但不結巴。李建國的神經動了一下，他朝望著自己的眾人點點頭，表示說對了。屋子裡的人要鮑爾重複一遍，然後學著說，但還是說不準，仍叫成“Jingle”。但他們都說得很虔誠，好像中文就是帶魔法的字。

漂亮姑娘走到大個子身邊，頭靠著他，她是故意，讓他摟著的姑娘不舒服：「Jingle，你把你的中文名字寫出來，看看我們的小傢伙認識不？」

「李建國」三個字，無論那個在前那個在後，鮑爾都認識。李建國這兩天都在教他，他當然記得。

金髮姑娘叫了起來，「Jingle就是鮑爾帶來的。」誰也不知鮑爾其實和李建國的姨夫家沾點遠親，聽說他是從北京來，便跑去找他，哀求了一個晚上和一個早晨，才把他說動來此。

李建國過不了關，他掏出紅寶書、像章、紅袖章，不然對不起這麼多奔他而來的人。「讓我看看。」「毛跟帕羅巴帕活佛一樣，有著東方聖人的莊嚴神聖的面容！」李建國對面的一個位置，朝窗背門，空出來，鮑爾填了上去。

那聲音在幾十里外的地方都能聽到，現在也能聽到。李建國臉上泛起紅潮。那一天，偉大的總司令出現在天安門城樓上，他有一雙巨手，時而放在漢白玉雕欄上，時而迅速有力地一揮，像道閃電和長劍。他的嗓子都喊啞了。

李建國說，他永遠都忘不了這個特殊的日子——八月十八日，雖是兩年前，卻像是在昨天。他忽然發現房子裡的人對此沒什麼反應。他有一種說不出的失望。

他站了起來，裝著去廁所。他在通向地窖的過道拐角的陰影處蹲了下來。沒人，他覺得心裡好受一點。「都說混血兒漂亮聰明，不同尋常，怎麼這傢伙傻痴痴，話也不敢多說，也不他媽的好看。」樓上過道窗戶幾個人的說話聲通過樓下窗戶傳到他耳朵：「他的模樣有點怪，頭髮和眼珠黑，皮膚蒼白，鼻子尖又高，頭髮那麼短，肯定剃過光頭。」「依我看，就是眼角有點往上飄，其他地方都還生得周正。」

「哪裡？主要是這小子革命積極性不像我們想的那樣，他真是紅衛兵嗎？」

「別那麼輕蔑。人家也算是中國人，起碼有父親一半的中國血統。趁他在他姨媽這兒，咱們得抓住這機會，叫他多說些中國文化革命的事，咱英國人就是不會造反。」

李建國回到客廳，他的位置空著，他盤腿坐了下來。

Jingle，我們想知道你們是怎麼革命的？·金髮姑娘打破屋子裡出現的僵局，細聲細氣的聲音像蟲子。

對，北京的紅衛兵如何造反的？

講講，我們一直候著。許多人應合著。屋子裡的人在這一瞬都直起了腰，伸長了脖子。

前後花園裡樹木種類雜亂，變黃的葉片鋪灑在草叢、小徑上，但花朵跟著凋零的開，沒出現斷接不上的情形，泛紅泛黃的果粒成串垂掛於枝頭。鳥清晨的鳴叫，幾乎覆蓋了暗夜裡曾有過的一切喧囂，直到黑夜又來臨，鳥許久才叫一兩聲，不過是提醒人去忘了它們的存在。只有偶爾拐上山來的車，駛近、掉轉方向盤、急剎車、駛遠的聲音湧進窗來。那些車是這偏僻地區住戶的少，可能為不熟悉道的走錯者，他們的誤入，給這世外之境平添了幾分生機。

屋角一隅的音樂，不知什麼時候也停住了，針在唱片上吱吱地劃著，也沒人理會，他們一定已習慣了這吱吱怪叫。

得了，那就順著你們的意思走走。「好吧！」李建國把心一橫說，他清了清嗓子，講了起來。

批鬥大會，意味著距離近，目標清晰，行動和語言就更直接、準確，紅旗飄舞得就更自由，標語大字報將該遮蓋的地方遮蓋得更層層疊疊，如胡同裡做鞋的老太太糊的布殼。口號聲震得高音喇叭音質發顫、嘶啞。

臺子上全是從前仰望不及的大人物。白塑料乒乓球串成一圈，掛在臺上唯一的一個女人脖頸上。那女人是第一夫人。酷熱，熱到汗珠抹面、腳心濕透的地步。一些大孩子和半大不小的孩子被趕到臺下目睹自己父母被批鬥。他們鼻青臉腫。眼被打傷，鞋子被踩掉，只穿著襪子的國家主席一跛一跛地走路。

「國家主席也鬥？」有人不相信地問。「那麼首相也能鬥？」

「鬥。」李建國沒有料到自己會如此乾脆地說，「你愛做什麼就做什麼。全部打倒！」

「那麼女王也能鬥，也能打倒？」在座的英國人說這話時，嗓音都在發抖。

大個子遞過來一杯紅葡萄酒。李建國看著四周讚許和欽佩的目光，喝了一小口，這酒不太像酒，酸酸的，有股好聞的味道，他又喝了一口。

「你愛做什麼就做什麼。」他重複自己剛才的話，「打倒你想打倒的一切。」他的語氣稍微緩和了一點。紅衛兵一有風吹草動，便撲殺出去。他們自製手榴彈、土坦克、土裝甲車、雷管炸藥……

我們，我們連汽油瓶都不敢擲，英國人就是沒膽！大個子說，似乎他不是英國人。

聽說紅衛兵有監獄，可隨便拘留關押人？

這時，有人叫門。

進來二個小伙子。說是迷路了，在山上轉悠半天才找到這幢房子。他們顯然第一次來。二人全身濕透。「喲，下雨了?!」屋裡人驚訝。

「躲都躲不掉。」穿白喇叭褲的青年抖抖頭髮上的雨水，露出一口鑲了鐵絲做矯正的牙齒。「現在已變小了。」

「那明天還去特拉法爾加廣場集會嗎？」胖子在角落，嗓門放開問。

「去，如果天不下雨，或雨不大。」大個子回答。

「說定，風雨無阻。別說得多，做得少。」漂亮姑娘揮著手說，「燒國旗，給政府點顏色看。」

「帶上瓶子不？」有人挑戰似地問。

「帶上。」大家的勁兒給煽起來了。

乜斜窗玻璃上密麻麻的雨珠，李建國想笑。他想離開，但又無地可去。不是姨媽家遠在南邊，幾乎要豎穿過整個倫敦，而是那兒只是一個寄人籬下的借居處。對面鮑爾的目光像是在求自己：千萬別走。他猶豫，緊張，不停地用手搓自己的不太合身的褲子，他不再看屋子裡的人。在他面前的地毯上是一個杯子，酒只剩下一小半了。他臉上的顏色由微微泛紅變為大面積的紅。

新來的三個小伙子靠客廳門鋪開戰場，他們動作迅速地將煙絲和帶來的一包色澤像煙葉的細末攪和在一塊，包好，點上火。穿白喇叭褲的青年猛吸一口，傳給一旁的人。一股奇特的香味彌漫開來。不時有人發出愜意的呼吸和一聲快樂的叫喚。另一輪煙捲已轉到鮑爾手裡，他叭了一下，就遞給了李建國。

李建國把煙捲放到嘴裡吸，因為害怕，竟被嗆住，不停地咳嗽起來，一臉苦相。邊上的人等不及，竟從他手裡將煙捲拿了過去，「好東西，等你回過神來，就沒了。」那人狠狠吸後，傳給了身旁的人。「這東西也是來自你們東方。東方什麼都好，克里希納，禪，佛，毛。」

「革命不是請客吃飯，不是做文章，不是繪畫繡花。」李建國忽然發現某些話只能用中文講，譯成英文有氣無力，沒了原有的那股勁。「革命是暴力，是一個階級推翻一個階級的暴烈的行動。」

他帶著一群紅衛兵，來到自己的家——一座四合院。在北京的四合院很少有這麼幾株古樸蒼天的大樹，竹青翠，花卉有紫有紅。他們從門口開始，一邊貼大字報一邊砸，沒有一盆花倖免，直砸到正房，父母正在裡面膽戰心驚地等著。

不打倒父母不能表明革命的決心。看著家被砸得稀爛，父母的書稿書信及收藏的古董字畫被抄，他開心。「你為什麼要這樣做？我的孩子」母親似乎在說。他們辭掉教授位置，把他從國外帶回，說是支援建設新中國，母親甚至放棄英國國籍，加入中國國籍，成為中國公民，但母親還是英國人，皮膚頭髮眼睛改不了，他恨自己的血液裡流淌著她的血液。他幾乎要朝母親身上吐唾沫。那天這拔紅衛兵抄了七個反動分子的家，這家還算不上，但這是他的家，他能記得起的只有這一次。

那是我嗎？李建國第一次這麼問自己。是的，他不能夠將這些在心裡翻騰的一幕幕用語言的形式敘述，他想說，卻根本說不出口。他的胃疼，手發麻，他凶凶地喊了起來：

「砸得好，抄得好，沒家更好，沒有父母更更好！」突然，淚珠不聽使喚地湧出眼眶，滴在他握得緊緊冰涼的拳頭上，像鍍了一層亮閃閃的光。

這陡然的變化，房子裡的人都沒有反應過來。

「殺人，整人，六親不認，你們不用聽，也不必學，這套本領人天生就會。」可怕之極的事對人的引誘，大於快樂。革命兩個字叫人神經處於激動之中，也同樣程度叫人處於恐懼之中，數也數不清的人在為之受苦受難。父親說過的話響在他耳邊。我怎會對他們那樣做呢?!去你媽的革命，去你媽的紅衛兵，去你媽的造反有理！他從地上騰地一下站了起來，去你媽的中國人，我早不做中國人了，我這不就被送到英國來了嗎？他雙手掩面，失聲痛哭。

「他怎麼啦？」人們面面相覷。這當然不是今晚預想的結果。

客廳燈被人叭嗒一聲按亮了，像一種人人皆知的信號，一下破了煙霧、酒氣、燭光加上窗外飄灑的細雨所包容的特殊氛圍。房子裡的人紛紛改變了原狀，起身的起身，伸懶腰的伸懶腰，離去的離去。有喝醉酒抽大麻暈乎的人睡在地毯上。那個穿緊身短裙的女人從鋼琴上下來，琴鍵發出長串摔爛瓦缸的聲音，抗議似地撞擊。

這幢房子只可能在淩晨五、六點鐘才會寂靜下來。然而，此刻客廳相對其他任何一間房，包括衛生間都清靜得多。

一會兒，就傳來了樓上笑罵聲吉他音樂聲，尤其是咚咚響的腳步，夾著床墊被擠壓的聲音，裂開一道道細縫的天花板隨時都像要崩塌一般。

李建國眼睛紅腫，重新坐在地毯上，他看見站在牆邊的鮑爾，他想問：你怎麼不走？但他沒有說話。鮑爾手裡拿著一支圓珠筆，在鋼琴上畫出一道道不整齊的線條。李建國瞧著鮑爾，一動不動，那意思彷彿在說，你愛呆就呆吧，我無所謂。

大概是喝了酒的緣故，李建國頭昏沉沉，在過道上張望，不知廁所在哪兒？

鮑爾繞開斜依沙發已在打鼾的胖子，來到過道，指著廚房旁角落。李建國過去推門，推不開。有人在用廁所。

於是他隨鮑爾走到樓上。「鮑爾，來呀！」有人叫。

敞開門的房間裡，十來個男女忙成一團。他好奇，跟著鮑爾走了進去。

大個子往女王畫像上抹黑顏料。

床墊被豎在牆邊，地上是寫好字的方形長形紙塊、橫幅白布。「發臭資本家」、「操哈羅德・威爾遜屁眼」、「工黨——豬、叛徒」……

他們早就不是工人階級的政黨，還號稱無產階級。穿白喇叭褲的青年吼叫著。

鮑爾扶住一塊要倒下的標語牌。

「我們要去尼泊爾，到喜馬拉雅山。」金髮姑娘轉過身，滿臉紅暈。「鮑爾，你也去吧。」她說，穿過伊斯坦布爾就是亞洲，騎自行車。

「明天幾點去特拉法爾加廣場？」

「明天再說。革命，朝聖。」大個子又蹲下身，他換了一種鮮艷的紅色顏料。他吻吻漂亮姑娘的脖頸，「是不是，兩者都重要？」

「依我看，咱們與其在這兒鬧騰，還不如奔到中國去支援紅衛兵。」她的眼睛瞟瞟門邊的李建國，充滿了漠然和嘲諷。

「好主意，好主意。」金髮姑娘不知生誰的氣，站起來，腳不停地敲擊地板。

李建國斜回過頭，見衛生間門敞開，便走出房間。

酒在肚子裡裝得實在不少，小便怎麼解也沒個完。浴缸盡是垢。抽水馬桶的拉鏈已銹跡斑斑。繫好褲子，他在嘩嘩響的水聲中走出衛生間。牆上掛著一架電話。他順手拿了起來，沒聲，是被電話公司消掉號了的。「打電話呀。」女人的聲音響在身後，緊跟著一隻軟綿綿的手擱在他肩上，在他背上滑，滑到屁股上。他打了個機靈，連說不不。女人說，你不喜歡？他臉白紙一張，連頭都不敢回。

他一步步下樓梯，喉嚨乾渴得厲害。她曾有一頭黑亮的頭髮，比其他姑娘剪成短髮都合適、灑脫。她本是那麼好。她也喜歡這樣彎身去喝自來水管的水。李建國抹了抹掛在嘴上的水，將身體直起，靠著廚房的門，呆呆地看著過道裡的燈。他們是同學。他被驅逐出紅衛兵組織後，她就變了。她在街上走得飛快，與他拉開一段距離。他汗水都淌下來，還是趕不上她，她就是要比他快幾步，她就差沒跑起來。滿街都是大字報、標語，滿街都是陌生人，她以背影對著他，實際上算對他客氣的了。她說得好，從生下來，幸福就和你遙遙隔絕，你必須放棄，像放棄你的家，但我不能放棄你。她聽了，苦笑，說，她不能放棄革命，革命就是她的幸福。

每一派都不要他。說母親是英國人，英國特務，兒子也不會是什麼好人。他們之所以未把他也專政，是忙於武鬥、擴展各自勢力，顧不上他，他們不認為他抄自己家是「背叛」。

一陣猛烈的敲門聲打斷他。這個時……時候……只有……有鬼才……會來。鮑爾跑下樓，嘴裡說著，打開了門。果真是五個矮小的鬼，在門口張牙舞爪跳，「不給賞就搗蛋。」喲，快到萬鬼節了，全城的小孩紛紛帶著面具、把臉塗成花樣兒來要糖果，竟要到這僻靜的房子前來了。鮑爾說沒糖，他讓李建國守住大門，別讓小孩進來，自己從地窖裡一手抓兩瓶酒塞給候著的小孩，小孩樂了。鮑爾把門關上的一刻，李建國瞥見正對著門的過道牆上的鐘，時針秒針分別打在夜裡二點三十三分上。

李建國坐在地毯上，老地方原位置，連方向都沒換，背斜對窗。鮑爾拿了桌子上一瓶僅啟開蓋卻沒倒掉一丁點的啤酒，與他並排坐下。他看著鮑爾往他面前的空杯倒酒，不說喝，也不說不喝。

父親說什麼來著呢？他第一次聽父親說是在上小學前？哦，記起來了。一次父親走在大街上，突然從馬路對面跑過來一個西裝革履的英國老先生，熱情極了，開口第一句話就說：你知道，雞蛋由什麼組成嗎？父親一楞。老先生接著說，蛋黃和蛋白，兩種顏色相混，最後還是蛋黃的顏色。所以，還是做中國人好，應該揚眉吐氣！慶賀呵慶賀！老先生緊握著父親的手。一九四九年！父親激動，立即折回家，鼓動母親隨他一起回中國參加祖國建設。他們給在英國剛生下孩子只起了個中國名字，不給英國名字。李建國哈哈笑起來，聲音不太像是他自己的。他止住了，以一種裝出來的一本正經的口氣，對驚異不已的鮑爾說：

「北京的小故事，毛主席問林副主席，誰是現在北京最富的？」

「誰呀？」鮑爾很驚訝，眼睛瞪圓。

他「噓」地一聲，「林副主席想了半天也答不出來。毛主席說，是北京胡同裡那些拾破爛的，把掉在地上的大字報收了當廢紙賣。乘風破浪，向錢看。」

鮑爾沒笑。

「你不懂吧，沒關係。」李建國從兜裡摸出一包印有中國古式城門的香煙，「來，抽一支！」鮑爾接住了。李建國又從兜裡掏出一盒火柴，他先為鮑爾點上火，然後才點自己的。鮑爾吸了一口，說「嗆。」伸出右手大拇指。

李建國身子不偏，自言自語：前門煙，當然好。燈光下，對面牆上畫筆勾出的人影像在動，很模糊。他感覺他的目光短促，撲捉不到寬敞的客廳對面，無法將那些人影觸及。小時他最喜歡一本書，書裡講一種鳥夏至結束從北極飛到南極，冬至結束又從南極飛到北極。鳥不願看見太陽下落，不願看見黑夜。所以總是這麼不停地飛呵飛，找那光亮之地。他羨慕鳥，羨慕得心快痛出血。

將鋼琴底下的一個髒髒的盤子推到跟前，他抖煙灰。鮑爾躺在地上，側身朝他。他說，他幾乎走了大半個中國。

沒……人……人管……你？煙灰從鮑爾手指裡掉在盤子裡。

沒人。我跟人說我是從新疆來的紅衛兵。他說每次他要真正參加組織，他們就不接受，問他是哪個學校的？得有原學校最忠於毛主席的紅衛兵組織開介紹信——這是幌子。他被送回北京。他怕關押，害怕極了，母親自殺後，他更是，夜裡也睜著眼睛，不敢睡覺。父親偷偷去了駐中國的英國大使館，給他們看建國的出生證。

一支煙很快抽盡。他拿出一支問鮑爾：還要嗎？鮑爾擺擺手。胖子睡得真熟，一個呼嚕也不打。他將煙放回煙盒裡，然後，把煙盒來回在手裡翻。在遊蕩的日子裡，他聽人說，劉少奇是第一個喊毛澤東思想萬歲，早在一九四五年。

這麼說每個人都該被打倒？父母親嚮往革命，還有他，名字就莫名的虛偽，是不是也該打倒了才乾脆？

那麼，我是否也應該回到我出生的倫敦來？鮑爾打了個呵欠，揉揉眼睛。他的姨媽對他說不上不好。當他說要出外找個工作時，她總是客氣地說不用不用。「她連她親姐姐怎麼死的也不問。」鮑爾的眼皮黏連了。李建國想，他的說話聲響在鮑爾耳畔，也許就像一支好聽又甜膩的謠曲。

李建國一級一級地往樓梯上走，數著數。可到閣樓門前，他忘了自己走過的到底是三十五級呢或是四十五級。

他在黑暗中摸到那英國國旗，一把掀開，就摸到了一根根棉線搓的導火繩，它們安安靜靜地掛在汽油瓶口。於是，他坐在箱子上，想再抽一支煙。

從來沒有睡得這麼沉，沉到夢的背後，一個夢也挨不著了。隨著一聲巨響，鮑爾被人連托帶扛弄到房外的空地上，他從另一個深不可測的世界裡給喚了回來。

他從地上爬起來，穿著衣服裹著被單的人往房外衝，有的人赤裸著身子，大家都驚恐得說不出話來。火焰從屋頂騰起，在慘白的天光映照下，不是紅色，而是藍得出奇，扇狀漫開，之後如雲團捲裹，煙漆黑濃郁。火搖擺著這幢維多利亞式的三層獨樓房，就像每個孩子搗毀自己不喜歡的玩具，那麼任性而隨意。

指甲

她是個雙眼晶黑顴骨微微突出的女人。她一向我行我素，卻不明白怎麼會有這麼一天，自己變成一個柔順的妻子，聽從他的要求，連洗碗也戴上了手套。早晚擦潤膚霜，手指尖是重點，甚至一條小小的縫都不忽略。她從不塗指甲油，淡淡的紅暈，有一種天然的健康。白皙細長的手指，玉雕般滑潤。

他走過來，拿走她手中的毛線針，笑著把她抱到了床上。他半跪在地上，親吻她的手指，把臉貼在上面，嘴裏含含糊糊喊著一連串詞兒。此時，她是他的小貓，小狗，他的一件寶貝。

那還是一個夏天快結束的日子，郊外水庫游泳的人稀稀落落。當她的手指不小心掐進他的背裏時，他從未有過的一聲長長的呻吟，在夜色之中傳開。涼涼的水，一圈圈波紋蕩漾在他們四周。

他扭著頭，以一個寬大的背對著她。房間裏只點了盞臺燈，她的身影投在牆上，隨著手的力度在不斷地搖晃。床被兩個沉重的身軀壓得吱嘍響。他緊閉雙眼，發出呵呵叫聲，他游離在空氣裏，離她太遠，太遠。

他喘著氣翻過身來，一臉光燦燦，興奮地說，「這次真舒服。」他解完小便，經過穿衣櫃，對鏡子裏背上一條條血紅的爪印深感滿意。

她沒吱聲，心想，這算是做愛？

他在刷牙，水管裏的水嘩啦啦地響著。街上幾乎聽不到人聲喧鬧，都待在家裏守著電視裏的連續劇。散亂的頭髮遮住她的臉，她口渴極了，想喝水，但她縮在床上的身子沒有移動。

「你以後不用做任何事了。」他拉上被子，打著呵欠說：「我要好好養著你這雙手。」不一會，房間裏便響起他的鼾聲。

她的視線裏有一個小黑點，牽引著她，最後停在白白的天花板上。她躺著，一顆顆鈕扣慢慢解開。

過了很久，她依然沒法平靜，她的手發燙卻顯得笨拙，她的想像貧乏可憐。她悻悻地站起來，走到桌邊，從抽屜裏拿出剪刀，要剪掉這些使她恨恨不已的手指。但那鐵器的涼意使她突然清醒過來，她暗暗罵了一聲，小心放下剪刀，回到床上。

青桃

她發現院子裡的樹長出一顆桃子時，那種抽搐抓緊她的全身，那種熟悉的抽搐。她扶住籬笆，幾乎是本能地抬起頭，臥室的窗簾什麼時候拉上了？她覺得有人躲在窗簾後，便趕緊把目光移開了，裝出一副無所謂的樣子。

搬到新門街快十年了。院子裡這棵桃樹，花每年都開，像嬰兒的小嘴，濕潤、清香，可就是從未結果。他十年前就說：「你像這花一樣美。」每年重複這句話，早就走了味。

她慶幸今年再不會受到這侮辱。她心上日積月累的灰塵，已經厚到可以長出草來。她不止一次發現自己在夢中對他下手，他異常痛苦，踉蹌的身體發出斷斷續續的聲音：「怎麼可以對我這樣……」

她高興地笑了，她說：「你會變。」她停住笑，脫口而出：「變成不是人的東西。」

他已經一年半沒有消息。該找的都找了，該查的都查了，時間迅速地消失，那張登有「尋人啟事」的晚報還貼在廁所門背後。

幾隻蜂嗡嗡叫，竄了過去，她蹲下身拾起地上的石子，朝樹上扔去，長桃子的那根樹枝晃了一下。她繼續投，幾粒石子在空中劃了幾條弧線，都偏了。

她掉轉身，從屋裡廚房拿出一節竹竿。是不是有這樣的可能，她想，他或許躲藏起來了。她開始懷疑他的用心。青青的桃子，長得跟棗差不多，兩片葉子遮去一些，顯得更小了。她舉起竹竿，往它打去，低了。她停了停，將竹竿調了個頭，把細的一邊捏在手中，瞄了瞄，一棒打去，掉下那兩片葉子，青青的小桃子還掛在那兒，害怕似地顫抖。

看著看著，她的心不由得隱隱作痛。她讓竹竿又倒個個兒，粗頭朝下，頂著地，站在樹下，心中不是個滋味。

太陽退到雲層後面，天暗多了。炊煙從附近人家裊裊升起。一天就這樣打發得了。她想了想，走出院子。不一會兒，她氣喘噓噓扛來一個小型梯子。把梯子架好，她像在夢裡那麼笑了。

一個小學教師，每晚必有一大堆學生作業要批改。簡單的加減乘除，使她心情彷彿輕鬆了些。改完作業，她習慣地將頭髮高高地挽在腦後，她開始脫衣服。燈光將她眼角和頸上的幾條皺紋隱去，鏡子裡的她，除了溫柔，還有幾分嫵媚。

洗完澡，換上乾淨的內衣，她倒了一杯開水，還放了兩勺糖，淡淡的，甜甜的滑下喉嚨。睡意上來了，她熄了燈，便上床了。

他走到她的身邊，沒有用以往那樣的口氣說話，只用兩眼深情地看著她。

「滾開！你這種人！」以前一罵就走，這次他竟然不理。她睜開了眼睛，看了看床頭櫃上的鐘，凌晨三點正。原先緊閉的窗帘，現在大開著。她起身走近窗子，月光朗照在院子裡，如鍍上一層銀。但她拉了一半窗帘的手卻停住了，她覺得傍晚摘掉的那個桃子，依然掛在枝上，好像還有個人影在樹下晃動。她不想揉眼睛，看個清楚。她用手遮住自己的臉，擋住縷縷清冷的月光。這和我又有什麼關係呢？

她下意識地轉過身，摸了摸肚子，她吞下的那個青桃，彷彿從來沒有存在過。

刃刀

水手將纜繩扔到屯船上套好，吹響哨子。到岸了，他走在擁擠的跳板上。人群在沙灘上散開，一些攤販在叫賣著，也難怪那位老頭生意好，他的菜刀的確不錯。他買了一把，回家在菜板上試，刀鋒利得發出彈力的錚鏦，刀尖長長的，引誘著人的手。他覺得有點驚心。他翻出一張牛皮紙包好菜刀，放在床下。夜裡做夢總夢見這刀向他靠近，搞得他半夜起來將刀移到碗櫥裡。清晨起床，頭一件事他朝屋子四下溜了一圈，直到把刀壓在長桌下面的三個泡菜罈子底下，才鬆了一口氣。

走完沙灘，再上兩坡長長的石階，就是老叢家的那座瓦房。

「叢科長呀，今天回來得真早！」鄰居笑嘻嘻和他打招呼。鄰居似笑非笑的神態好像在嘲諷，快步上石階使他的心跳急促，此時跳得更厲害了。

妻子上夜班，現在在家休息，房門關著。他輕輕閃進加建的廚房。他沒有掏鑰匙去開廚房通向房間的門，而是彎下身去，在泡菜罈子間摸索著，找到那把菜刀。他扔掉包的牛皮紙，刀上塗了一層黃亮的保護油，刃上反射著逼人的凶光。他提著刀，像個影子慢慢靠近房門。門上幾乎找不到一條縫，但在離門不到一米的板牆上有個裂口，他蹲下高大的身子，對著縫往裡瞧。過了好一陣，他被陽光迷糊的眼才看清。

窗帘的透光像一支畫筆勾勒出房內兩個人的身體：光裸的乳房與臀部在黑暗中微微反光，結實的大腿，在他跟前如鰻魚那樣起伏、有力。他的心咔嚓一下裂成幾瓣。裡面的叫聲有意壓低似的，時不時停住，時不時哼哼。他緊貼著牆的身體穿過一種熟悉的顫抖，致命的顫抖。手裡緊握的尖尖的菜刀卻在慫恿他撲向他們，汗珠從臉上沁出，背心開始濕膩膩地貼在背上。他拿不準是否應衝進房門？那種被人在床上抓住的滋味他嘗過，而且同是這個女人。他看不清她的臉，但他知道她的嘴唇一定半張著，雙眼微微閉著，像當年躺在他的懷裡一樣，他置黨籍、官帽、家庭不顧，被她迷住。結果一切都丟了，落到現在這個地步。他知道這個女人的魅力。他的牙齒銼得吱吱響，他感到手中的刀自己舉起來了。

哐噹一聲，那把菜刀掉在地上，房內傳來妻子一聲驚叫，誰呀？

他猛地衝出了廚房，奔下去渡口的石梯。眼裡像噙著淚水。黃昏的渡口，正下著剛到岸的乘客。他轉過身，用背對著他們，從衣袋裡掏出一支煙，顫抖的手幾乎擋不住河灘上的風，但他還是點上了火。

煤氣

又到梅雨時節，屋檐下掛著一條條雨線，房內幾個大小不一的盆接著天花板漏下的水。幾次找房產科，都未解決。她把床挪了挪，避開漏水的地方。樓板被敲得棒棒響，她跺了跺腳，鬧什麼，天在下雨。樓下的女人離了婚，進進出出都是男人。丈夫出差前還叮囑，女兒十六了，考大學得抓緊，得多留心照管。她當然明白丈夫的另一層意思是少跟樓下女人接觸，怕女兒學壞了。

「爸爸還不回來。」女兒坐在燈下做作業，咕噥著。

「就這兩天回來，不是告訴了你嗎？」她將盆裡的雨水倒入木桶，提出房門。

樓梯太窄，她小心翼翼，生怕把桶裡的水濺出來了。她不喜歡街坊鄰居間吵架，也怨自己無能搬出這兒。才七點不到樓下女人的門就緊緊閉著。她皺了一下眉頭，將一桶水倒入水洞。待她重新踏上樓梯時，樓下房間裡隱隱約約有音樂聲。她停在樓梯口，聽了一會兒，像是舞曲。

夜裡和女兒睡在一起，她怎麼睡也睡不著。她沒有開燈，怕影響女兒第二天上學，床那頭叮咚的滴水聲，漸漸輕了些。

樓下不時有東西翻倒的響動，她罵自己沉不住氣，總在猜測那響動的原因。

天剛亮，她便醒來了，去給女兒買早點。下了樓梯，她想起這一夜的折騰、不安，心裡來氣，便貼著門縫往裡瞧：黑乎乎，看不見，卻覺得有種怪味。

「煤氣！」她意識到這兩個字時，一下扔了籃子和雨傘，用全身力氣撞門。幸好門框不正，彈簧鎖被她頂開，她衝了進去。一股氣味撲了過來，她用手捂住鼻、嘴，床上並排躺著兩個人，沒蓋被子，衣服穿得整整齊齊。她衝過去。突然她像見鬼一樣縮了回來。房間，收拾得很乾淨，連接小廚房的門敞開著。她轉過身去，快步離開這房間，把門重新鎖上時，她再次朝床看了一眼：床上兩個人的手緊緊握在一起。

她一步步爬上樓梯，回到自己的房間，她手掩著臉，全身發抖。而窗外依然細雨濛濛。

遊戲

她一直睡到第二天中午，太陽已升過一幢幢樓房，掛在白晃晃的天空上。彷彿自己是個沒有任何情慾和願望的女人，清心淡泊，養氣益壽。昨夜走廊裡照例有腳步聲，時不時有敲她門的聲音。她知道，有一扇門為她終夜不閂上，有張床有一半為她空著。多少個月來，她為這個人的無禮而苦惱不堪，她氣憤得幾乎要發狂。但是今夜她就不必再覺得這個人討厭了。她想，明晚我就能睡得很好。

從抽屜裡，她找出一塊紅布。幾分鐘，她把布裁成幾塊，裁成一塊長長的帶子。她把紅布披在身上，繫好帶子，該暴露的地方暴露，該遮蔽的地方遮蔽。對著掛在門背後的鏡子，她不由自主地笑了。

她朝那片開闊地走去。

她沒忘記那個約定。

首先映入她眼帘的是一群老牛、黑黑的，皮色發著奇異的亮光。天空陰暗，雲層壓得很低，空氣卻異常新鮮。

在靠近柵欄處，一匹棗紅馬在吃草。那匹馬發出窸窸窣窣嚼碎的聲音，她朝棗紅馬靠近。她的頭髮隨風飄拂。遠遠看去，她的裙子像火一樣燃燒。她讓我們分不清她是在夢中飛還是在草地上走。

但她自己知道這一切都是符合於那個約定的。她走了過去。她聽到一個聲音在說，你來了，謝謝！另一個聲音接上說：你真準時。

她說：我相信你們是講信義的君子。你們不會忘了答應我的事。那房門是通夜開著的，容易。給他見見紅，好好嚇唬他一下就行了。

於是她開始打量四周，馬廄的木柵欄邊一棵松樹，扇形狀鋪開枝葉，寬大得像個屋頂，而地上軟軟地積滿了十幾年的松針。

她扯掉裙子的繫帶，躺了下去。

她在心裡暗暗數著數，閉上眼睛。

回家的路上，什麼事也沒發生，雖然天已經漆黑。

她走在空無一人的走廊，那扇門半開著，而她自己的房門關著，她這才想起自己忘了帶鑰匙。

她推開那扇半開著的門一想，或許現在她可以把那傢伙調侃一番，對一個將要受到懲罰的人，她沒什麼可擔心的，或許，還可以憐憫他一下。但房間裡沒有人。這壞蛋沒回得來就遭到了懲罰？她有些得意地四顧，然後坐在了床上。她像坐在自己的床上一樣，覺得這裡已沒有任何危險，於是，躺了下來，她太累了。躺在這報復之床上，她很舒坦，幾乎有點貓嬉弄抓住的老鼠的快樂。

樓上有搓麻將的嘩嘩啦啦聲音。這應該是第一次，確切地說，也應該是最後一次。那個令人厭惡又可憐的傢伙會嘗到纏擾她的後果。她渾身神經鬆弛。過不了多久，就睡得很沉。

窗帘把無月光星辰的夜帶來，房內房外，一片黑暗。走廊裡響起腳步聲。她覺得那腳步聲走走停停，卻固執地朝這扇門走來。朦朦朧朧之中，她想這種騷擾的腳步，將會是最後一次了。

門被推開了，有聲音在說，人在，快。另一個人說，別慌，做利索些。

她好像聽到了這二人的話，她從心裡贊同，不錯，做事可靠。

在半睡眠狀態中，她覺得心境很安寧。她在等待，報復後的快感使她進入祥和的平靜。但她突然驚醒。她聽見一個聲音在說：「糟糕，錯了，怎麼是她？」在這一刻她感到刀刃切斷了她的意識。

第二天一早，整個公寓像油鍋裡潑了水。屋主人感到最納悶——他在她的房間裡潛藏了一夜，認為昨夜必定得手。沒想到等了一個空。他什麼都不想說，也說不清。

一鎊錢的考驗

布萊頓的冬天總還是個冬天。英法海峽的涼風帶著水霧爬上電報山，沿著街道直瀉下來，把暮色過早地擠成黑夜，連艷麗的酒吧招牌燈也挑不起暖意。

我那時在布萊頓市裡上班，每天下班都走過這冷落的街區。夏天這裡到處晃悠著酒鬼和乞丐，逗弄神情害怕躲躲閃閃的女人。你如果見怪不驚，你就會發現這些浪蕩的酒鬼實在算不上太大的威脅，至少乞丐比他們更討厭。

冬天的夜晚不然，涼風剝奪你的自信。冬天的乞丐和酒鬼也更可憐，似乎更容易把他們的威脅付諸行動。就在那樣一個冷霧天，我在街上聽到一個聲音哀求我：「年輕的東方女人，你能不能聽一聽我的故事。」

這條街的高樓是冷風的巷道，百貨公司櫥窗的燈光依然輝煌，使你更感到夜色淒然。我覺得他已經很醉了，他斜倚在玻璃上，讓人老遠就看見了他的身影。我朝邊上斜走了兩步，走過他邊上時，眼角警覺地溜了一下。

也許他正在等我這眼光，櫥窗裡的燈光正射在我臉上。我走過去時，他說：「聽聽我的故事，好嗎？」

我對自己說：這可是變出了新花樣。酒鬼的猥褻，乞丐的求憐都不是這樣起句。我偏過頭，看到他的身上並不是最邋遢。他的臉往前傾，但他的鬍子讓人看不出確切年齡，也許是背襯著燈光，沖淡了他的臉相。

我說：「對不起，我沒時間。」我腳沒停步。

他急急地說：「關於你的故事。」

原來還是老一套，我想。他見我沒有停下，又對著我後背大聲說：「還有你的照片。」

不知是這出格的轉折，還是他的聲音中那種悲切，使我駐住腳，轉過身。他真的從大衣胸襟裡掏出一個黑皮夾子。

「瞧，是不是你。」

借著櫥窗的燈光，我看到一個中國女人的半身黑白照片，面目清麗，典型的五十年代打扮，頭髮燙得還挺自然，黑絨旗袍把頭頸和裸露的肩膀襯得很美。定型的化妝叫人不敢斷定這個女人只是一般的端正，還真是個絕色美人。

他雙手把照片端在燈光裡讓我看。「別見怪，」他說。「這是我的妻子。」我朝他看看，我無法斷定他到底醉到什麼程度，他臉上的表情似乎沒有酒精中毒的麻木。他看來把我的沉默當作鼓勵。他說：「是的，我的妻子，五十年代末我在海軍服役，到了遠東，我在香港，那美妙的城市，愛上了這美妙的東方女子。她跟我來到英國，我們結了婚。但是生活對我太殘酷。最後她離開了我，我是個失敗者。我沒法忘記她。我失去了一切，只留下這難忘的記憶。這也好，這美貌永遠不變留在心裡。」

他似乎進入了儀式的背誦：「哦中國女人，美麗，但心狠。那麼美，永遠夠不著。我就在街頭，等著她，這照片上的女人。」

我說話了，這是我第二次對他說，我盡量把口氣放平緩：「我到底能給你什麼？我的同情？還是一鎊錢？」

他吃了一驚，滔滔不絕的話一下子停住了，張著嘴看著我。然後，他垂下頭像個被擊敗的拳擊選手。他低聲地說：「給我一鎊錢吧。」

友人說完默然。虹影彈了一下煙灰，才發現煙已燒完。友人說：「其實我何必那麼尖刻？

他拿了這一鎊錢就能證明他說的是假的？」虹影說：「你也太多慮了。不拿這一鎊錢就能證明他說的是真的？」兩人相視，但誰也沒笑出來。

暑假

這個時候學校人很少，但研究生宿舍樓卻人來人往，分外嘈雜。這個濱海城市，夏季自然是舉辦各種會議、研究班的熱點，而自炊的研究生宿舍樓則是來訪學生的最佳宿處。

他覺得心煩。他在此做博士後研究，自認為不同於一般學生，夏季也不能放過。他把打字機敲得狠時，有人叩門。走進來一個中國女生，滿臉笑容：「是張博士嗎？」

當然是博士，但很少有人這麼稱呼他。這稱呼解除了被人打擾的惱怒，「找我有事嗎？」

她伸過手說：「里大許多你的朋友向你問好：趙大個，胡四爺……」

他們一起大笑。很久沒有聽見這些綽號了，他這才仔細端詳這女孩。她細挑個兒，雖然並不很漂亮，但長得甜甜的，有一對黑黑的眼睛。而且，不像一般東方個兒細的女子，她的胸部發育得很好。她說她是里大研究生，來這裡參加一個中國人口問題的研究組，可得到一筆工資。

「你肯定在這個問題上很有研究。」

「嗨，人托人吧。我的教授寫了信給這兒的教授，他反正得雇人做助手。洋人哪看得了那麼多資料。反正，比去唐人街打工強。這不，我又要請你幫助了。」

他說：「好說。」

「那麼你現在帶我去市場買些食品好嗎？」

從來沒有人敢向他這樣的忙人提如此要求。但他不快的神色似乎並沒引起她注意。她問：「你該什麼時候買菜？」

「後天，星期六。」他遲疑地說。

「那就今天買吧，陪陪我，行嗎？」

她笑得很動人，很真。他以為自己早學會美國人說NO的本領，這次也不忍心說了。

在路上她不停地說話，問此地有哪些熱鬧去處。但他發現她幾乎全知道，大概早問過人並且早準備去玩了。他很高興遇到這麼一個總是興致勃勃的人。

談得興起，一路回來，自然就一起做了晚飯。飯後他說他必須工作了，她也說箱子還沒打開吶。她回自己的房間去了，同一層樓，在走廊那一端。到十點半，他把打字機關了，突然想起她，好不容易克制了打電話給她。

第二天她一天沒出現，到那經濟學教授那裡去了。傍晚，突然門被撞開，她喜氣洋洋地跑進來，說：「猜不著吧，工資比說好的多一倍！」

他說：「老板這麼闊？我可認識這個『名教授』。」

「他愛怎麼花研究金誰管得著？我來請客！」

她所謂請客就是到她房間吃她做的晚飯。今天她聊興更足。飯後她掏出一包煙，說高興時不妨抽一支，但抽一口就嗆起來。

他說：「一切嗜好，初次嘗試總是不舒服的，不舒服才過癮，人就有受虐心理——抽煙，喝酒，長跑……」

她叫起來：「對極了，還有sex！」

他張口結舌，他沒想到這女孩如此無遮攔。他不是從沒碰過女人的書呆子，但這個場面卻使他不知所措。

他設法轉換一個題目，說他將到巴黎去參加一個學術討論會。

「巴黎！」她又嚷起來，把香煙扔進茶杯，「我也要去！」

「怎麼可能！你不是開會，申請旅遊簽證兩個月都批不下來。」

「嗨，就說你妻子，跟你申請不就得了。」

他站起來，他不能再忍受被這女子戲弄。他得採取主動。他說：「弄假成真了怎麼辦？」

「怎麼可能呢？」她哈哈大笑，「我沒想嫁給你。」

他知道他們倆說的不是一件事，但這一點使他特別惱恨，恨自己笨拙，拘謹。

然後他們去樓下每週末總有的舞會。她扭的姿態並不很美，但舞得酣暢淋漓，毫不忸怩。那天他入睡時，頭腦裡滿是她上下聳動的乳房和左右彎曲的腰肢。他心裡罵自己。

一早，他就打電話到她房間。他問：「今天我們什麼時間能見面？」

「嗨，大博士，大忙人，」她調侃說，「難得你記著我。我今天一天在宿舍裡翻譯資料，你什麼時候都可以來，我從不閂門。」

「晚上行嗎？」

「任何時候。」

「夜裡呢？」

她咯咯笑起來，「我說過，任何時候。」

他強迫自己集中精力，按日程做完該做的工作。但是到了下午，他做不下去了。惡魔在他心中跳踉，對他說：「現在，就是現在！」

他沿著走廊走去，一種莫名的驚恐使他雙腿發抖。他走到她的門口，敲了兩下，沒回答。在睡午覺，他想。便扭動門把手，門果然沒門上。他走進兩步，往房裡一看。

兩個赤身裸體的人相疊躺在床上，吃驚地扭轉頭來朝他看。上面是那個經濟學教授。枕頭上她的眼睛瞪得極大，而她修長的腿曲起，象牙那麼柔白。

所以你一下子砸了三個人的鍋，虹影說。

「她當天就搬走了，後來在學校我也沒見到她。我只知道她活得輕鬆，沒想到她如此輕浮。」

輕鬆使你高興，輕浮到你頭上也使你高興。虹影說，沒有一個女人是輕鬆的。

一夜

他從未去過新堡，這次可停一天，第二天晚上走。一個朋友說，可以住到他表哥表嫂那裡，表哥好客。

他在長途車站掛了個電話，回答的看來是表嫂，說表哥不在。一個半工半讀學生，他沒有多少選擇。他說朋友托他傳口信，順便問一聲，能否借住一夜，只是一夜。電話中好一陣沒聲音，最後說好吧，讓他七點來。

從巴士上看，黃昏的F城，像北海海濱其他城市一樣美麗而單調。他怕誤出，提前到了公寓門口，坐等了半個小時。暝色四合中，他看見一個中國女人手裡捧著超級市場的紙袋走來。

他扶著牆站起來，女人看看他，淡淡一笑說：「你就是？上來吧。」

他們從嘰嘰咯咯響的電梯走出來。套房很整潔，但太空似乎缺了不少東西。放下行李，他才有機會看清她，一個身體挺拔的中年婦女，臉容似乎很疲倦。「被歲月超支的銀行帳戶」，他想起一句刻薄的詩。但女人態度很和藹，把東西放進冰箱，就帶他去他的房間。看來是間孩子的臥室。床很小，屋角有幾件玩具。

她問他晚飯吃過沒有。他當然吃過了。那麼喝點茶吧，她說。

喝茶時，他禮貌地報告了那位朋友的一些近況，她沒吱聲，似乎不感興趣。他有點不安，覺得其中有些蹊蹺。喝過茶，他就告退了。

他確實累了。迷糊之中，聽見有人敲門，聽見女人用英文說：

「邁克爾，我說過你不要再來。」

男人說了些什麼話。他似乎進了屋。倆人聲音很大地說了些什麼，漸漸低聲下去。他翻個身，又迷糊過去。忽然他聽見女人高聲說：

「你一定要問為什麼，好吧，我讓你看。」

突然他的房間燈被扭亮，女人走到他床前，拍拍他，說：

「來，起來見見邁克爾。」

他用手擋住光，從床上坐起。他沒看得清邁克爾，只見女人氣沖沖地走出去。倆人在起坐間又說了些什麼。然後是開門關門的聲音。

他抱著毯子坐在床上，看到女人慢慢摸著牆走進來。他好像聽到一聲抽泣，嚇得他猛地站起來。

女人說：「真是對不起。」

他說：「沒什麼。」

停一會兒，他又說：「我能做什麼嗎？」

女人搖搖頭，滿是淚水。他說：「你坐下，靜一下。」房間裡沒椅子，女人坐到床邊。

他迷惘地看著這女人，看出她至今還是個很動人的女子。女人轉過頭來，說：「你只是個孩子，你不懂。」

他說：「我懂。每個人生活都不容易。」

女人眼睛看著他。他們眼光相交時，他感到心猛地一抽動，然後發狂地跳，他喘不過氣來。就在這時，他感到女人的手放在他的肩膀上。

他是個處男。他一夜沒睡著，輕輕撫摸著女人身體的每一部份。晨光透過窗帘照進來，他長久地端詳著女人的臉，覺得她美極了。他心裡充滿從來沒有感到過的甜蜜。他把嘴唇又放到她的臉上。

女人忽地醒來,看見他,呻吟了一聲就抓起被單蓋到臉上。女人說:「你走開一會好嗎?」

他拾起衣服,回到起坐間。聽著浴室裡的水聲,他心裡充滿了溫情和躁動。過了很久,女人才出來,已梳妝得整整齊齊。

喝咖啡時,女人說:「你今天走。」

這不像個問題。他感到不知所措。

女人說:「我陪你下樓吧。」

他們提著行李,默默地走向巴士車站,他想抓住女人的手臂,女人輕輕地讓開。

在站上,女人看到他怨艾的眼光,拍拍他的臉,說:「你閉一閉眼睛,一切都會過去。」

他真閉了下眼,睜開時,街上已空無一人。

* * * * * * * *

多年前的事了,他說。此後當然閱人多矣,也成了家,但始終忘不了這溫馨。

「但你再也沒敢打聽她的下落,對嗎?」

他說他怕破壞這種感情的純潔。

虹影說:「我們都需要哄哄自己。」

逃出愛的羅網

在人權團體壓力下，約克郡政府決定在聖保羅監獄試驗男女監同一院子放風。為此特地任命了新的典獄長。此人是法學院的年輕畢業生，野心勃勃，富於想像。據報導，監獄紀律突然好轉，暴力鬥毆事件大減，連監獄特色的穢言污語都少多了。女犯重新學會穿戴整齊，男的又拾起了溫文爾雅，有的甚至叫家人寄來香水化妝品。典獄長緊張了幾個星期後，不禁為自己的成功暗暗喝彩，看到了自己在警界甚至政界的輝煌前程。

就在這時，發生了麥肯齊逃跑事件，麥肯齊是個著名飛機製造公司的工程師兼董事，牽涉到一宗大規模詐騙案，被公司告了，證據確鑿，判刑七年。畢竟是上流君子，從不惹麻煩，規規矩矩地坐在那裡，據說是潛心設計一種新的電子控制程序，他的家產全都賠進官司，但人們相信他尚有不少錢轉移了。最近他的妻子籌集了巨額保釋金，他將在二個月內出獄。

既是如此，他有什麼必要逃跑？警方懷疑此中有重大牽涉，非馬上處理不可。典獄長覺得這種特殊案犯，不在他的控制範圍之內，與他的實驗無關，處之泰然。

一星期後，臨近聖誕節，監獄也有點節日氣氛。正在放風如派對的快樂時刻，空中出現一架直升飛機，好像為節日助興。直升飛機快速地斜掠下來，剛好從高牆的電網上滑過，穩穩地降落在監獄院中。

所有的犯人，所有的獄警，都呆住了，不知是怎麼回事。直升飛機的旋翼刮起的風，吹得人們睜不開眼。直升飛機停在那裡，好像在等什麼，好像什麼也沒發生。

典獄長聽見引擎的喧聲，從樓上朝窗下看。監獄院子不種樹，怕擋住警衛視野，倒是個好降落場。這時他看見一個女人正在朝直升飛機走去。

「劫獄！」他突然意識到是怎麼回事。他抓起手槍，衝出門去。

警報猛地大吼起來時，人們還不明白。但大家都看見了那個女人，那是個東方女子。她不顧機翼的大風，端莊地挺直身子，一手抓住胸口的圍巾，一手掖著飛舞的裙子，黑頭髮吹得像爆裂的大理花。她走近時，門打開了，有人傾出身來幫她，攀入機艙。

「是麥肯齊！」有的犯人叫了起來。這時獄警開了槍，所有的人都伏倒在地上，但直升飛機在彈雨中穩穩地升空，警衛的槍彈送它劃過一個優美的半弧，朝西北方向的群山飛去。

把犯人全趕回號子後，女監報告：跑掉的是莉迪婭．杜，一個華人女子，因協助謀殺案被判十年徒刑，剛服刑不久。獄長看著檔案上的照片，警察局拍的正面側面照，毫無修飾，這女人也是夠迷人的，瘦削的臉，透著一種嫵媚，尤其那細長的丹鳳眼，似睡非睡，有一種奇特的誘惑力。

典獄長長長地嘆了一口氣。他雄心勃勃的實驗到此就會羞辱地收場，而他將成為同行的笑柄。這一切，全敗在這東方女人的眼睛上。這兩人至多能見幾次面？在放風場上能有多少交流感情的機會？而竟然讓這個麥肯齊下如此險著！尤其在槍響起時，這東方女子依然不放棄她裊婷的步態風韻，好像在嘲笑典獄長的失敗。

這案子沸沸揚揚地在報上震盪了一個多星期，此後餘音一直未消，令記者讀者大為解氣，聖誕節平添浪漫色彩。但警方不相信愛情羅曼史，認為其中必有案情，兩人照片一時成了全國各地加油站的招貼。人說好一對兒。男的面貌堅毅果敢，卻又顯著文氣；女的秀美動人，卻又露著強悍。他們是法外的好漢，理外的英雄。

一個月後，傳來兩人落網的消息：在意大利地中海濱，一個城市商場的珠寶店，來了一對顧客，男的買了一個特大的紅寶石結婚金戒指，給女的戴上，付了現錢就走了。珠寶商看此人出手過大，付的又是現金，馬上回味過來，報了警。他們的汽車開出商場停車樓時，被層層包圍的上百名警察攔住。

兩人分別被加判了長期徒刑。今生今世，他們怕沒有再相見的可能。

「這事很多人都知道，」我說，「大起而無大落，記者和讀者都很失望。」

「生活不是小說。小說中愛情使人聖潔勇敢。生活中愛情使人愚蠢可笑。」虹影笑笑說：「我相信是那一個月的生活使他們成了凡人。」

「不過這個典獄長真應讀讀儒家經典，中國智慧，才明白男女之不可不大防。不能稍讓一著。」

摘一株風信子

剛搬來那天，我的鄰居就讓我覺得奇怪。我草草安定於這獨門獨戶的二樓套間，站在窗口喘口氣。樓下花園白桌白椅，斜靠著一位白髮老太太，閉著眼享受倫敦難得的陽光，而一位老先生不停地在剪修她的花，她的樹。老頭白髮，背有點駝，走路腿似乎有點跛，但動作靈敏，一排冬青籬可能剛剪好，整齊得像用尺劃的。

我下了樓，想自我介紹一下。老太太一把抓住我坐下，才問了兩句，就把我帶進面朝花園有著落地窗的客廳，給我看壁爐上的大幀黑白照片。一對英國青年男女，剛婚後不久吧，男的很高大，但也可能是女的小巧。那金髮女郎，笑得很甜。

「這就是我，莉莉，你信不？」老太太說。

我看看老太太，臉已爬滿皺紋，但不深。皮膚白，脖子和手呈出脛胳，顯得很細嫩。

「四十五年前！」老太太不無自豪地說。「就在這房子裡照的。我丈夫不久死於事故，房子就屬於我，我是這裡最長的住戶！」老太太低聲細語的，嗓音很好聽。「你住在我樓上：晚上別開派對，夜裡別放音樂，走路別像跳舞，睡覺別像打架。注意別漏水，有事——」她轉過身指著花園裡正在挖什麼的老頭，「可找查理。」

「噢，你的園丁還會做水管工。」

「查理什麼都會。他不是園丁，他是我對門鄰居，就是隔壁那一家。哎，我忘了問你是日本人還是朝鮮人？哦，是中國人！太好了，查理也是中國人，中國人好。」

我朝花園看。老頭還是在專心工作，他沒聽到我們在說他？我看看他低著的頭，可不，東方人。

「他叫查理——我叫他查理。他的姓是南西的N，喬治的G，NG，怎麼唸？」

我抱歉地說我是中國大陸人，我也不知道怎麼唸。

「上帝點名時會知道的吧！」老太太還挺幽默，幽默得早了一點。「名字更怪，我怎麼也記不住。他剛搬來時告訴過我，我那時就決定他叫查理。你來英國，就得有個像模像樣的英國名字。你叫什麼？凱瑟琳？海倫？」

我說了我的名字。她愣了一下。"Hong Kong?"

“Hong Ying,” 我頑固地說。

「好吧，好吧。」老太太不想費這個神。我們從客廳走進花園。查理正在收拾工具。老太太說：「查理喝杯茶，你的同鄉。」

查理抬起頭，幾乎覺察不出他臉上有笑容。我伸出手去。他慌忙把工具放下，伸出的手有點顫抖。他說了幾句話，我聽不懂。我想是廣東話或是客家話。但老太太插嘴了：他說這個郊區地方太冷清。他的英文只有我聽得懂，我聽了幾十年了！

老頭不好意思地訕笑著，不再往下說，拿起工具箱就回到那邊自己的花園，消失在放雜物的小木房子裡了。

「他是二次世界大戰英國招募的水手，工傷壓斷了腿，三十五年前用賠償金買了這套房子。」

查理的花園自然很漂亮。而應當屬於樓上人家——也就是說屬於我的花園，卻是一片雜草，亂得像野兔窩。

「請查理整治花園，多少錢一個小時？」我問。

「他不收錢，但只給我做！你浴室漏水會弄壞我的天花板，他也會免費給你修。」老太太拍拍我的手，高高興興地說。我想想，也替她高興。

這二戶鄰居很靜，平時無法感覺到他們的存在，終日門也不開，拉著窗帘。偶爾看見查理在花園忙著。我走過時，他點點頭笑笑。我看他的手顫抖得越來越厲害了。只有陽光燦爛的日子，我才看見我剛來時的一幕，莉莉永遠那麼享受地斜躺著，聽查理的剪子聲在周圍響，臉上說不出的受用勁兒。

莉莉的草坪上放了一個扁平的瓷缸，盛著清水。松鼠，鴿子，黑鳥常來光顧。菖蒲，玫瑰，鳶尾花，牡丹，一叢叢，一枝枝，在晚霞的燃燒中那麼好看。但我尤其偏愛像一串串鐘形的風信子，白的白，黃的黃。而查理的花園裡，這種屬於百合科的風信子最多，長了一尺高。莉莉——Lily，不就是百合花嗎？

三十五年！我有時猛地心中一驚，三十五年前他們和我的年齡差不了多少。那時他倆也是這樣的嗎？兩個孤身男女！或許莉莉真當她自己是金髮主子，中國佬查理只配給她剪花園修籬笆？

這天，我下班回來，看到莉莉在花園門口，好像正在等我。

「他走了，他竟然走了！」她不等我問就高聲地說起來。我從未看到她這麼激動過。「查理！走了二個星期了。今天天晴，我這才發現。我打電話問了地方保健處，才知道他跌了一跤，摔折了骨頭，進了醫院！」

我不想說什麼。人總有被送來送去之時。

「三十五年！他竟然一聲『再見』也沒說！」她的聲音顫抖，說不下去。

「或許你不在吧？」我替莉莉猜想。「在那兒比這兒好，有人照顧。」英國是個福利國家，這方面工作做得很好。「我打聽一下地址。星期六我開車帶你去，咱們去看看他。」

星期五夜裡，十二點了，我竟然接到莉莉從樓下打來的電話。說恐怕還是不去好。「他沒有請我去！」

我不知說什麼好。我想莉莉的麻煩是太驕傲。英國人都這樣。

星期六凌晨七點，電話又響了，還是莉莉。她說：還是去。我說行，但是十點走來得及。路上不堵車的話，用不了半小時。

好不容易撈到一個懶覺，我氣鼓鼓地想。莉莉恐怕幾十年來也是這樣差使查理的吧！但我還是九點一刻就去敲莉莉的門。我還是第一次看到莉莉出門社交的打扮，有點老式，但挺整潔的，顯得年輕。只是她臉上全是倦容。

當我告訴醫院的值班護士查理的名字，她說：「喔，NG先生，我給你們打個電話。」

我們一怔。「你們是他的朋友?」她問。電話很短，她喔了幾聲，放下電話，看看我們，「你們來晚了。」她輕聲說：手術引起心血管併發症，過了十天，昨天去世的。

車子駛進我們住的那條幽靜的小街時，天正是最美的時候，雲像淡淡的魔菌生長在房屋花園，到處都是。夜剛露出西邊。下車時莉莉臉色比上車前自然了一些，她喃喃地說，花園裡冬青樹猛長的樣子太難看。聽她這麼說，我心裡直想哭。她似乎在想請什麼人來修整，當然得花錢了。這個英國老太！我狠狠地想，但轉又思之，這樣的人也好，不會太悲傷。

晚上，我不放心，到莉莉的花園，裡面熄了燈，她似乎睡了。我試著打了一個電話。電話嘟嘟嘟響了很久，也沒人接。看來她把電話拔成消音的了。

第二天我跑下樓，探看虛實。但百葉窗拉下來了，什麼都看不見。屋裡有動靜，像是莉莉在床上翻身的聲音。可她總不接電話，使我仍不敢大意。怎麼辦?打電話，敲門她都不理。第三天我受不了，只好找警察。

我隨兩個警察敲開莉莉的家門：她頭髮蓬亂，穿著睡衣，一副剛從床上起來的樣子。沒什麼變化，只是目光直直的。「我沒事，真的沒事！」她的聲音很沙啞。但臉上一滴淚也沒有。我第一次發現不流淚的人比流淚的人，更讓人不知如何安慰。

「你多照管她些吧！如果有什麼問題，打電話來。」那口氣似乎在說：我們能做的就是這些了。

送走警察，我站在莉莉的花園裡。扁平的瓷缸，水已見底了。幾隻鵜鳥露出雪白的肚子，在天空和樹枝間飛來飛去，一聲聲叫著。哪怕是傷了一條腿，查理那時恐怕也不會沒有一點魅力吧，那時他正處於一個男人最成熟的年華。莉莉如此悲傷欲絕，她這三十五年想的是什麼？膚色隔開的是身體，還是人心？或許她自己也不知道她想要什麼，到現在失去了才明白過來？這事我想不清楚，反想得自己的心牽腸的痛。

我的眼睛從莉莉的花園掃向查理的花園：一樣的殘敗、荒蕪，落滿了樹葉。那總是默默開放的風信子花也像被查理帶走似的，毫無蹤跡。只是在查理用碎磚砌的低低的圍牆邊上，竟有一株淡紅淡白的風信子，在颼颼冷風中鮮嫩地舒展著花瓣。我走了過去，小心地摘下了它。

我把這株本應由查理在許多年前就該親手獻給莉莉的風信子花，放在莉莉臥室垂下的百葉窗前。

但願它散發的那股深埋進牆縫裡的香氣，能使莉莉從床上爬起來。

曾經，郵戳是這樣蓋的

這是個切切實實的冬日上午

我佇立在一個「家庭旅館」落地窗前，凝視咆哮的大海，懸崖，黑脊的鷗鳥翻飛在一葉風帆也沒有的海面上，波浪的利爪不時擊向峭岸。但是，站在這兒，聽不見剝裸的山被巨風抽打的聲音，也聽不到人墜入深淵長長一聲慘叫。雙層玻璃窗隔開了一切。被折斷的樹，遍布通向海邊的陡滑的小路。

房間裡很靜。壁爐燃燒的木柴爆裂出輕微的聲響。

是否應像當年那樣——

在那幢臨江的房子頂樓，畫一個深黑眼珠，瘦長脖子的女孩？只要我轉過身來，就能見到。一個紙風車，轉動著，仍然執於女孩的右手裡。她的頭髮紛亂，沒有人能看清她的臉。黑夜來臨，女孩的眼珠鍍上一層雪白的光，冷漠，蔑視。她在我的小說《髒手指·瓶蓋子》裡出現過。記得我把僅有的一大盤墨汁用盡，女孩的形和魂才留在了白牆上。一週之後，我懷著不允許任何解釋的心理，離開了那幢度過漫長時光的房子。

難道我帶走的不僅是自己？

如果有必要，那麼現在我描述的女孩是怎麼樣的呢？她是否僅僅在我的小說裡歷經了滄桑？她當然得結婚，不，最好離婚，獨身，或是個拖兒帶女的母親，但她仍是在不斷地逃亡，奔跑……為什麼我要流淚？

小小的房間

衣架上掛著一件黑呢長大衣，圍巾，寬邊帽及手套。灰濛濛的街道，一個全身穿黑的女人，神情詭秘，步履匆匆，從居住的倫敦乘火車來到這個陌生的海邊小城。

我對自己搖頭，但交叉在胸前的手卻鬆開了。然後走向壁爐，用鐵夾搗了搗火，火焰變得更加幽藍，與房內家具、牆紙的淺藕色形成一股晦澀的氣勢，隨著我的身影在搖晃。沙發上攤開一本詩集，排成行的字母，一串串地滑過手心。作者英年早逝，墓就葬於不遠處海浪呼嘯的懸崖上——他出生的故鄉。

壁爐的臺階上擱著昨夜的殘酒。鮮紅的色澤蕩漾在玻璃杯中，跟詩人的詩句一樣。我合上詩集，復而又打開。一大摞信攤滿沙發四周，墨色濃淡的字跡，長形圓形的郵戳，標明信通通來自遙遠的東方——距這兒有八個時差的那個國家一些著名與不著名的城市。

插曲之一

她長著一頭青青的直髮，手裡拿著小口徑手槍。槍口不是對準自己的頭顱，而是朝向每一個看她的人。照片的背景為一座古廟。門框上掛著一串奇大黑亮的念珠。微風使花布帘輕輕抖動。

「車站旁有個崗亭，我在那兒等你。」她的聲音燃著火，卻比鐵還冰涼。

第一我不該告訴人我的ＢＰ機號碼，第二我不該在電話裡答應這個見過一面的女人，陪同她穿過黑暗中的電影布景，與一個導演見面。那是一個柳絮亂飛令人厭惡的晚上。「我不太認識她，不太清楚。她是寫詩的？」她這麼向坐在對面椅子的導演談我。我是發瘋了或是內心極無聊？我想應該做的是繼續擔任她分配的角色：找機會插幾句玩笑，讓房間裡的氣氛變得不那麼正經八百。

誰會去重讀舊信？

試一下，就會知道重讀舊信是件無法進行下去的事。如果一個人離開你及你所在的這個世界，信也就隨之而去了。不僅沒有重讀的意義，更談不上保存下來的必要。以往我從不留信，對那個女人，應例外嗎？

地板薄，牆更薄。房間裡的一切都像是臨時拼搭而成的。我慢慢解開盤在腦後的髮髻。鏡子反射出殘月的輪廓。我的頭髮如水一樣傾瀉下肩。女孩與我並排躺在地板上。但月光比女孩的手指更柔軟，細嫩。我的眼睛努力睜開著，想拼命看清這個飢餓的時刻。門外的木梯搖擺起來，忽然拔起在半空，既不靠牆，也不倒地。

女孩膚色黝黑，眼睛和嘴因為閉著，一點不讓人覺得小。頭髮卻像三月裡的樹葉，生機盎然。她的腳趾圓圓的，跟行走在地上一般，微微張開。

當我翻過身，從地板上爬起，我打了個寒顫！那俯臥在地上的竟是一攤散開的白髮、一堆可以折疊的皺紋。

自行車鈴在門口奏響

「天涼，你穿上我的西裝。」這個並不難看的男人，一邊替我扣好衣服，一邊溫柔地說。低矮的屋檐，牽牛花從牆上朝瓦片攀延。書桌前一把紅椅子，兩個式樣相同的煙灰缸總並行擱在他的面前。半夜是他唯一痛苦欲絕的時候。除此之外，他用一張張火車票，越過群山河流，穿過漆黑的隧道，在兩個女人間跳來跳去。相見，分離，扔硬幣決定和這兩個女人在一起的日子。他胸前的毛髮不像是貼上去的。

你們倆用的牙刷、梳子甚至喜歡這種通俗歌星的趣味都一模一樣！他感嘆，存好自行車，掏出錢，買兩盒蘇芮的磁帶。

這自然是在一把尖銳的鑰匙捅開一扇清晨的門後。再好的戲，總有演膩的時候！但幕要合上卻不像拉開那麼容易。

那個房門的鑰匙，被一隻纖細的手扔在巷子口的小石橋下。多年後，我踩在碎石塊鋪成的小徑上清脆的腳步聲，是為了找一個短髮，穿著寬大的白毛衣，身材高挑的女人。她曾是他的妻子——我的情敵，後來變成我的什麼人了呢？情人？用這個詞太輕薄！事實真相是兩個女人的心都比身體更早離開了他。而他的妻子和情人點著蠟燭度過的那個夜晚，是不是也同那個夜晚一樣稍縱即逝？

到哪裡去找她？

「我第一愛女人，第二愛男人。」我平靜地說。

「但世界上就這兩類人。」日到午後，海平息，雲團像筆畫上去一樣不真實，這聲音便來自它們，「要麼你兩者分先後愛，要麼你兩者都不愛。」

我固執地對雲團揮了揮手。山崖邊傾斜的橡樹幾乎撐入天空頂端。海鷗凶戾的叫聲貼著窗玻璃。我不是在酗酒，我品賞的是只有我自己知道的東西。最後一封電報，不會削弱一點我要再見到那個女人的決心。

我胸前這串翡翠項鍊，現在已與她的體溫她的血脈混淆成最美的顏色了，沒有比重新戴在她頎長白皙的脖子上更合適的了，尤其在夜深人靜之時。

我又看見那幢帶花園的房子

她坐在床上，擺弄一個古色古香的盒子，裡面有一隻猿爪。這個盒子是她的祖上從印度得來，作為傳家之寶傳給了她。這個晚上，她又對看電視的女友說，它可是充滿了佛法，可以讓我完成三個願望。

誰信你這套鬼話？女友罵了一句，大概是電視上的有獎猜謎節目，使女友從靠椅裡轉過頭：那麼你幫我要一百萬塊。女友不屑的神態彷彿是為了禁止她糊塗下去似的。但她的話音剛落，樓下就響起汽車的引擎聲，一個穿制服的中年男人拿著面額一百萬塊的大支票走出車門。他對撲在窗前驚喜萬分的兩個女人說，快來領你丈夫死了的人壽保險金！他不高興自有道理，這麼大筆錢賠出。

兩位女人驚呆了，一下癱軟在地上。女友對她哭叫道：我不要這錢，你給我把丈夫要回來吧！她爬到床邊，對著猿爪重複了一遍女友的話。天色瞬息突變，風、雷電纏成一團，在天和地之間滾動。門上篤篤的敲擊聲，熟悉而陌生。

女友踉蹌奔向樓梯，一路滾下去，抓住門把，想站起來扭開暗鎖。

「佛啊佛，你讓鬼魂離開吧！」她趕緊對猿爪說。

當女友打開門，門外一個人也沒有。沒有絲毫微風搖動樹葉，只有靜謐的月光把石階噴成銀色。除了一聲嘆息，悠長地，越抽越遠，好像落下了深淵。

在搖滾樂中寫作

四隻鳥，兩隻飛到前境未卜的遠方，剩下的兩隻，一隻被獵槍擊斃，一隻終日哀泣：你們都很狠心！女孩穿過樹叢，繞開蠕動在濕地上的蛞蝓。院子裡坐著一群雌狗雄狗。大黑臉的雌狗，是這個性變態的俱樂部的老板娘，「從東到西一路睡過去……」牠剛吃飽女孩端出的一大堆肉骨頭。女孩不知畜生不會改了本性。

女孩嘴角未動，但清澈透底的目光越過院牆時，彷彿在說：我在乎個屌！

「你的面相，注定了一生被謠諑詆毀。因為誰讓你生有一副激動人心的臉？」一隻臉像兔子的狗講了一句人話。

作家的敵人和對手其實並不存在，除非作家和自己戰鬥。

而眼前的全景電影裡

阿根廷人科塔薩爾盯著我的眼睛說，只要上了十字架，就不能活著下來。

我不是具備了如此精神的人，怯弱和恐懼始終占據著我的心靈。我朝他垂下了頭。對此，我一點也不懷疑。當我打開窗，將手裡第一批信撒向懸崖、海濤，撒向冰冷的風、被這風鞭笞光禿禿的樹木時，我便這麼告誡自己：你處於一個孤島，如果沒了信——不寫信，拒收信，再不打電話，拒接電話，便斷絕了和島外的一切聯繫。或許這就是自己夢想的生活方式？信應扔進壁爐，讓它們化成灰燼，變成粉末。但這太不符合我的習性了，還是讓它們像現在這樣自由旋轉，飄悠，飛到它們應到的目的地去吧！遠處的教堂，插滿十字架空曠的墓地，戛然停止哀叫的鷗鳥，似乎都在注視彼岸——一排高高的白堊，騰起刺眼的光焰，在海上慢慢滑動。

你錯了，那不是我

她坐在溪畔，含糊地對我說，好像在講另一個女人。太陽突然把溪水照成一片一片的塊狀。她的聲音在上面墜落，上升，然後迂迴在身後喝啤酒的洋人之間。

一頁紙抖開，上面是鋼筆草草描出兩個東方女人雨中打傘行走的模樣，一旁用更潦草的字跡寫著漢語拼音：我倆在生活。裝滿英語的車廂搖晃著在那座城市地底穿行。她一手抓住扶手，一手指我看畫上左邊的女人，「這是你！」那陣，我的臉一定和此時此刻一樣鮮艷。

最後一批信

仍在海上舞蹈的信，幾乎是我和那個女人瑣碎的日子與寫作生活的再現。委婉道來的語音仍然溫馨。公共汽車，計程車，飛機，火車站，每一次送行、赴約，哭泣、爭執、原諒，與發誓、威脅、詛咒密密連貫。仔細到牙動手術、胃出毛病、吃安眠藥，重讀《簡愛》，買什麼菜，穿什麼衣，以及討論正在發生的一兩個重大事件。對方不在身邊，因此產生寫一個個小說的衝動。認為每寫一個小說猶如結一次婚，如果三個月不寫作，就是離婚的感覺。

「夠了，就要最後這一杯白酒。」這是我的聲音。烤鴨店的侍者送來又醇又香的五糧飴，這都是用手一筆一劃寫來的報酬，得化出不同的風格來。侍者驚奇這兩個女人沒有一點一毫醉意。

餐桌鋪著水綠色的桌布，如那個春天一樣寬闊，充滿了優雅的手跡、一次次鳥叫般的歌吟。但它在我的注視中飛速地收縮收縮。什麼也沒有了。所有通向海上的路都被大海阻擋，連伸延到海邊的小徑也被海浪沖沒。慶幸的是在黑夜到來之前，我心緒淡然，點燃了一根煙。

為什麼我喜愛這兩行詩？

我愚蠢的舌頭在空中瘋狂地書寫
從來沒有你，從來沒有他

我的記憶力還不錯，能一字不差地背出床邊那本詩集裡的許多句子，尤其是〈紙片與木根〉這首詩：啊，親愛的，你隨時都可以像你所說的那樣將我帶走。狄蘭・托馬斯在詩中訴說，他曾經對一個少年產生的情感。我承認自己第一次讀懂了他的詩。

倒敘——插曲之二

誰留在我梳妝臺上一副黑框平光眼鏡？我把它拿了起來，戴在鼻梁上。「女作家千萬不能穿得性感，更不能像演員以身姿悅人。越持重越像女作家，起碼言談舉止要典雅。」誰的聲音從長形穿衣鏡裡傳來。「去你的！」我取下眼鏡。

房間裡插滿了一個女人帶來的康乃馨——紅色象徵戰場或是睡眠？白色象徵過去或是未來？黃色象徵愛和死亡？而錄音機裡在一遍遍放著她丈夫自編自彈自唱的歌曲，歌曲敘說他在奉天當外交官的一些經歷：Ridin' on a night train, no ticket to return...... 長形穿衣鏡終於像我熟悉的那個人一樣，柔軟地仰倒在地上，向我伸出戰慄的雙手。呼呼轉動的淡紅色風車，一閃而過。

地鐵站臺

列車停止的方式很奇怪，停得那麼慢，最後還是一個猛煞車。車廂接頭哐的一響，他的筆尖猛地劃了一長道。哦，到了。他從報上抬起頭，合上筆套。可窗外不是站臺，暗淡的燈光照著隧道的牆壁，貼著車窗。電纜上積滿灰塵，像煙癮者的肺管。這是中途停車。

半年都過去了，何必在乎半分鐘。他看了看手錶，九點十分。約好九點見面。她在電話裡半開玩笑說，站臺人很多，你不會認不出我的臉吧？她說她會在站臺上，像以前等他那樣。

這安排似乎太溫情，跟她的性格有點不符。在一起兩年，他領教夠了這個驕傲的心靈，哪怕是毫不足道的失敗，哪怕是菜裡多擱了鹽，也不喜歡提起。她不喜歡輸，萬一輸了，忘得越快越好。為什麼她主動提起了這事呢？她本不會再提起會面。實際上這半年來她從未主動打電話給他，只來過兩封信，只說事務不談自己，簡短乾脆，第二封比第一封更短，不像她寫的信。

車停了，車廂裡誰也沒有在意。一對年輕戀人在車廂那頭，手拉手，互相注視，眼珠也未轉一下。如痴如醉，真是一個美妙的開始，他想，如一切開始一樣。對面的醉漢也沒有動，打著鼾，眼角掛著兩滴淚水。車廂裡各人幹各人的事，沒有人對半途停車有任何不耐煩，他們知道，一切不由他們控制，甚至沒有在乎，沒有像他那樣抬手看錶，當然，沒有分手半年的情人在等他們。

只有一個老頭，衰老得幾乎不能動了，順腿掛著的手杖，輕輕叩著地板。就這一點不耐煩，灰色而蒼白。

他低下頭，又看起手中的報紙。報紙再厚也已經看膩，乘地鐵從北到南，跨越整個城市，好像跨過很大的時差。非洲的飢餓，南美的暴亂，看過了，都與他無關。早在十分鐘前，他就開始做字謎。英國人的玩意，這比讀報更能消磨時間。

十七（豎三格）被水蓋住，三格，很簡單，WET。怎麼啦？他想。這是個曖昧的字眼，一個叫人怦然心動的字眼，一個她重複過無數次的字眼。她第一次說，我都濕了，滿臉緋紅，雖然那時他們已同居很久。那也是在地鐵裡，他說了一些只有他們才懂的話。她握著的手，指甲抓了他一下，還瞪了瞪眼睛，你敢再胡說。

不是停車這個事實，而是這個事實的講述使車廂裡的人感到了異樣。連對面的醉漢也睜開了眼。而那對戀人也開始注視窗外。

司機在說話，英語從車廂裡擴音機中傳出，似乎來自很遙遠的地方，語調呆板而音節模糊，像在念咒：

> 由於前方車站發生事故列車中途停車清理工作還須一段時間有人掉在車底把她抬出列車才能進站給旅客帶來不便地鐵公司懇請原諒

他沒完全聽懂，但他感到不安。這聲音本身就叫人不安，雖然說這話是叫人安定。司機又重複了一遍，他那倫敦土腔實在讓人不舒服，但這次他聽懂了；而且聽出那是個女人，her。他的心格登了一下，一個女的掉進車輪之間！整個車廂一片肅靜，好像每個人都看到了站臺上的慘景，那個醉漢喃喃地說：啊，一個女人，一個女人。

十八（橫五格）的分叉。這是什麼詞，他想。分岔、岔路，從一條道到許多條道，到更多條道，路永遠不斷地分岔，一岔就難以回頭，像樹枝越分越遠。他想，這不就是樹枝嗎——Bough？可是從哪裡開始分的岔呢？是她的驕傲？是我的忍讓？他們的關係好像總是一個悖論。為了讓我回去，她必須收拾傲心，可她的失敗她的絕望無助反而使他的耐心忍讓失去了對象。如果只需要床上擁抱，那多好，甚至只需要呻吟，不需要語言。他從來就無法理解她的語言。

他有點惱惱地在字謎上寫下那個詞，但仔細地，格子太小。人和人本來就不易走到一起，尤其在這異國他鄉。人和人相遇，就像風中樹枝偶然觸及，這種偶然和必然一樣，應該想到卻又常常忘記，「連理枝」會絞殺許多事實，包括自己。

他不願想下去。他往下做，十九（豎五格），植物繁殖器官的一部分。怎麼今天這個字謎盡是曖昧記號兒，有意撩撥人。見鬼了，一個女人的身體，她的身體。像盛開的百合花。這比喻太陳舊，他曾用過一次，被搶白了幾句。她是詩人，把語言像毛巾一樣這麼扭過來，那麼扭過去，永遠在尋找嚇人一跳的表達方式。萼粉紅、瓣艷紫，花瓣的表達還是花瓣。

他拼出來了：PETAL。筆在紙上拖了一下，遠遠劃出格子。很難記起那時說過的話，可他記得一句：讓我看看。她說，看什麼？啪的一聲把燈關了。你們搞科學的人就想把什麼都搞清楚，我們搞文學的就想把什麼都搞模糊，越模糊越美。他想反駁，但她伸手關燈那動作太冷峻。那還帶著浴室潮氣的身子卻叫他透不過氣來。

事情過去後，她突然說：真想我們分開一段時間。他問：怎麼啦，又是詩人氣質？沒什麼，一點感覺。我們至今互相不太理解。我們好像裹上越來越多的紗網。你想看清我的肉體，我想看清你的心靈，可我們都越來越看不清，也許有個距離就好一點。他沒搭腔，這樣的談話已好多次了。開始他還試圖勸阻她，後來他就明白勸阻是沒用的。藝術家的神經在異國他鄉，不能幫助人，只能妨礙你。像往常，他用鼾聲淹沒她的話。但半夜他醒來，看見她睜大著眼睛，仰天看著黑暗，雙手壓在胸前。

他看著寫下的詞：潮濕、樹枝、花瓣……在哪兒見過這幾個詞。在詩裡！在她的詩裡？也許吧！今天她一定要見我，為什麼呢？這個驕傲的女人，半年中不理睬他多次和好的請求，現在到底是什麼使她放下架子？處境絕望？還是半年落寞使她心靈被榨乾！她若回頭，自己怎麼辦？再次走到一起，也必須準備重新分手，她的一切不可能改變，哪怕分離六個月之久。

我們剛接通知前站車故已清

理列車即將前行地鐵公司感謝各位乘客耐心合作

車廂裡一下靜下來之後，那對年輕人高興得鼓掌吹口哨。等了二十多分鐘，連他們也厭倦了調情。時間能改變一切，能使天使冒火，也能讓魔女馴服。誰知道這半年她是怎麼過的，靠寫詩！他很久沒讀到過她寫的詩。他的圈子與文學無緣，更不用說那些印數極少的文藝雜誌上的華文文學作品。他也不去關心，詩已經很遙遠，就像她。潮濕、樹枝、花瓣。

列車緩慢地開動了，灰色電纜在窗外模糊成一條軌跡。她還會在那裡等嗎？已經誤了半個多小時。想到這次可能見不著她，他覺得心裡突然一空。如果她已失望地離開，似乎是他故意有違初衷，遇上這延遲，存心使她失望。這一刻他覺得非常想見到她，把她抱在懷裡，讓她在肩上，忘掉過去的一切。

列車終於駛進車站，小心翼翼，好像怕再出事。他丟開報紙，走到車門口，站臺上擠滿人，半個小時以來第一輛南行車。他擠出車門，站臺上到處是臉，各種各樣的臉，就沒有一張熟悉、蒼白的臉，帶著焦慮和期待，朝他的方向看。

他沿著站臺走去，人漸漸稀少了，到站的，上車的，都離開了月臺，依然沒有她。

他忽然想起和字謎有關的那兩句詩：

人群中出現的那些臉龐
潮濕黝黑樹枝上的花瓣

常聽她說起，是她最欽佩的一個住在倫敦的美國詩人寫的。他覺得這兩行詩太平淡，不需要一個大詩人才能寫出，可今天這些詞讓他悟出一點滋味，當他空空的腳步聲在月臺上響著的時候。

然後他從出口到了電梯。到哪兒去找她呢？她想必知道站臺上出了事故，就應當耐心等著。或許這又是一個考驗，看看他的情意究竟多深，這樣做就錯了，他已經厭倦了男女之間的遊戲，而她似乎還需要這些。

就像這兩句詩，他想。就那麼幾個詞，平常的詞，順手牽來做字謎也顯得太容易一些。你如果沒完沒了地咀嚼，似乎真能感到幸福是那麼短暫，人生有如風中的花，隨時可以凋零。可是你不去咀嚼，它們就不過是幾個沒用的常用詞。

他到了電梯頂上。外面的街道一片漆黑，下起了小雨，燈光迷濛。再盡頭，街角上似乎有急救車的尖叫聲在飄遠。突然他想起這門口應當停過一輛急救車，一個女人搞出來的事故，這個落在車下的女人還活著嗎？怎麼站臺上一點痕跡也沒有？沒人提起這事，沒人還記得這事。

他轉過身，從街邊細雨中退回。細雨後面應當是另一個世界，他不想去了解的世界。他走回入口，該是回去的時候了。

日子

按照習慣，週五接兒子從私立學校回家，週日下午送回。由梅馥做這事，儘管她不喜歡開車。洋人不是開車，而是玩車，極為自在、瘋狂，無論倫敦路多窄小彎曲，如迷宮，他們照樣毫不顧忌地飛來駛去，叫人神經直抖。平日有事，必須出外，她盡量坐地鐵，不開車。

丈夫只在兒子回家才和她說話。一早她正在收拾床，丈夫走進她的房間，說他送兒子回學校，而且吃完早飯就走，說是要帶兒子去一個新開的遊樂中心。

這正合她意，她點了點頭。

看著他們一前一後走出門，進了自家那輛紅色的BMW車裡，梅馥突然醒過神來似地，奔出門，推開這幢兩層樓的花園房子的柵欄，朝正在啟動的丈夫說，停停！她轉到左側窗旁，俯下身去親親兒子，她伸出的手摟兒子時用足了勁。已經十歲的兒子說，媽咪，再見！丈夫白了她一眼，很不耐煩。她當未看見一樣，站在路沿上，直到車影全無才掉轉身。

梅馥回到房間，把茶端到玻璃房子，她坐了下來，花園裡一片蔥綠，花草長得非常盡人意。她對自己說，不用著急，離天色晚還有大半天。何況，她早已將換洗衣服放在一塊，只等她取箱裝入。

有人按門鈴。

梅馥起身去應門。今天週日，不會是郵差，也不會是送比薩餅或家用品的推銷員。她打開門，丈夫一步就跨了進來。怎麼老半天不開門？他哼了一句，拿起沙發上的皮包就走，他隨手關上了門。這人從不忘東西，今天是怎麼回事，是藉故折回家？她心跳了一下。茶喝到嘴裡已涼，她便放下茶杯。

客廳裡的書櫥裡有一幀黑白照片，一個三十歲左右的男子和一個年齡稍小些的女人，中間是一個睜著大眼珠的小女孩，大約二、三歲。男子西裝領帶，女人短袖鑲絲邊旗袍，女孩圓花點連衣裙。梅馥把照片拿在手裡，她基本上記不得父母是什麼模樣，姨媽，和照片上的女人無二樣，當然嘍，她和母親是同胞姐妹。姨媽告訴梅馥，他倆腦子有股相同的傻筋，情願做中學教員，也不願到國外。姨媽說，我們梅家又不是沒這個條件，可我姐她不。記憶裡的那些漁船，小雜貨鋪，還有一個廟，燒香的人不斷。她歪歪倒倒走在街上，街很乾淨，有的房子牆是木板。姨媽說她父母先後得急病去世，才返回家鄉帶梅馥到美國，你那時還不足四歲。梅馥讀書時喜歡一人到舊金山高處，海水碧藍，天空透亮，她站著，隔一大洋憑眺那個大陸邊上的小鎮，幾乎每次都在她心裡湧起一股溫暖。

梅馥一定是繼承了父母的性格，她腦子從來都能容忍許多東西，這些東西大都是和快樂幸福連不上邊的。她更不愛說話，個子小巧，臉倒越長越秀麗。對姨媽的乖順，甚過她兒子。梅馥心眼好有情義！離了婚的姨媽對朋友們說。梅馥的確聽話，她對表哥沒有感覺，對她中意的人也有，可她就按照姨媽的安排，大學一讀完便和表哥結婚了。那時她二十歲。三年後，姨媽死於一場車禍。梅家的人姓不吉利，丈夫說，怎麼都活不長？他不哭，還嘲笑梅馥的悲痛。

樓上有三個睡房，一人一間，還有一個小間，作為儲藏室。她到儲藏室，挑了自己讀書時的舊皮箱。用布擦淨上面的灰塵後，拿到自己房間，開始往箱裡裝衣服。她蓋上後，又下樓，將客廳書櫥裡那幀相片連鏡框一齊，放到箱裡。她坐到床邊，神情看上去很累。

靠著繼承的遺產，一批祖上留下的名家字畫的變賣，他們在銀行裡有了一定數目的錢，丈夫做計算機工作，「在家寫寫詩畫畫畫，做個好妻子就行了。」他不要她去工作。他嫌美國節奏快，沒情調，而倫敦則是過日子的地方，便於十三年前離開美國來這兒，買了一處位於城西的房子。他們生活應該說過得不錯。

「母雞都下蛋，就這個不。」丈夫拉上窗帘，不僅罵，還動手，而且在外面開始有情調起來，常常夜不歸家。梅馥先是不吭聲，她不明白自己為什麼就不嫉妒丈夫有外遇呢，她只是對丈夫說，我們一起去看醫生。她偷偷地去看過醫生，她不能懷孕不是她的原因。丈夫不肯去，後來竟同意去領養一個失去爹媽的孩子，「要是中國人，必須是個男孩！」丈夫說。真還如願以償。梅馥從嬰兒時將孩子帶大，她疼孩子。

這時梅馥聽到樓下響起了敲門聲。她想都不願去想是什麼人又打攪她這一刻特殊的寧靜。她從門孔裡往外瞧，她最不願意這麼做。是一穿著長袍的女士，手裡拿著厚書。梅馥見過這個女傳教士，她說人是上帝創造的。梅馥說人是猴子進化來的，她跟她討論了半天也沒弄出個結果，各人堅持自己的理。梅馥沒有開門。她第一次這麼對人。她回到自己的房間，眼睛盯著綢風箏，一個色彩鮮亮的小燕子掛在牆上。她的丈夫，也是她的表哥，當然知道她最喜歡這種小燕子樣式的風箏，說要滿足她小時的願望。可這麼多年過去，他也未兌現。然而喬治，她只說了一遍，就記住了，托人從香港買來送她，比他說什麼話都有力量。是的，她知道這是她最後一次機會了，她已經拒絕了多少次，自從她認識喬治到她與他陷於情感中，她就在猶疑和掙扎間痛苦著。有的人一生有許多高潮，小高潮，大高潮，梅馥想，她不屬於這樣的人，難道我一次都不需要麼？或許，就一次，這一生我就心滿意足了，不管是什麼樣的。她下定決心，同意喬治買了今日的機票，隨他一起走，不管他帶她去哪，都行。他們約好晚上八點在赫斯路機場登機入口處碰面，九點飛機起飛。現在還是上午十一點四十五分。

二年多前，也是這麼一個不暖不寒的季節，梅馥不開心，正好路過一家電影院，便買了票進去。電影已開演了，黑暗中梅馥挑了個人不多的位置坐了下來。電影很一般，可梅馥的眼淚還是止不住地流。一旁的人遞了手絹過來。出電影院門，梅馥發現這個藍眼睛的男人神情也很憂鬱。他穿了件藍襯衣，寬鬆的豆沙色外套。他們互相道了聲再見便走了。如果二個月後，梅馥不被丈夫硬逼著去參加一個詩歌俱樂部的朗誦會，她知道丈夫這晚肯定有事，要把什麼人帶回家，所以她便去了。是他認出了她。她才知道他叫喬治。喬治寫詩，有一個很小的出版社，因為盡做一些自己喜歡的書，運氣好不賠錢，可運氣對他總不好。梅馥第一次被他親吻時，氣都喘不過來，跟丈夫第一次親吻她時，感覺完全不一樣，她發現自己是愛上了喬治，她為此病了一場。

梅馥環顧這個家，地毯有點髒。她取了吸塵器，將樓下客廳廚房吃飯房間樓上三個房間統統清除了一遍。在兒子的房間，她把他的玩具和床間的旗幟軍艦等圖畫扶正。梅馥的眼睛濕濕的，她知道他心中有她，沒她了，他會怎麼樣呢？

梅馥第一次跟丈夫提出分居時，丈夫說，再好不過了。她說出了他心裡早想說的話。他不僅可以整夜不歸，也不用撒謊說加班不能回家，而且還可帶人回家過夜，只要門一關，看不見，她也不會闖進去。

喬治對她的忍耐不是太理解。「他怎麼可以對你那樣？」他是她見過為數不多的西方男子中心直的，感情細緻，他的眼睛裡只有她一個人，他是那麼耐心地聽她講述故鄉，一次又一次，她說起她根本記不清的父母，她常把母親和姨媽混為一談，她對姨媽的懷念漸漸變成一種責備，她不是該來異國生活的人，到這想法冒出後，梅馥才止住自己，姨媽當然是為她好才那麼做的。喬治說，現在你有了我，你會快活起來。他要和梅馥結婚。他們的感情傳統到僅僅是握手親吻而已。他要等梅馥正式離婚。

「離婚？」丈夫劈頭就是一掌打了過來。梅馥本以為丈夫巴不得她提出來，這才方知，事情沒那麼簡單。丈夫對她，不過是把她看成一件自己的家具、財產，一個遮羞的幌子，他的同事和朋友沒有不羨慕他有梅馥這麼一個賢慧又漂亮的妻子，梅馥從未對丈夫發過火，她把什麼都往心裡咽，難受也是她一個人的事。假如命運不讓她遇上喬治，她的生活將永遠不會有絲毫改變。她也不會同意喬治——處於無可奈何中，帶她離開這座城市。

這時已是下午三點，她不想那麼早走。丈夫送兒子還沒有回來。雖然開車去兒子的學校只需一個多小時。他們要玩，他應該說他自己要玩，陪陪兒子後，再陪陪他想陪的人。梅馥覺得身上有汗，她想洗個澡，乾乾淨淨的，走出這個家，她真希望她重新是一個人。

她走進浴室，開了熱水，便脫了衣服洗起來。

從浴室出來，她用吹風機吹開一頭黑髮。鏡子裡那個女人臉色紅潤，一點也不像三十六歲的女人，因為沒生過孩子，腰、肚腹都跟女孩子的差不多。

梅馥在衣櫃前瞅著，不知穿什麼好。她最後選了件長褲，套了紅色的線衫。她發現自己以前錯了，認為紅色不配她，紅色不僅配她，而且給她周身增添了一種力量和勇氣。

做完這一切後，梅馥又看了看時間，正值五點三刻。去機場坐地鐵只需一個小時，離約定的時間還綽綽有餘。但喬治已經在那兒等她了，她不會讓他失望，她不想讓他懸著心似地等她，她應該早早就到那兒。於是，梅馥提起小皮箱，走出她的房間，經過過道，一手扶著樓梯下樓。

梅馥的腳步突然停住了，她看見花園裡丈夫正坐在那顏色被雨水太陽褪盡的長木條椅上，面朝著自家房子方向坐著。這麼說他早就回家了，而不進來，他早上主動要求帶兒子並送兒子回學校，全都是有意的，是為了讓開她，給她方便？他根本就知道她要走。花園的花、樹在風中搖動。天色已不那麼亮，淺淺的一層暗灰，籠罩在梅馥的眼睛。丈夫的頭幾乎禿了，個子不像平日那麼健壯。梅馥已有多少年沒有好好地打量他了，可能從來就沒有認真地打量過。他是那麼孤獨，哀傷，難道他回來坐在那兒僅僅是為了再能夠看她一眼？我們這種人在國外無根無依，跟樹葉差不多，隨風飄落，無論怎麼飄，也不會融入他們的世界，如果是兩片樹葉呢，那麼情形就稍不一樣。多年前丈夫說過的話竟在這時響在梅馥的耳旁，她再也不能看花園中丈夫一眼，她的頭掉轉開，手裡的皮箱重重地落在樓梯上，發出一下沉悶的響聲。

登樓

亂糟糟的腳步聲，自遠至近，踢破了實驗室大樓的寧靜。有人皺眉，有人撇嘴，有人暗罵，誰也沒停下手中的工作。

門被猛地推開。要出人命了！

實驗桌旁的人都笑起來。對不起，我們救不了他。

他轉頭摔上門，就奔走了。走廊對面屋裡卻爆發出一陣尖叫：他跳了！

人們從座椅上蹦彈起來：跳樓？真有人跳樓？

整個房間的人都呼地朝房門奔去，這才看到走廊那一面的房間門都開著。就近奔進一個門去，對著鐘樓，大學的一面窗子，都已擠滿了人。只好站在椅子上。

這幾十米的白石鐘樓是本地一景，遊客付幾毛錢，就能搭電梯入塔頂的鐘室，看看控制撞鐘的複雜和機械裝置，然後到欄杆前遠眺海灣的全景。鐘樓及其歷史，旅行指南上有詳細介紹，這鐘樓志得意滿，似乎是世界中心。

本地的學生從來不買門票上電梯登樓觀景。海灣美極了，想看海灣他們登山，登上山這鐘樓怎麼看也不起眼。

這時候，鐘樓就顯出它可畏的高度了……那個人，面對海灣，掛在鐘樓的欄杆外面，就像旗竿頂端爬了一隻蟑螂。

有人問，哪來的瘋蛋？痴胡桃？沒人回答他。

那個人在欄杆外微微扭動，兩個手附反扣在欄杆裡，腳跟踩在欄杆下面的飛邊上。似乎面對的景色太美，使他陶醉。

的確，從來沒人看到過這樣的景色：凡是可以望及鐘樓的房子，窗口全擠滿了人。他看不到那些人的表情，更聽不見他們嗡嗡嘈嘈地在嚷什麼。遠遠地可以聽到一兩聲警車的尖叫，但警車似乎不是衝著他來的，一會兒就聽不到聲音了。西斜的太陽像巨大的水銀燈，照耀著這個奇怪的舞臺，比羅馬角鬥場還大的劇場，觀眾人潮翻湧，等待他一個人的表演。

他閉上了眼睛。像個怯場的演員，忘了臺詞，忘了他為什麼到這地方來，忘了該如何演下去。

有人衝進房間，一邊喘氣一邊嚷嚷：還在上面吧！讓我過，勞駕，我拿來了望遠鏡。

窗前的人默認了他的特權，他們擠出地方給他。他調了一下，馬上開始報告起來。

是個東方人。

朝鮮人？中國人？

別搗蛋。

很年輕。天哪，他真的要跳了。

不用望遠鏡也可以看見他把手肘從欄杆裡抽出來。抽出一條胳膊，又抽出另一條胳膊，像脫上衣似的。他垂下手，握住欄杆。現在他幾乎只靠腳跟站在鐘室外面，稍稍前傾就可以完成他的規定動作。他像個跳水運動員吸上深深的一口氣，屏住，……

他閉上了眼睛。拿望遠鏡的人報告說。

一個女學生尖叫一聲，衝出房門。她旁邊的人互相對視了一眼，一言不發地擠上了她留下的空間。

另一個人氣喘噓噓地衝進了。他還在吧，我拿來了錄相機。

這個特權者也得到了一個窗口位置，但這人嚷起來，尼克，你這婊子養的。這自動對焦是怎樣上的？別傻著，放心，他一時還不會跳的。

兩個人把頭撲到窗臺的錄相機上。似乎沒人問，但他還是賣弄學問似地往下說：自殺大有名堂。有的人上去就跳，沒人能看清他怎麼跳下來的。那些猶猶豫豫的人，要等著人推一下。怎麼叫做個推？譬如說，圍觀的人太多，嚷嚷的聲音太大，或是有人想上去救他。

那你幹嘛在這兒圍觀？

你幹嘛在這兒？

閉嘴，有人快死了你們還鬥嘴？

真不知羞！

噓……

為什麼一個中國人要自殺？

還光讓咱西方人自殺不成？

下面有個喇叭筒響了起來，說的英語像擠扁了的蛋糕不成形。

真笨，誰聽得懂他們在講什麼？

但鐘樓上面的那個人又開始扭動，他的一隻腳離開了鐘樓的牆，一隻手放開了欄杆。喇叭筒突然嗓門高起來，好像帶領圍觀者尖叫。但是他沒有跳，他只是鬆開手，悠轉過身，面對著大鐘。好像他下了決心，當他往下跳時，不面對任何人。

走廊裡又是一陣腳步聲。一個警官走進來，他問，誰有望遠鏡？

拿著望遠鏡看的人不太情願地把望遠鏡遞給警官。警官取過來，順手就交給他後面跟著的一個小伙子。他進門時誰也沒注意。他拿起望遠鏡朝鐘樓看看，然後無表情地說：是他！

你的同屋？

是的。

彼得・Z……

彼得・張。

警官重複了一下，但在這奇怪的姓名上絆住了。他決定放棄發準這個音的企圖。

你知道是怎麼回事兒？

我不太清楚。那男孩低聲說，喘了口氣。

不太清楚。他最近丟了餐館裡打的一份工，下學期語言學校的學費成問題。

是嗎？

可能。他收到中國親戚來信，母親病了。

行了。警察不讓他說下去，把喇叭筒遞給他。你就從這兒跟你的朋友說話吧，這裡他聽得見。

我們算不上是多好的朋友。那小伙子拿起話筒不知所措，咕咕嚕嚕地辯解。我能說什麼呢？實際上我不清楚他到底為什麼要跳樓。

但是鐘樓上的那個人突然身子朝後仰，手臂伸直，好像要仰臥到背後的空間中去。

趕緊說！警官推推小伙子的肩膀。只有你了！他撐不了多久，快說！

小伙子還是猶疑著，房間裡所有的人都轉過頭來看他。連那個鏡頭始終對住鐘樓的人都轉過身來。那小伙子面色死白，讓人覺得鐘樓上的那個人臉色也一樣慘白。然後他吸了一口氣，把喇叭筒放在嘴上。警官替他把開關扭開。

正當喇叭筒尖叫一聲時，他嚷了起來。小張！

聲音轟的一下衝出空間，鐘樓上掛著的人好像被人搡了一下，猛地把頭轉過來，眼光空茫茫地朝這方向看過來。

小張，我是吳明。你聽見了嗎？他用英語說。

被人認出使鐘樓上的人吃了一驚，他身子朝前，把額頭放在抓緊欄杆的手上，全身顫起來。警官驚慌地把手放到小伙子肩上。趕快說，趕快說。

你聽……聽我說。小伙子口吃了，緊張得滿臉通紅。但在這一刻他突然換了語言，衝出綿延不絕的漢語，根本不停下來喘氣。

小張，你想跳樓，好哇，我贊成，你等等，讓我來陪你跳。他娘的，這窩囊日子我也過夠了。

有的人可能懂中文，咯咯地笑起來。但絕大多數人被這一長串兒音節給鎮住了。這音調門的，有樂感的語流，沒有任何意義，卻把這臺戲引向高潮，或悲或喜，或愁或怒。太陽沉得更低，鐘樓在滿天金燦燦雲層的背景上顯得更黑。

今天早上我也跟那個狗養的老板娘吵了一場，他媽的，老子不在你這兒吃飯了。咱哥兒們在國內哪受過這窩囊氣！不過是開小鋪子的！在國內咱們還正眼瞧過這種人？虎落平陽。出國就得降等！苦力的工錢還扣門兒。你等等，讓兄弟我上來陪你跳！

有人進來把警官叫到一邊，說了些什麼。警官怔住了，想想又搖搖頭。

我還對裘麗這婊子說了，叫她跟隨便哪個毛鬼上床吧，老子還看不上！等老子發跡，吃後悔藥也沒用。與其讓你蹬了我，不如讓我蹬了你。你等等，咱哥們一起走。

拿望遠鏡的人突然一驚。他要跳了！警官猛地伸出手，好像要把喇叭筒從那小伙子手裡搶過來，但他看見了鐘樓上的人是在往上爬，手腳僵硬地想從欄杆兒上翻進鐘樓。可喊話的小伙子似乎沒有看到這新情況，還在嚷嚷，停不下來。瞧多少人在看！光彩！抖勁！那麼多照相機錄相機對著你，等你露一手吶！也不枉到外國來走一趟，讓洋人瞧瞧咱中國人也弄玩命，玩得比他們來勁，叫他們別太神氣。

在這時候，那人笨拙翻進欄杆裡。早就潛進樓裡等在鐘室門口的警察衝進鐘室，把他扭住。周圍爆發出一陣奇異的混合聲，有人鼓掌，有人吹口哨，有人喝倒采。拿照相機的人呼出一口氣，蓋上鏡頭蓋，揉了揉瞄得太久的眼睛。人們很快離開，各自去結束一天沒做完的工作。

警官取了擱在窗臺上的喇叭筒，轉身急匆匆地走了，他已經跨出門，卻好像記起什麼事，轉過身來。

那孩子呢？

他看到那個中國小伙子坐在牆角，在已經空無一人的窗口，手捧住垂下的腦袋，渾身顫抖。突然，他嚎啕大哭起來。

鴿子廣場

艾略特原引用康拉德《黑暗的心臟》中「恐怖！恐怖！」的嘆語，作《荒原》題詞。龐德劃掉。這城市，豈「恐怖」二字了得。

——引自詹姆斯·海德《現代性的起源》

1

認識維維安是在那個中午。她頭枕兩本厚書，盡量離開各種膚色的男男女女，自個兒躺著，一會兒就半睡半醒了。她聽見草地上有腳步聲走近自己。對任何聲音的靠近，她都本能地警覺。在這個城市，陽光很受歡迎，上午天空灰暗沉悶，臨近中午陽光突然像閃光的劍剖開雲層，漸漸雲朵閃散，碧藍透澈，晴空萬里。穿著花花綠綠短衣短裙長褲的青年學生躺在芬芳的草地上，色彩異常絢麗。她睜開眼睛，一個灰藍色眼睛的姑娘正朝她微笑。

不知為什麼她臉紅了。那姑娘伸出手，自我介紹說，她叫維維安。

她撐起身體，伸出自己瘦纖纖的手指，握住了維維安的手。

維維安一頭紅髮在陽光下閃著耀眼的光澤，彷彿一個個光環罩著，襯得她臉部表情極其生動。她注意到維維安的牛仔褲上有好幾個有意爛開的洞。她站起身，發現自己比維維安矮大半個腦袋。她在中國人中也算是嬌小的，而維維安是典型的英格蘭姑娘，高大豐滿。維維安的左耳上掛了兩個耳墜，一個是和右邊一樣的蛇，另一個則像鑽石，小小一粒花苞，那顏色與她的眼睛光澤很接近。

她坐了下來，抱起那兩本厚書。

那個叫維維安的姑娘也坐了下來，她的腿很長，長得似乎始終沒有結束的地方。而她的手裡卻抱著一條長毛狗。長毛狗的肚子上有塊黑色的斑圈，頭頂也有塊略小些的黑色斑圈。長毛狗衝著她叫了一聲，轉動小得古怪的眼珠，像玻璃珠子朝她滾來滾去。她本能地把身體往後退了一下，雙手僵硬地抱緊膝蓋，緊張地看著狗身上的黑色斑圈。

維維安拍了拍長毛狗，說別怕。丘比特很聽話，很乖！維維安喚作愛神的長毛狗果然不叫了，蜷縮在維維安懷裡，十分柔順。維維安說自己不是有心打擾她，而是從來沒有在草坪上看見東方人曬太陽睡午覺，不管是中東人還是遠東人。維維安聳了一下肩，拉了拉掉下肩膀的上衣，她操著一口地道的劍橋英語，但說快了，就聽出了她的聲音帶北愛爾蘭的口音。西方人交朋友，就這副自在勁兒。一對金髮碧眼的男女，相擁躺在維維安的左側，他們面對面拉著手。她搞不清楚自己是在避開維維安，還是丘比特的玻璃眼珠。

陽光溫暖地撫摸著霧都大學校園草坪和草坪上的每一個人，像梳子那麼解癢，像溢出的酒那麼柔軟，人們懶洋洋的。微風輕輕地越過陽光，吹拂到她的身上。

天黑之後，唐人街更熱鬧。她掏出身邊最後一點錢，從華光書店裡買了毛筆宣紙墨。她想畫畫，想回到有情調的生活中去。一家家擁擠的中國字招牌的店鋪餐館，來來往往的黃皮膚，也有少數白皮膚黑皮膚湊在裡面。廣東話，香港「國語」，英語飄浮在喧鬧的空氣裡。如果聽得見家鄉話，她就會覺得走在家鄉，當然，這只是一個小小的幻想。走了整個下午，她一無所獲，找不到一個工作，無論洗盤子賣水果上貨架都人滿為患。你們大陸學生來得太多了，沒法照顧。經理負疚似的攤開手，臉上毫無表情。

中國古式牌坊下有兩個石獅，堆著髒紙果皮腐爛的菜葉。她停住腳步，不，不能就這麼回去，得再試試運氣。

在「匡記」餐館，她生硬地說了幾句拾來的廣東話。老板似乎有點唐人少有的幽默感，笑了起來。她趕緊用英語接上，說她需要一份可以吃飯的工作就行了。

老板上上下下看了看她，說你幹兩天試試，只管吃飯，不給工錢。兩天之後再說。

2

沈遠的桌子上攤了一堆稿紙。他每天給華文報紙譯點東西，稿酬之少，只夠抽煙。他慢慢翻著《英漢大詞典》，卻不動筆寫一個字，彷彿這麼做，可以抵禦她的問話。

她無法忍受房間這麼小還拼命抽煙。火車從窗外搖搖晃晃而過，巨響在煙霧騰騰的房間外持續不斷，這使她更加按捺不住狂躁的心情。她轉過身，背對沈遠，免得再次爭吵，或者說免得延續至今未停的爭吵。火車的聲音湮沒了她心裡的喊叫。玻璃窗上有個模糊的影子，那身影真該隨玻璃粉碎，在火車行駛的聲音之中，誰會注意呢？

已經全攤牌了，她想。你妻子不是因為知道了我們的事，才提出與你分手。而你也知道她想和自己的英國老板結婚，所以慢慢拖著。你逼她每月付你生活費，直到你拿到學位，找到工作取到綠卡。

是。但又不全是！他將煙按滅在煙灰缸裡，說這樣又有什麼不好！我們可以在一起，不是嗎？

靠人施捨，你那麼硬的骨頭也落到這個份上了。她轉回身，斜了沈遠一眼。

別忘了，你也是靠我才出來留學的！

看來我不是靠你，而是靠她！她猛地推開窗。火車又轟隆隆駛過來了，輪子滾動摩擦在冰涼的鐵軌上。她聽不清沈遠的回答。她的頭腦在一寸寸倒空，她的心浸泡在屈辱之中。知恩報恩。但現在誰欠了誰？沈遠妻子的高招，或許也是沈遠的高招，她不愧為幹貿易的，什麼事都可以是生意，而你，連你也成了生意人？

火車聲終於消失，房內房外一片寂靜。

她鬆開胸前交叉的雙臂。沈遠從椅子上站起來，摘下眼鏡，放在桌邊。他不高，偏瘦，典型的湖北人，但普通話說得不錯，只有激動的時候，湖北腔才漏出來，土裡土氣的調子，讓人聯想他曾是餵豬娃子鼻涕亂抹的樣子。改不了農民樣，不僅善於算計，而且心胸狹隘，鼠目寸光，善於占便宜，人所有的劣根性加在沈遠身上，其實一點都不過分。

那麼說，你讓我到英國來讀書，是讓我來吃軟飯的囉？她用出平時最不屑的粗俗話。

不不，你吃的是硬的，沈遠臉上畫出一個笑容。

她愣了一下。她要罵「無恥」，但她止住了自己。沈遠三番五次催她，寫信打越洋電話，托朋友帶小禮物，請求她早點辦理出國留學手續，早點到他的身邊。她眼裡的天空變黑，變成菱形，變成一團濕濕的亂草，在眼睫毛的抖動之中，黑色變成水，停留在窗外與鐵軌並行的一座房子的尖頂上。是怕被那尖頂扎傷，還是怕那水順著尖頂的斜度淌下來？她迅速地抓起地板上隨身帶的背包，「哐噹」一聲摔門而去，蹬蹬蹬跑下樓。

沈遠並沒有追上來，他知道她會和以前一樣回到這個讓她瞧不起的破房子，除非她到更破的地方去，去洗盤子，去當保姆或做更難於啟齒的工作。

路燈昏昏濁濁，街道漆黑冷清，一個醉漢躺在地鐵站外的地上，酒瓶橫在三步遠的地方。垃圾箱塞滿了塑料袋包裝盒紙片裹著的髒物。地鐵站標誌亮著光，她走了過去，醉漢翻了一個身，她本能地往圍欄邊靠。地鐵站門口沒有旅客，連售票機也關了，裡面沒有點燈，黑洞洞的，殴殴冷風不時灌來。她退了出來，馬路對面的電話亭裡有個戴帽子的人在撥電話，一輛白色轎車飛快地駛過。她看了看手錶，十二點二十五分，早過了末班地鐵時間。即使有地鐵，也一樣無處可去。龐大無比的倫敦，竟沒有她安身之地，僅僅一晚上也沒有。夜風掀動她的衣衫、裙子、頭髮。醉漢腳動了動，手向前伸，彷彿想抓那空酒瓶。

火車咔嚓咔嚓的聲音遠遠傳來，夜裡班次減少，要隔很長時間，才能聽到這熟悉的聲響。她站在街下面，仰頭望去，頂上閣樓融進黑暗，白色窗框隱隱勾畫出兩扇玻璃，房裡，似乎熄了燈。

她把鞋脫了，提在手裡，躡手躡腳地上大門內的樓梯，來到六樓上。她坐在地板上，背靠門，頭埋在膝蓋間，每一分每一秒都冷漠地合同黑暗堵住她的喉嚨，她只能把手伸進挎包，去摸鑰匙，她手中唯一的武器，去轉動那扇關得死死的門。

她輕輕走進去。沈遠已上床睡覺了。他對她從來都是這樣無動於衷。但這次他錯了。

從床底拖出皮箱，她收拾衣物磁帶。沈遠躺在床上，沒吱聲。他肯定醒著，不過裝睡而已。

當她把箱子蓋好，立起。沈遠從床上翻身而起，走過去抓住她的手，不讓她走。

當無賴就當到底。她說自己現在不走，用不著這樣。我能去哪裡？我只得乖乖回到你這兒來，像堆賤骨頭。

沈遠只穿了一條內褲，肋骨突出，但面目清秀，看不出三十六歲的年齡。她被他按在椅子上。僅僅一會兒，她就站了起來，去拿桌上的杯子，手不當心，桌邊沈遠的眼鏡跌在地板上。她俯身拾了起來，仔細檢查，好好的，未有絲毫損壞。放好眼鏡，她拿起杯子，喝咖啡？

加不加牛奶？

咖啡！沈遠沒想到她會在這時說這句話，他從漆黑陰森的窗前轉過了身，說不加牛奶。

他們坐在地板上的布墊上。兩杯咖啡冒著熱氣，各自擺在跟前。相對而坐，使他們平靜，又黑又苦的咖啡左右著沉默。火車駛過的聲音，剎那間變得微不足道，他們拉長了耳朵，在提防地傾聽對方的脈搏，如何變化跳動的形式，火車「哐噹，哐噹」的聲響像鼓點，催打著節奏。

喝完咖啡，兩個空杯擱在空盤裡。睡覺吧！沈遠站起來，到床邊掀開薄薄的被子，將床邊的枕頭放正，見她沒說話，又說，時候已不早了！他走到只能站兩個人寬的衛生間漱口。門關上了，他坐在馬桶上拉屎的聲音仍然清楚極了，不一會是馬桶抽水的聲音，沈遠走出了衛生間。

他經過身邊，她想如果這時他抱住她，向她道歉，或請她留下別走，可能她的心就軟了下來，好不容易堅定起來的主意也沒了。但沈遠側身閃過她，徑直朝床走去，碰也未碰她一下。

「叭」地一下，沈遠躺下之後熄掉了燈。偶爾窗外火車駛過的微弱反光投進房裡，隱約可見一節節車廂，在玻璃窗上畫著自己的影子。

「叭」地一聲，她拉開了燈，我們談談。

幾乎是同時，沈遠又熄滅了燈。房間裡恢復了黑暗。睡覺吧，有什麼問題，明天再說！沈遠打呵欠，他的雙眉一定皺成了一座山。他說的明天也就是後天，也就是再後天。她知道他沒法面對她想談清楚的問題。

她在黑暗中拾起沈遠的煙盒，抽出一支，含在嘴上，用火柴點上火。煙頭一閃一亮，映出她瘦削的臉，黑亮的眼珠，微微鬈曲的頭髮。她拉過煙灰缸，輕輕彈了一下煙灰，背過身死死盯著牆，她整個人漸漸消失在陰影裡，她看不見自己。沈遠均勻的鼾聲融入一屋少得可憐的陳舊的家具，融入火車頑固而醜陋的撞擊聲中，她狠狠地吸了一口煙，吞了下去。

打開煤氣，點上火，她把兩隻雞腿按進裝有水的鍋裡。雞在鍋裡樂呵呵地蹦跳。她踮起腳尖，按住鍋蓋，足足有一刻鐘之久，鍋裡才平靜下來。爐火扯住她的衣角，竄上她披在肩後的長髮，一團紅光在一陣焦糊臭味中裂開又一團紅光。

那是剛到倫敦不久，她對沈遠說她總是夢見自己身上著火，夢見一個年老的女人。沈遠說他去捉幾隻鴿子回來煮煮。哪兒都有，廣場、地鐵、街頭到處都有鴿子，吃了，夢就會自行消失。他在開玩笑。

沒法消失，她說。那個在火中一個房間一個房間亂竄的女人，並不是她，而是母親。她的哭泣聲，她的臉，像一團深陷進骨頭的亂草，那亂草遮住她，為什麼她總是穿一件長及腳邊的黑衣？環繞在她身邊的是骷髏形的鴿子，隨她一步步移動。

她彷彿又聽見了那笑聲，又尖又細。她雙手緊緊摟住自己，緊貼冰涼的牆。

3

「匡記」餐館以價廉實惠知名於全倫敦。味好，分量足，加上侍者態度好，光顧「匡記」的人，比唐人街其他餐館多一倍。

她穿著綠緞子旗袍，旗袍開叉很高，露出她尚算豐腴的大腿。她的長髮高高地挽在腦後，端莊優雅。她端著盤子，穿梭在坐得滿滿的桌子椅子間。動作要輕，腳步要穩準快，同時要格外小心，別出岔子。而且臉一定別忘了微笑。幾天下來，她已過了最腰酸背痛難熬的坎，看來自己能夠堅持到底。

她終日微笑，這是職業要求。化妝之後，她彷彿變了一個人，對滿堂的人和眼睛視而不見，一心一意記住那些拗口的廣東話菜單，熟練地記下客人點的每一道菜名。但這次她感到有人在注視自己。她故意不朝那個方向看，那不是她照管的桌位，她轉身走向櫃臺，那雙眼睛也跟著她到了櫃臺。她轉過身來，朝那個方向望去，是維維安，坐在靠窗臨街的一張桌子前，一個穿黑西裝未打領帶的男人坐在她的對面。跟每張桌子一樣，橘黃色的臺布，一個玻璃花瓶，插了一枝粉紅色的薔薇，正在緩緩舒展開花瓣。

維維安站起來，她叫著擁抱她，彷彿在這裡見到她比任何地方更讓她高興。她把她摟在旁邊的座位上，說她穿上旗袍，簡直太美了，東方美人！雖然認不出了，但肯定是她。維維安的笑聲很響，旁若無人。

她怕老板看見，忙打斷維維安的話，說自己在工作，不便坐在這兒。另找個時間，咱們再聊。走開之後，她想起維維安的男伴，一個頭髮長及肩，用根髮卷繫住的人，維維安忘了介紹，她也忘了與他打招呼。

她又朝維維安那個方向看去，維維安在朝她笑，那個男人也朝她的方向看。他們顯然在談她。

這天正好輪到她提前下班，她脫掉侍者的旗袍，換上自己的牛仔褲、T恤衫，走出「匡記」餐館。維維安和她的男伴坐在對面街心花園的鐵欄邊。像在等她，又像飯後悠閑地休息。老遠維維安就向她招手。

她走了過去。

你住在附近？維維安問，她知道維維安的意思，一是想知道她住在哪裡，二是若她住在附近，希望她能邀他們去她那兒。她把挎包從肩上取了下來，拿在手中，說她住的地方太亂、太小，而且還有兩個同伴。

突然爆發的尖叫聲，從萊斯特廣場那些繫保險帶坐轉椅的人嘴裡發出。維維安看著懸在半空東倒西歪的倒掛的人，說她最近搬了家，在哈姆斯苔德，離地鐵很近，正缺一個室友。她問她願不願意和她同住？一人一個房間，共用客廳衛生間廚房。

恐怕我付不起這樣的房租。她知道這種房子一個月起碼得要四百鎊左右，加上電費水費煤氣費電話費，會更貴。她只能婉言謝絕。

維維安笑了，聳了聳肩，她能理解。為什麼不去看看？維維安勸她。

她笑了，苦笑。她在唐人街任何一家店鋪餐館打半工，一個月下來工資不到五百鎊，僅夠乘車吃飯住最差的房子，幸好教授答應她，明年全免或免一部分學費——作為獎學金。

維維安將電話號碼寫給她，讓她給她打電話，說不定你會改變主意，房租其實一點不貴。但願我有這錢！她放好維維安寫下電話號碼的那頁紙說，笑著告別，這個叫丹尼的男人住在哪裡呢？他的眼睛一直在維維安身上，很愛維維安的樣子。

廣場上，高大的鐵獅子四周逗留著各式各樣的人，而他們的四周是各式各樣的鴿子。黃昏，彷彿一隻巨大的鳥張開寬大的翅膀，遮住晚霞，露在翅膀外淺黃色的晚霞，正一點點被這隻鳥吞食，變為淡黃，隨著翅膀的抖動，時而顯出一大塊橘黃色霞光。

她站在國家畫廊希臘式柱子間，俯視廣場邊上的車道，一批又一批的汽車，圍著廣場打轉，各自尋找環形路上自己的出口。

下了國家畫廊門前的石階，她從右側人行道跨過斑馬線，走向噴水池，水花從塑像嘴裡吐出，輪回往返。池子邊沿濕濕的爪印，像鴿爪又像人的手指，重重疊疊難以分清。沈遠托人帶給她一封信，說朋友看見她在「匡記」，才找到了她，想與她談談，要她到納爾遜紀念碑下等他。

揉成一團的信紙，在她手裡越變越小，有什麼好談的呢？她從他那兒搬了出來，獨自闖蕩費了一番周折，找到一間房子，也是閣樓，屋頂，最低處得彎腰，和餐館裡兩個廣東女佣人住一起，房租一人一週二十鎊，一月八十鎊，水電煤氣費另算。好在離唐人街不太遠，半夜下班不必叫出租車，可以搭伴走回家，她們只講廣東話，她默默聽著，聽懂的，心裡學幾句，到英國留學還學廣東話，真是難言的悲哀。挺住就會熬到頭?!但願如此！學英國藝術史寫論文讀學位是為了生存，學廣東話打工也是為了生存，後者更能生存下去。難道不是這樣的嗎？

一個背著旅行包的遊客，端著攝像機，對著她身後的噴水池。她走到一邊，這時沈遠正好跨過人行橫道，經過賣玉米花的車。她只當沒看見。空氣裡還有鴿子屎的腥味，也有爆玉米花的甜香。遊客慢慢增多，灰黑的雲層出現在天邊。

沈遠氣喘吁吁，說地鐵中途停了下來。警察接到電話，說有人安放了炸彈。自然是虛驚一場，白白誤了一個多小時。他見到她，很高興。可他的眼睛告訴她，不是這麼一回事。他有意穿了一件她送給他的紫色燈芯絨襯衣，人既沒瘦也沒胖，潦倒落魄的神態始終依舊。走了這麼多天，為什麼一個電話都不打給我?他的關心，使她有些心動。我特別想回國去！她淡淡地說。那個南方城市，那條江那石塊鋪就的小巷，走在上面，聲音清脆悅耳，相比現在，那時真像廣場上的鴿子，飛則飛，停則停，自由自在。她出來留學其實不過是自討其辱自求淪為二等公民。

　　聖馬丁教堂傳來陣陣鐘聲。沈遠停住腳步，說真是的，誰不想回去？但回去得有條件。他承認自己是個懦夫、打腫臉充胖子也要說國外如何好。他取下眼鏡，掏出手絹擦了擦眼鏡，戴上眼鏡之後，他望著對面比廣場高許多的英國國家畫廊，那是全世界唯一免費出入的大型美術館。他說他有一天在高更的畫前站了三個鐘頭，絕望耗盡了他以前對高更所有的敬意。他似乎覺得她沒聽，你在聽我說？他懇切地請她聽他說。

　　好的，我聽著，她也喜歡高更，大學畢業她留校講藝術史，高更、凡高，凡高、高更隨他們在校園散步，一個孤獨被幾人瓜分，孤獨就不那麼可恨了。他們在房間裡長談，關於藝術以及如何把生活當作藝術來過。在中國的一切，彷彿都變得遙遠起來。倫敦，這座多次出現在一個阿根廷作家筆下被損毀的迷宮，當她和他此時此刻置身其中，才真正看清了迷宮的顏色、厚度和像詩一樣的音質、韻律，它仍然神秘。只能不知所措，只能暈頭暈腦、毫無出路，除此之外，還能怎麼樣？還談藝術地生活，或生活藝術化，真太奢侈了！灰黑沉寂的天空逐漸升高，夾著一些暗青色。他是那種肯吃苦又能吃下孤獨和寂寞的男人嗎？他就讀英國國王大學英國文學，研究D・H勞倫斯，並不了解女人，起碼不了解她這樣的女人，像一些D・H勞倫斯的研究者一樣，或者像勞倫斯一樣，生活總被他們自己弄成一團亂麻。

她對沈遠說，他也應該回國去，別空談條件條件的。

何必呢？我們在中國躲躲藏藏在一起，費盡力氣到了英國才住在一起。他說得的確是事實。沈遠摟著她的腰：別離開我，好不好？

她想抽掉他的手，卻被他握住了。她搖了搖頭，心想你來就和我說這些。油黑發亮的鐵獅子變得模模糊糊。

他們遠遠看去像一對熱戀中的戀人。

她的臉色柔和，說時候不早了，她得走了。

就順著這馬路往前走一會。他提議。他指的是西敏寺大本鐘一帶，泰晤士河畔那些腳步優雅的紳士淑女喁喁私語，旅遊車的馬蹄聲響在光滑的路面上，讓人心醉，也心碎。

真的，在倫敦的夜色裡，坐在某個都鐸式建築的酒吧，手握一杯加冰塊插著一薄片檸檬的科涅克酒，晶瑩嫩黃，誘你全身心投入。如果走到因雨淋日曬變色的長木桌長木凳前，或坐或站，怡然自得。假如乘遊艇，看泰晤士河水如何翻捲，輝映兩岸燈光，一直到上游，到里奇蒙，那兒天鵝最多，夜色之中那裡的天鵝像一小片一小片白光，泛著柔情的傷感。

不知不覺中她隨他來到泰晤士河岸。他們在一個長椅上坐了下來。

啊，上帝，我可以關在一個核桃殼裡，自以為是無垠土地之上的王。沈遠一字一句背誦，手比劃著，故意誇張，但她的興致仍不見高漲。

她手撫椅子，轉過身去，不看他。嘆道，吾王，可是我們沒錢，喝一杯啤酒的錢也得掂量一番。

你別說得這麼糟，瞧著，我馬上就買兩杯來。他起身。得了，她拉住他，與他並行站在石欄杆前，她說，還是止住這個美好的念頭吧！別人不知，我還不了解？爵士樂布魯斯輪換飄浮在空氣裡，橋下一個酒吧亮著燈光。兩岸漂亮的花園小樓瀉出絲絲縷縷溫馨。

瞧瞧，你老婆就住在那種房子裡，而你呢？她說他像一件物品，被老婆隨便塞在倫敦的一個骯髒角落，越塞越糟，住在火車道旁。

他毫不在乎，但聲音聽起來發顫，說那英國男人特小氣。

不管怎麼說，他們不是就要結婚了嗎？她笑了一下，說我沒猜錯的話，打你從飛機降落倫敦那一刻，你老婆就沒有和你待在一起。

沈遠的手激動地顫著石欄杆。她住了嘴。

我不是想和你在一起嗎？他抓住她的手，你比她好，比她漂亮，比她更合我的意。只要能和你在一起，他看著她的眼睛，繼續說，我願意住破房子。

她沈默了。橋下喝啤酒聊天的人漸漸增多，他們坐在岸邊，臉上掛著笑容，女人的笑容尤其幸福。去你的精神貴族，去你的浪漫愛情，去你的美麗夜色。回家老老實實寫這個月的論文報告，天亮之後，老老實實端盤子伺候人才是真格的。

她一邊說再見，一邊拔腿就走。

各種廣告醒目地順著地鐵電梯徐徐下降閃現在眼裡，報警電話化妝品內衣沙發圖書電影旅遊車啦，包羅萬象，形形色色。一個十七八歲左右的青年，穿著花格子呢裙，站在電梯底端，吹奏著薩克斯管，一遍遍回旋的主題，極像《波榮羅舞曲》。一個下著雪的街道。雨滴掛在屋檐邊。清晨緊閉的窗。瓶中金黃色的菊花，相對一個衰老的女人，那布滿灰塵的鏡子，掠過幾隻受傷的鳥，長長的木梯，卻聽不見任何會面的聲音。

她走進自動打開門的列車裡，對面的車玻璃，攝入深不可測的夜，還有一副憂傷的面孔，她低下了頭。

4

她謄清小桌子，取出毛筆墨，把宣紙展開撫平。

這是離她有半個球面的山水嗎？那團墨在一點點潤散，墨點落在紙上，似乎在吱吱地響，然後化成一片朦朧，一片霧景，山水依稀，時光依稀，一切又是如此，那無法脫逃的夢。

上小學前，母親常常把她關在屋頂的小黑屋裡，家裡閣樓的天窗掛了一個大竹籠，養了一群鴿子。下雨時，放飛的鴿子往家裡飛。木板牆壁夾有漏縫，透過縫隙，可以窺視下面的房間，暗又潮濕的三合土地，油膩的碗櫃、木盆裡堆著的髒衣，尿桶尿罐發出的騷臭味直沖而上。

那個南方城市，太陽很少出來，陰雨綿綿，一下就是一個星期。窄小的石板路白淨光滑，泥地積滿水洼，用不著一上午過去，整條街就泥水淋漓了。偶爾太陽強撐著出來，卻無精打采，慘白一張臉，幾片亮瓦，漏下些許光線，打開籠蓋，鴿子衝出天窗，歡呼著盤旋在房子四周，通往天窗的活動木梯，站在上面，搖搖晃晃，鄰街灰瓦灰磚的房子清清楚楚，來回飛著的鴿子卻模模糊糊，一如待在籠子裡，撲打翅膀扇起的灰塵，覆蓋在爛木箱上。木箱裡堆著破爛的鞋舊瓶子缺口的泡菜罈子，以及沒有軸心的油紙傘。

陰雨時節，籠裡的鴿子咕咕咕叫著。母親心情不好，臉拉長，讓她感到害怕。

名義上是哥哥餵養鴿子，照管的卻是母親，她原在一個小學工作，是一名不錯的教師。

某次運動，父親坦白曾被國民黨部隊抓過壯丁，父親成了歷史反革命，在廠裡從科室人員變為打掃衛生的勤雜工，母親自然成了反革命家屬，學校勒令她放下教鞭，她無奈，只得求人到處做做臨時工。

她被母親關在屋頂下的小黑屋。一些奇怪的聲音，像貓追獵耗子，尖爪子不停地抓木板牆。她蜷成一團盯著門，渴望那扇門突然打開，不僅有陽光，而且還有母親溫暖的手抱著她。

她不會聽錯。母親抽動雙肩，哭泣聲低低而沙啞，像嘴裡咬著手絹。碗筷掃倒在地上的嘩嘩聲。酒醉之後，父親從不正眼瞧這個家，和她有點相像。她同情誰呢？

她朝樓板使勁跺腳，狠狠敲隔壁閣樓的牆。但沒用，牆那邊，鴿子咕咕咕叫，樓下父母的戰鬥繼續進行著，她猛踢門，讓我出去！讓我出去！耗子瞪著眼，在她腳邊跑來跑去，歡樂地叫著。

那間小黑屋使她過於緊張而快速地度過了毫無柔情的童年。她拼命讀書，只有讀書才能脫離家和這片陰雨不斷灰濛濛的天空。母親偶爾從生活的重負中靜下心來教育她，要靠自己打一條出路，別指望這個家。母親說得不對嗎？她如願以償考上大學，遠遠離開了家，她很少回去過，其實多年來就回去過一次，那兒一切都沒有變，相對無言，她可以重新回憶一次嗎？不能。就是如此，然後她走得更遠，到了西歐。她擱在土牆邊小小的藥瓶插著一束顏色混雜的野花，如那個年齡的夢，像茫茫霧靄，久久不散，從來沒有因她停下了而停下等一等她。

5

又是一個好天氣！校園的草坪上照舊躺著坐著許多人。她黑褲，紅上衣，披著長髮，朝圖書館大樓走去。昨天打工十二個小時，來回走在廚房櫃臺桌椅客人之間，累得骨頭格格地響。「吃硬飯」，她想起沈遠的下流話，是不好受，但硬飯就是硬飯，精神和骨頭都熠熠生輝。到了圖書館進口鐵欄，她放好上磁的出入卡，在三樓找到一個空位。她得找《巴洛克藝術》一書，查證論文中幾個重要的注解。可剛走到標有「藝術類」欄目的書架前，一眼瞥見沈遠蹲在書架間翻書，忙縮回頭。

四周安靜，僅有翻書聲和腳步。二樓電腦儲存了這個歐洲最大的圖書館全部版本資料。誰要放一把火燒圖書館，得燒上五六個小時，可是燒毀了，於大英帝國又有何損？她躲過沈遠，找到那本紙頁柔滑的書。她坐下來專心地做筆記。

當她抬起頭，發現沈遠坐在她對面的空椅上，一聲不響，讀著他自己的書。

她將一頁筆記、圓珠筆放入褲袋。下樓時，發現沈遠又跟在身後。出了圖書館門，在兩幢大樓相交處的通道裡，沈遠快步追了上來。

別跟著我，像隻蒼蠅似的。

那你是什麼呢，蒼蠅跟的？沈遠厚皮賴臉。

我跟你沒話可說。

今天我在圖書館等你一整天，你就這麼對待我？

誰叫你等的？真是的。回到你妻子那兒去吧！沒準她不會踢開你，只做那英國佬的情婦。那樣你可以一直吃你的軟飯。她走向最底樓——地下室學校學生酒吧。

裡面鬧哄哄的，空氣渾濁，難以呼吸，但學生們喜歡泡酒吧，喜歡這股酒氣煙氣，而且價格較外面酒吧便宜。酒吧座位極少，男男女女站著、坐在地上，三五成群，兩人成雙，大聲嚷著，不然誰也聽不見誰說話。

一堆人圍著，中間的紅髮女郎，背影極像維維安。他們似乎在聽她談一件極有趣的事，笑得前仰後倒。

她走了過去，真是維維安。她叫了她一聲。維維安一手端著半杯啤酒，一手夾著一支煙轉過身來，碩大無比的圓形耳環一圈套一圈，臉上露出驚喜，像老朋友一樣把她介紹給一旁的人。最後，她指著高個頭，頭髮留得長長的青年說，這是查爾斯，愛每個女人就不愛妻子的「王太子」。「王子」長臉，留著鬍子，笑容靦腆，像個男孩。

她一一點頭，握手，微笑。

在離她二三步的櫃臺前，沈遠一個人抽著悶煙，眼睛盯著她這邊。

她轉過身背對沈遠。她告訴查爾斯自己是第二次來這兒，她搖了搖頭，說是第二次，不錯，不錯。她說她喜歡這兒的熱鬧勁……沈遠端著兩杯啤酒走過來，打斷她的話，對查爾斯直道對不起，說他有事要與她談，查爾斯笑了笑，手攤開，朝維維安做了個鬼臉。

她很窘，但還是接過了沈遠遞上的啤酒。他們站到一個角落，她說，你有什麼權利這麼做？

我沒有這權利，難道那幫洋人有？他壓低了聲音，靠近她的耳朵，說早就知道她想嫁給老外，而他不過是她的一座橋而已。

首先我得告訴你，我們才是老外，我還要告訴你，我嫁人不嫁人與你無關。她一口氣說完。

他直點頭，說，我說不過你。喝了一口啤酒，他甩了甩搭在前額很久未理的頭髮，說別把臉歪到一邊，仔細聽著有好處。

聽什麼?她仍沒正眼瞧他。

嫁個英國人，不僅可以混個綠卡，拿到英國護照，而且還可以混口飯吃。他見她笑了，頓了頓，說，其實你和我妻子沒有什麼不同，是一路貨。

杯裡的啤酒泡沫未全消散，她搖了搖，泡沫不僅未減少，反而增多了，快溢出杯沿，她盯著杯子，彷彿根本沒聽見沈遠的話，但突然，她的手抬了起來，劈頭蓋臉地朝他澆了過去。

沈遠哇的一聲叫了起來。她將杯子往呆在那兒滴水的沈遠懷裡一扔，杯子掉在地上，打得粉碎。

酒吧靜了下來，所有的目光都望著他們，好幾個男孩打起唿哨，她轉身就朝門口走，經過維維安那伙人跟前，他們給她讓路，維維安欽佩的眼光盯住她，她朝她苦笑了一下，推開了酒吧的門。

下午，劍橋廣場出奇的靜，行人匆忙，一些老人坐在長椅上。車有次序地行駛著。這兒戲院較多，通唐人街，連接紅燈區索荷。一幅女孩頭像，掛在劇院大門上方。那是輕歌劇《悲慘世界》巨大的廣告牌，老遠就可以感到女孩在哭。她穿過廣場，加快速度，抄近路趕去唐人街上晚班。晚班除了當侍者、端盤子，打烊後還得和店裡的人一起負責清洗堂裡桌椅、地板，換上乾淨臺布。

推開「匡記」餐館大門，腦子靜下來，謀生對她來說是一個故事，必須完成的故事，貨真價實?還別無它途？一個鐘頭三鎊錢，至少與卑劣的遊戲離得遠一點。活下來，比石頭還像石頭。

她托著一個大盤，將牛肉米粉、空心菜炒魷魚卷、兩杯橙汁放在客人面前。橘黃的桌布，恍若一片輝煌的城堡在燃燒在震動。她調轉視線。門推開了，進來三個客人。她走過去，把他們引到牆上掛著中國大紙扇的桌子前，請他們坐下，一一給他們上茶，遞菜單時，桌布的顏色又產生了剛才同樣的感覺，對面那位長髮披肩的女孩的耳環，越看越像一個大洞。女孩旁邊，可能是女孩的母親正在點菜，她問，小姐，不舒服？

她感激地搖了搖頭，微笑著說，沒事。等客人點完菜，她拿起菜單往櫃臺走去，腳步輕飄，身子直晃，她扶住一把椅子，坐了下來。

一位侍者正好經過她身邊。她抬起蒼白的臉，把菜單遞給這位侍者，說她可能病了，得請假。

告假?就等於丟了這份工作。堅持一下吧！

她站了起來，頭仍暈眼仍花。她搖了搖頭。那位侍者扶她到廚房與洗手間的過道。

那你能自己回家嗎？

她點頭。

侍者看了看她，答應她給老板說明一下，替她請假。

謝了侍者，她靠牆站了一會兒，廚房的油煙味時而被打開的門扇過來。她換了衣服，提著自己的挎包，出了「匡記」門，費勁地挪到華光書店對面的涼亭裡，坐了下來。

骯髒的木箱積滿惡夢，每個拐彎處都藏著一個謀殺者。一本書上說，人類最害怕三樣東西：一是蟲，二是黑，三是高。它們是人類下樹後史前生活留下的集體潛意識，而這些東西都不斷在她的夢中出現。薄而脆的天花板，花紋由污水浸染而成，她不停地在床上輾轉反側，直到半夜她才吃了點同屋帶回來的麵條，她感到自己把黑暗連同夢一起吞了下去。第二天，睜開眼睛，她拖著虛弱的身體走到窗前，朝窗外無目標地觀望，一隻小小的蜥蜴在左旁兩層樓高的牆壁上，攀著一株青青的藤蔓。那座房子離她並不近，奇怪生了病，還能瞧見幾乎和藤蔓一色的蜥蜴？

第三天中午時分，她已可以上樓下樓，燒開水喝。這場病來得快，去得慢。她服的是從中國帶來的藥。這個福利國家，看病還得花四鎊多處方費。躺在床上的幾十個小時，昏迷，清醒，清醒，昏迷，一直在靠近一個象徵，倫敦這座迷宮般的城市逗弄了她，刺傷了她，掀倒了她。整整一週過去，她坐在鏡子前，梳著頭髮，鏡中那張臉陌生、冷漠，殘留著惡夢。她取出眉筆，輕輕描了描，加深了眉毛的顏色。「匡記」已不會再要她，老板有的是強壯者可以挑選。她揉了揉臉頰，小心翼翼地抹粉、口紅，蓋住病後的暗紅色。

她挑了一件短裙，套上花上衣，關門時，她又回到桌前，對著小鏡子看了看，用面巾紙抹擦了兩下稍厚一些的唇膏，該是另想生存辦法的時候了。她骨頭再硬也硬不過這個城市，難道不是嗎？

她在公用電話亭裡打電話。

從電話亭裡可以瞥見廣場上臥著的黑獅，慢慢遊蕩的人，他們沉浸在鴿子飛翔的音節裡，電話亭玻璃上帶著水氣，模糊了她的視線，她拿著話筒，身子轉了一個角度，朝地鐵站方向，電話亭外，一個穿紅裙子的白頭髮女人，瞪著一雙藍眼，在等著打電話。

教堂的鐘聲支撐著橡樹，空曠、肅穆。她坐了五站地鐵之後，走在這條柵欄內盛開玫瑰繡球花石榴花劍蘭的街上，這個美麗而寧靜的地方，是倫敦嗎？維維安說這裡一週三十鎊房租，一月一百二十鎊，比她現在住的還便宜？

藤架上高高的凌霄花薔薇，紅如火焰，香氣溢滿整條街，一隻隻鳥在輕輕叫著，從花園的樹枝上跳到籬笆上，像知更鳥，飛過她頭頂，映在綠葉白牆之上，像一幅從未見過的畫。她想，為什麼不答應維維安？既然只有三十鎊一週。雖然還未看維維安的套房，但她喜歡哈姆斯苔德，喜歡停在每幢房子前漂亮的汽車，喜歡途中經過的一條小溪，清澈透底的溪水飄蕩著長長的水草，過期的水仙花，葉子卻分外肥滿，在溪畔隨風搖擺，小路上帶刺的黑莓，果實粒粒紫紅，熟透了的，墜落在地上。

她抄近路，找到那房子。推開白色的柵欄。房主人住樓下，樓上樓下分兩個出處，實際上是互不干擾的二套房子，維維安只要我那麼一點錢，她的思想又集中在這個問題上，為什麼有必要多要一些，如果她喜歡我留在這兒的話。她走上臺階，真的，維維安想些什麼，與我有什麼關係呢，三十鎊就三十鎊，有什麼必要深究？

她伸出手，拉門上的鐵環敲門。

6

像一件精美的器皿，一種既可以讓你死又可以讓你復活的儀式。可愛的現實，可怕的現實，與現實相對抗的幻想統統套入神秘的盒子。蓋好它，就好受得多，是嗎？她站在掛著白紗的窗前，體味儀式中淡淡飄散的巫氣的藥水，在這一刻裡，少有的寧靜靠近了她的心。維維安穿了件後背袒露的棉布白裙，在花園裡，從傘形曬衣架取下一大堆衣服，走了上來。

她打開門，接過維維安懷裡的衣服，放在客廳的沙發上。維維安梳了一個辮子，眼圈塗著紫黑色的眼膏，本來就下凹的眼睛顯得更加深邃。

新奧爾良有一座房子
在那兒有許多小伙子消磨了青春

房間裡放著搖滾歌曲〈太陽落下的房子〉。維維安將這首歌反覆錄了一盤磁帶，不厭其煩地放，讓聽者淚水盈盈，永難忘記。維維安的用心沒有白費。她先是驚奇，然後才是真正喜歡，時而隨維維安一起哼唱。

二十七歲的維維安，全名叫維維安・德蒙特。這帶貴族氣的姓，使她為之驕傲，說寧可不嫁人也不能換掉這個姓。其祖上在北愛爾蘭有一個巨大的牧場，輪到她父親這一輩，似乎家境已不如往昔之榮華。儘管如此，在北愛爾蘭經營產業的父親還是給維維安提供了一切物質保障，讓她在倫敦專心讀心理學。待她遊歷了世界眾多城市之後，越發對倫敦感情深厚。她好像有很多朋友，也有很多衣服，反正她很少看見她重複過朋友或衣服。

掛好衣服，關上衣櫃，維維安彎身拾起地毯上的控制器，和她一起坐在豆袋子上，維維安按鍵鈕，跳著看電視，僅僅幾秒鐘，她倒在地毯上，說我還是坐沙發，沒法與你同享啊！她們笑了起來。

她從豆袋子上爬起來，說我們得做午飯了。

別忙做，還不餓呢？維維安讓她坐下，說，如果你教我中文，每天半小時，我們就把那三十鎊頂學費吧！白玉蘭花高過一樓，正好在她的窗前，帶著初生的美，或毀滅後的一種震顫，憑著粉紅，嬌嫩的玉蘭花，遠遠就可認出這幢維多利亞式的房子。

客廳連著維維安的房間。她的房間靠著衛生間、客廳，不大，放著單人床、書桌、床頭櫃、衣櫃，靠窗的一角有一個不寬但長至屋頂的書架，上面放著書、畫冊、資料夾，大都從中國海運郵來的。家具全是原色塗上油，有意顯出木頭條紋。吊燈臺燈，窗紗窗帘和牆紙、地毯、天花板顏色淡雅，房間既乾淨又舒適。

她走到維維安的房間，門裂開一道縫，她敲了敲門。屋內錄音機聲音小了。

她重新坐在桌前，繼續看書。維維安說在唐人街當侍者太累，讓朋友替她找到一份在比薩餅店接電話管外賣的工作。她說她是中國大陸學生，沒有允許做工的工卡，唐人街餐館老板正是藉此盤剝打黑工的學生。沒關係，維維安的朋友說，那家老板是他朋友，她不必為此操心。但維維安沒有時間坐下來跟她學中文，每次她只學幾句，就推說下次再學。你是個壞學生！她罵她。

可我是個好心腸的好朋友。維維安得意地強辯。

她拿起《漢語口語》，皺了皺眉頭，喊，維維安，來呀！維維安說你來。

拗不過維維安，她走了過去。維維安正跪在地毯上，一大堆音樂磁帶、ＣＤ盤堆在錄音機音箱旁邊。咱們開始吧，認真學，她說。十分鐘後，維維安便扔開了課本，求她開恩，說到此為止，明天多教一頁，行不行？不管她臉色，維維安又跑到音箱那兒，挑了挑，翻了翻，她舉著一盤畫著琵琶的磁帶對她嚷：CHINESE——ZHONG GUO。

她接過來一看，果然是中國琵琶演奏的曲子。她向她借了這盤帶子。夢境似的樂音，隔開美麗森嚴的墓地，涓涓流淌的溪水，小心地圍攏她，猶如獨自一人時，聽著窗外花園裡的知更鳥喜鵲烏鴉清脆的叫聲，白日，黑夜，一次又一次來臨。

7

查爾斯那玩意兒就像橡皮糖，還好意思糾纏我?!她坐在床邊，照看酒醉的維維安。維維安換男友，像換首飾衣服鞋子。在她看來，她並不太快樂，她需要男人，是為了忘了他們，但奇怪的是她的男友被她扔了後，沒有一個跟她翻臉為仇，仍是好朋友。她不能不佩服西方人在性關係上之大度。

維維安說晚上那個party來了許多人，年紀和她不相上下。維維安塗著銀白色指甲油的手在空中揮了揮，不帶你去是對的。真沒意思!浪費一個晚上。她倒了半杯礦泉水，給維維安喝。

舒服多了。維維安謝她，說自己在party上不過就喝了一杯杜松子酒，沒醉。她跟著學了一句，沒醉，說維維安你走路都不穩了，還撐什麼呢?

就是頭有點暈。維維安沒看她，面朝牆，說珍妮你知道吧?她見過，一個苗條動人時髦的女人。珍妮總追求我，躲都躲不開。我把她介紹給亞當，呵，就是那個德國納粹，今天晚上她和他始終在一起，這下好了，她找到了男朋友。

維維安停止講，看著她，她喜歡叫她的英文名字，海倫。她說，海倫，住在這兒，你愉快嗎？

她搞不明白自己幹嘛要閃躲開維維安的眼光，聲音平靜輕柔地說，很好，很不錯。她以為維維安還要說點什麼，抬眼一看，維維安卻睡著了。

她熄掉燈，輕輕關上門。回到自己的房間，怎麼也睡不著。是睡衣礙事，緊了？她脫掉睡衣，僅穿了把屁股繃得緊緊的內褲。還是無法入睡。她只好套上耳機聽音樂。I've been changed, yes, really changed,（我變了，是的，我真的變了）她翻了一個身，維維安在與男人、女人碰杯在微笑。He's a man, he's just a man,（他是個男人，僅僅是個男人）歌曲哀傷憂怨，用一種恐懼的聲音唱出來，讓人更加迷茫，不知該怎麼辦，Don't you think it's rather funny？（你不覺得這很可笑嗎？）她摘掉了耳機，扔在地上。扯蛋！狗屁！她將枕頭壓住腦袋，想忘記此時此地，更想和那個迎面而來的可憐的女孩，錯道而行。

8

她跑到廚房，從牆縫往裡看，若明若暗的煤油燈，在低矮的桌上，火焰扭動油煙閃閃爍爍，東一支筷子西一支筷子。酒杯歪倒在桌邊，父親瘦長虛弱的身體搭在椅子上，看不清他的臉，母親眼白一翻一翻，像渴極的魚。

桌上的菜碗散發出肉的香味。

她的口水在嘴裡翻捲。她背對緊閉的房門，聽著鴿子在閣樓上互相摩擦著身體轉動的聲響，它們沒有叫，一聲也沒有。她想像著鴿子一閃一閃的小眼睛，包滿了水，那無言、沉默，是安慰，還是在追悼？

9

教堂彩色玻璃上的羔羊，隨著晚禱的鐘聲起伏，在輕輕叫喚。人們劃十字，相互祝福，讓死去的人永遠安息，活著的人平安如意。人們劃十字，讚美主。她推開一扇窗，傾聽那迂迴在空氣裡的禱告，那些聲音從窗外的玉蘭花湧來。

玉蘭花漸漸黯淡。淡淡的夕陽，使房間蒙上一層溫馨的光。她雙手由臉朝後腦理了理亂髮。維維安房間裡又有客人。

她側閃過身子，過了走廊，維維安的笑聲從緊閉的門裡傳了出來，他們似乎在說將在哪兒度假。一個男人的聲音說，他很想去維維安老家的牧場。

她扭開暗鎖，出了房門。

房東老人正在侍弄花園，用剪刀剪去白黃紅玫瑰，他嫌玫瑰長過了籬笆，走路總掛著衣服或臉。一條長毛狗搖著尾巴跟在他的身後，看見她，便跑了過來。狗的頭、身上的斑圈，使她一下認出狗是維維安認識她那天抱著的丘比特。她怕丘比特跟在身後，就大聲與老人說話。老人七十多歲了，一頭白髮理得整整齊齊，但他的耳朵不靈，她重複兩遍才聽清。

哈哈，老人笑起來，說人怎麼會怕狗？他放下剪刀，叫，丘比特。丘比特跑到他跟前，舔他的腳，他說，你別嚇著我的狗。

老人孤身一人，有個侄子不時來看他。維維安說他脾氣怪，但是個好人。她打趣地對丘比特直道對不起，惹得老人又笑了起來。她難以想像這個乾巴巴瘦精精的老頭年輕時是個板球明星?!那天在花園曬太陽，老人竟與她們嘮嘮叨叨，誇耀自己坐在慕尼黑瑪麗安廣場的酒吧裡，一邊喝黑啤酒，一邊欣賞一絲不掛的德國女人在身邊走來走去。

這時，維維安從窗子裡探出半個頭，可能是房東老人的笑聲引起她的注意，海倫，你去哪？

出去隨便走走。

早點回來！維維安叫道。

走在彎曲的小徑上，她輕輕地鬆了一口氣。水草隨著溪水輕悄悄地流逝，風不讓人注意地掀動葉片，她的頭髮、她的衣角。小溪對岸一片紅色的房子是手工藝品市場。一面長又寬大的玻璃窗透出坐在酒吧喝啤酒的人影，情侶居多，雙雙對對，不時旁若無人地接吻。水仙花已見不到蹤影，一些白菊零零星星開在溪邊，映入水中，像一張張淒楚的臉。

兩個腆著肚子的英國半老徐娘扎緊大褲腿，在採黑莓。樹叢深處，荊棘縱橫，熟透了的黑莓，掛在那兒，讓人垂涎欲滴。她在路邊摘了一顆，含在嘴裡，甜甜的，略有酸味。

橋旁邊，有個一百多年歷史的水磨，除了軸是鐵，其他部分由木頭製成，遠看像一個風車。覆蓋在上面的厚厚的苔蘚，保持著不隨著人間進步的神秘感。開動起來的水磨，捲出的水花，像一段白綢，環繞在半空。站在橋上，兩旁的樹木叢叢疊疊，相互遮掩，隱約可見遠遠近近的紅磚紅瓦房白色小樓和黑框白牆都鐸式建築。越過尖頂的畫坊，傳出手工藝市場街心樂隊演奏的英格蘭民歌，古老的旋律貼住夕陽殆盡的天空，格外悒鬱、愴恍。穿得極少的英國女人在橋上走來走去，驕矜而傲慢。當然這是他們的國家，他們的美麗的國家。

10

電話鈴響了。維維安首先接過去了，一聽是找她的，便讓她接。

哈囉！她剛準備問對方是誰，但一聽聲音就明白誰找上門來了，你好！她改用中文和沈遠的妻子說話。

沈遠的妻子仍用她漂亮的英文，聲音慢慢的，聽起來不僅悅耳，而且愜意。她說，好不容易找到她的電話，她要她原諒一直沒有時間去看她。這段拐彎抹角的話是一段開始曲，緊接著便出現了主旋律：你有眼光，海倫。我見過維維安，她就是有點怪癖，喜新厭舊，但這沒什麼不好的。她非常迷人，聽說還非常有錢……

我不是離開沈遠了嗎？她握緊話筒的手似乎沾著汗珠，黏糊糊的。她鬆了鬆，把右手換到左手，貼住耳朵，這不是你等待之中的事嗎？那意思再明確不過了，咱們沒什麼好談的。她不在乎沈遠的妻子話中帶刺，暗示她和維維安關係不正常。

我得謝謝你哪！我們可以做很好的朋友。沈遠的妻子說我們可以吃個午飯，我請客，怎麼樣？似乎是因為她沒反應，她便又調轉話題了：維維安不錯，不錯。

這關你什麼事？她有點惱火了。

沈遠可痛苦了，我真不願意看他落到這個地步：陪了夫人又折了情人。

這不正符合你的要求，是嗎？

沈遠妻子愣了愣，隨即以笑聲掩飾，但他畢竟還是我的遠啊！我們感情之深，別人沒法理解！

她清醒過來，這個女人不只是來奚落她侮辱她一番，說沈遠仍是她的，即使她不要了，也不屬於別的女人、不轉讓出去，或許有其他用心，比如沈遠沒在離婚書上簽字，所以她有意來挑動她，激怒她，讓她回到沈遠那兒去？

話說完了嗎？她不客氣地對沈遠的妻子說，我不會跟你配合的。她擱了電話。

二分鐘不到，電話鈴又響了。她瞧了一眼故意在衛生間和客廳的過道走來走去的維維安，拿起電話。沈遠的妻子用中文對她說，海倫，你說了實話。很好！也許沈遠值得你愛，也許不值得，這和我關係不太大。她有些咬牙切齒，但聲音仍然甜美溫柔，她說她只關心一點，不過她可以告訴她，這就是她不會輕易放過沈遠，當然她得養他，這點不矛盾，她得折磨他……到發瘋為止。

她直稱讚沈遠的妻子，然後問，你的話有完沒完？她奇怪自己竟然能做到如此心平氣和。完了，可以說是暫時完了。電話線的那一端，沈遠老婆那張算得上好看又異常聰慧的臉仍在柔聲地說。

她放下電話。玉蘭花在窗外飄散，一瓣瓣墜入泥土、草坪上。幾個連成一片的網球場，沈遠和穿著白球鞋、白短裙嬌滴滴的妻子在打羽毛球。他們揮動球拍，球在網上擦過，彈在地上，跳過網，蹦起。笑聲飛揚，旋轉在半空，單單停在她站立的窗臺上。

回憶，像個輪子，她滾動這個奇特的輪子，輪子也在滾動她，朝同一方向，朝一個不該停住的點，急速而去。是的，那時沈遠膽怯到純潔的地步，在她面前，他總是舉止不安。她畢業留校剛到分校教書時，沈遠已教了兩年英國文學，他對英國文學熟悉到讓人吃驚的地步。她與他談莎士比亞、濟慈、艾略特以及塞克斯頓、普拉斯、海明威。普拉斯一生像個奇蹟，在冬天的倫敦，開煤氣自殺，他說她死的那個冬天，倫敦全是雪，水管都結了冰。那個冬天呵，多麼寒冷。她現在在倫敦，卻不願去找普拉斯當年的居所，她不知道這是為什麼？而那時，她的心相對現在，顯得多麼年輕。

我是唯一的人，命中注定
無人過問，也無人流淚哀悼……
十八年後仍無依無靠
一如誕生那天同樣的寂寞……
於是經驗告訴我，說真理
決不會在人類的心中成長起來

他背誦著。她看見了風中的橡樹在荒原上，被巨風刮著，樹葉朝一個方向。艾米莉・勃朗特有一張怎樣的臉？她想像著，覺得穿白衣白裙的她在眼前一閃而過。像那些長長短短的詩句一樣，那是個漫長的冬天，那是個漫長的一夜，他一層層脫掉她的衣服，他的手指隨著她本能的拒絕而顫動不已，然而他的叫聲隨著她的配合而停止。他打開燈，說沒想到，她不是處女。那你也是有婦之夫啊！她在心裡說。一開始他對獨占的重視遠勝於對感情的珍惜。

他不止一次地問她，那人是誰？

她沒有作任何解釋。如果她能忍受比黑暗還可怕的孤獨，如果她遇到了別的人，如果那個人比他更好，（如果……呵，打住吧！）她或許早就溜出了他的生活。

11

維維安似乎在廚房的冰箱取什麼東西，大聲唱著一支歌。她聽不清楚。

吹風機在嗡嗡響著，她停住，拔掉電源，把吹風機放在桌子上，挽起長髮，用夾子固定在腦後，套上牛仔褲，白緊身衫。這時，鴿子結伴飛進花園，啄食房東老人扔在花園草坪上的花生。她想吃鴿肉，從踏上這塊陌生的土地看見第一隻鴿子開始，她就有這個念頭。那天，維維安把一隻飛到她肩上的鴿子趕開，她心裡就直後悔。快來呀，海倫！維維安在催她。

她走下石階，跑出花園。維維安已坐在她那輛銀灰色的豐田科蕾西達車裡，見她走來，維維安說，坐好，繫上安全帶。維維安教她開車，態度很蠻橫。鴿子掠過樹枝，在前車窗上拉下一攤鴿子屎。

她罵了一句“Damn it”，停了車。維維安打開車門，用紙巾小心翼翼地擦去鴿子屎，她打了兩個哈欠，鑽回車裡。

她握著方向盤告訴維維安，她想捉一隻鴿子。

維維安說，這再容易不過了。

我想把鴿子蒸著吃。

維維安側過身，灰眼亮了一下，伸出手，拍拍她的腦袋，說海倫，你神經是不是出岔子了。

你們洋人不屑把鴿子當作寵物，而我們中國人寵物也可以是食物，貓呀、狗呀，鳥更不用說了。她看了大驚小怪的維維安一眼，說，維維安，你說你如何喜歡中國，但你不可能理解中國人。

為什麼？維維安叫她把車開慢點。車玻璃映出樹花雲朵的投影，路邊青翠的草坪，一個白髮老太太牽著狗去對面馬路，往紅郵筒投信。那座常常陰雨不斷的城市，由陡峭的石梯、低矮灰暗的房屋組成的街道，似乎從未有過如此清靜乾淨的時候，每個角落充滿了垃圾、泥水漣漣，人滿為患。鴿子像馴服鴿子的人一樣馴服，待在籠裡，除了一定時間放風，沒什麼自由可談，主人一個口哨，它們就得乖乖回家。那年月人沒吃的，黃皮寡瘦，鴿子自然也養不肥。可這並不妨礙人殺鴿吃鴿，將鴿毛裝入竹筐，曬在窗臺、門外臺階，比賽誰吃得多。

曬乾後的鴿毛閃著光澤，十分美麗，收破爛的老頭用一個鋼鏟兒，挨家挨戶收走。

瞧瞧，這兒，鴿子把什麼都弄髒了，玻璃窗、房頂、花園、雕像，人的頭髮，衣服。

不遠處是街心花園的環形車道。她停了車，和維維安換了個位置。

鴿子有鴿子的權利。維維安駕著車，不緊不慢繞著花園，亮著左燈。一連串汽車等在左邊線外，有人不耐煩，在按喇叭。挺著大乳房的鴿子不時擦過人的身體騰飛，不時落到地上，停在臺階邊，它們顯然活得比人輕鬆自然，不時，舒展翅膀從高處俯瞰這些不能飛的動物，發出一兩聲悅耳的咕咕聲。

從地下停車場乘電梯出來，一排排架子擱著盆景、植物、菊、玫瑰、鬱金香、指甲花、海棠、吊蘭，一年四季的鮮花似乎都有，一股濃郁的奇香迎面而來。

她推著小推車，維維安不停地往裡扔麵包黃油牛奶奇士雞腿香腸色拉油菠蘿雞維果罐頭，衛生紙洗衣粉香皂。維維安叮囑她愛吃什麼就拿什麼，多吃點，你長得那麼瘦小。狗食貓食罐頭排滿兩個長長貨架，這個國家寵動物到了與人平等的地步。

維維安拿著一袋紅蘿蔔叫她，你喜歡的色拉。維維安說的色拉，是她做的家鄉泡菜，紅蘿蔔是做泡菜的主要菜料之一。自從維維安第一次嘗她做的菜後，就讚不絕口，她辣得嘴都合不起來，好好，真不錯呵，以後你做菜！她笑了。

12

母親把一個紅布包藏到衣櫃最底層。那是剛有記憶的時候。小學三年級，她已識得不少字了。母親翻冬衣出去曬，她瞧見那東西，彎身拿起要看，被母親一把奪過來，說小孩子，不要亂動大人的東西。那紅布八成新，不重。

那天家裡沒人。關上門之後，她打開衣櫃，找到那個紅布包，揭開一看，是一本用毛筆工工整整抄寫的小冊子，裡頁是木版印的豎行，小冊子沒有名字，她模模糊糊記得一些句子：

> 強陽採陰秘術……百戰而成仙。房中秘寶莫過鴿膽拌蒜末而吞食之，必使經脈相通，津氣盈流。……女氣發舒而取其精氣，陡陽可養陰也宜然……

圍上圍裙，母親打開鴿籠蓋，抓住一隻灰鴿翅膀，提了出來，用切菜刀在鴿子脖頸劃一小口，血流進盛有清水鹽的碗裡。被殺的鴿子不死心，蹬腿掙扎。母親抖了抖只剩一口氣的鴿子，鴿血又滴了下來，有的濺到碗沿上。籠中的鴿子在驚恐地打轉，不停地叫著。母親的圍裙和地板一樣，斑斑點點血，她往殺死的鴿子身子倒開水，開始攪拌，扒毛。

父親每次與母親吵鬧，總要提到一個男人，母親低低的辯解似乎很委屈，父親不聽。是那個男人嗎？

他偏高，中等身材，穿著整齊的中山裝，說話、走路一副斯文相。每當她被關進小黑屋，她就感覺是那個眼睛瞇著的男人來家裡做客，母親留他吃飯，少不了鴿肉。

她和母親走在廠辦公大樓裡，想這乾淨的梯子，一塵不染的欄杆，透亮的玻璃窗都是父親打掃的。而她就是在父親不停地清掃擦洗、倒垃圾痰盂、匯報思想接受訓斥的過程中一點點長大的。那個男人坐在廠大辦公桌前的藤椅上，母親像不認識他一樣和他說話，求他辦一件事，似乎是與父親有關。他不願多說話，打著官腔，說要等黨委研究研究。

他端著茶杯，站了起來，肚子微微腆起，鴿子在裡面咕咕叫，它們待不住了，沒有待的空間了，她感到它們會突然從他的喉嚨竄出。她不知所措，緊抓住母親的手，臉色灰白，嘴唇發青。母親摸了摸她的額頭，匆匆忙忙對他說，女兒生病了。拉著她出了辦公室。

回家的路上，她跟去的時候一樣好好的了。母親罵她裝瘋賣乖的！那麼說家裡那種男人呻吟聲不一定都是父親。她第一次這麼想。父母不息的戰爭，不一直在告誡她嗎？人，不管男的女的都難對付。唯有獨來獨往，像母親罵她的裝瘋賣乖也行。就像此時此地，她坐在花園的椅子上，進入黃昏時分的寂靜，這多好！

丘比特在玻璃門內晃來晃去，黑色的斑圈擴散開來，房東老人坐在沙發上看電視。風沙沙沙地響，她不由得打了個哆嗦。

13

衛生間大開著，維維安躺在浴缸裡大聲嚷，太累了，受不了，她說她一睡覺就做夢，下流夢、惡夢、怪夢，然後自己笑了起來。

她在寫期末論文。導師對她很嚴格，開了一整頁書目讓她讀，要她就巴洛克藝術的分析作一個研究報告，並定下了報告的具體日期。白天在比薩餅店打工，將當天賣不完的餅帶回作為晚飯。這是在比薩餅店工作的好處。她早已吃膩了，但省事省錢，還有營養，有什麼不好呢？她和維維安在經濟上分清楚，有借有還，各付各的帳。

你幹嗎不動冰箱裡的魚？維維安在浴缸裡責備她。嘩嘩的水聲。一會兒維維安又說，你快點完成倒霉的論文吧，我們一起開車去度假，巴黎，如何？她翻動著身體，水溢出浴缸，直布羅陀，真是太美了，難以想像那種美，海水、日光，透明的藍！

她坐了起來，擦抹香皂，然後又躺了下去，著迷地回憶第一次在地中海的陽光下裸泳、曬日光浴。一旦返回了自然，你總想生活得更自然。

她停住筆，倫敦南邊布萊頓也有一片專門劃出的裸體海灘，是不是？她問了一句。

你怎麼知道？

我不告訴你？她笑了。

維維安走到她的房門口，手裡拿著一條浴巾在擦濕髮，她裸露的身體很美，皮膚黑黑的，富有光澤、彈性，只有兩個乳房、下身略顯本來的膚色。那三塊白斑是常曬太陽造成的，那是西方女人相互比賽誰度假多玩得痛快的另一種標誌。

她站在那兒，用浴巾隨隨便便地擦沾著水珠的身體，然後，包好濕漉漉的頭髮，比她穿上衣服還自然，大方，昨夜你看電視那麼緊張？按理說，你應當喜歡恐怖一類不合常規的東西。

我不喜歡鬼電影！

其實挺滑稽的，一點不可怕，那血是蕃茄汁。

電視裡放映的那部拍得驚險又血淋淋的電影，維維安說女主人公善良柔弱，小羔羊似的，像她。

她笑了。維維安啊維維安，如果你不是紅髮藍眼，如果你和我一樣的膚色，我們或許……想到這點，她嚇了一跳，忙套上耳機，不理會維維安光著身子在屋子裡走來走去，收拾浴缸，往洗衣機裡扔髒衣服。維維安樂於幫助她，用各種並不讓她發窘的方式施惠於她，難道自己甘心於此？她不願弄清楚，而願糊塗下去？趁維維安回她自己房間那一刻工夫，她輕輕關上房門。那高高的額頭、藍眼、飄浮於空氣中浴後的芳香，盯在她的身上，嗚嗚直叫，她把頭伏在桌上，手放鬆，像小小的火苗，擋也擋不住，竄上她心底在眼前輕輕地顫動。

14

母親半夜回來，門吱嘎一聲開了，又吱嘎一聲關上了。她站在五屜櫃前，藉著窗外淡淡的月光，對著小圓鏡梳頭，那鏡子離她很近。梳子在頭髮上纏著，她用勁才梳順並不長的頭髮。她把梳子上的斷髮取下，拿在手裡。

她的頭蜷縮在被子裡偷看母親，慢慢移動著身體，母親的背上有一道傷痕，對，是傷痕，她心跳了一下，想問又怕驚動她，還有鼾聲陣陣的父親。

母親似乎累得背都彎了，她把頭髮合攏，拿起梳子，但不一會兒，將梳子放回敞開一條縫的抽屜裡。

急促的腳步聲在門外的石階上響起。

維維安進門就說來不及了！她對著鏡子用唇筆勾了勾嘴，填上塗均勻的口紅，便打開衣櫃，找衣服。

別急，我等你。她坐在維維安的床邊。牆上有一隻鳥展開綠色的翅膀。她湊近，是一個標本，那翅膀邊有一串黃色的小圓點。自己搬來這兒已一個多月了，怎麼沒發現呢？鳥的頭部圓，而嘴呈鉤狀，下嘴比上嘴小。

那是查爾斯送我的鸚鵡！維維安說，你再看看它的眼睛。

她摸了一下鸚鵡的眼睛，在動，在盯著她，做得真好！她撫理光滑的羽毛，由衷地讚道。她將它掛好在牆上。發現壁爐上有一透明玻璃紙做的小盒，像蝴蝶？像蜻蜓？被一根針插住，一朵金黃的乾菊花墜在下面，一個美麗的墳墓，葬禮正在舉行，卻永遠沒法完畢。

我就喜歡小鳥小昆蟲之類的玩意兒！維維安穿著內衣轉過臉來，意味深長地說，點燃一支綠沙龍煙，火焰纏住了煙，很快煙頭燃成一節灰，她一改平常的豪放野性，眼睛掃向玻璃方桌上一束紫色的鳶尾花，將煙灰抖在缸裡，說每當春天一到，父親便帶她回祖父的牧場，旋蕩在空中的花香叫人迷途，小小的蝴蝶，舞姿輕柔，蜜蜂叫著，從一朵花暢飲到另一朵花，我爸爸卻說整個牧場因我而活了。她聽著，覺得維維安不是在說往事，而是在拼命拽住一種柔情，一種早已失去曖昧的幸福。維維安找出一件質地柔軟做工考究的黑裙，大敞領，雙肩露在外面，下擺形似筒裙，既性感又典雅，她戴上金項鍊，沒有掛耳墜。

你真漂亮！她對維維安說。

在學校大禮堂裡，正舉行著一年一度的學期末聚會。人多極了，穿流不息，中國學生也來了不少。維維安竄在人堆裡找自己認識的人，不一會兒便沒影了。

她倒了一杯可口可樂，坐在靠主席臺的那排位子上。

一個濃妝艷抹，刻意打扮的女人在她斜對面，約十來步遠的地方，正和兩個女學生說得嘻嘻哈哈，眼睛朝她坐的方向看。她認出她是佳佳，沈遠的一個熟朋友，剛來倫敦時，與佳佳有幾面之交。有一次她和沈遠半夜為點小事發生爭執，她在街上轉悠。想找人傾吐，便進了路邊電話亭，想只有佳佳這時未睡，是夜貓，生活優裕，嫁了個禿頭的英國丈夫，一個年齡可以做父親的人。她撥通了佳佳的電話，說自己心情不好，想和她說說話。一週不到，整個倫敦的中國學生都知道這件事：沈遠想拋棄她，她痛不欲生云云。

她沒和佳佳打招呼，只當沒看見似的喝飲料。

她站了起來，偏偏這時，維維安走過來，叫住她，海倫。

那三人的目光整齊地掃向維維安。她對維維安說，她想一人先走。

維維安挽住她的胳膊，等我一會兒，我們一道走，如何？

我們不乾一杯嗎？急什麼呀?!沈遠頭髮梳得整整齊齊，穿了一套灰西裝，連鬍子也刮得乾乾淨淨。

維維安順手從旁邊的長方桌上拿過一瓶紅葡萄酒，往沈遠的杯子裡倒。

如果我沒猜錯的話，這位應是德蒙特小姐，沈遠拿過維維安的酒瓶，自我介紹說他叫沈遠，是她的男朋友、未婚夫。

嗯，維維安用手輕輕擋了一下自己的杯子，說她討厭這血一樣的酒，可惜這兒沒有威士忌、白蘭地，真遺憾！她拍拍沈遠的肩膀，說了一句中國話：幸會，幸會，朝站在一旁的她翻了一下眼皮，說祝賀你呀，海倫，你有未婚夫啦！

她像沒聽見維維安和沈遠的話，往杯裡倒可口可樂。

這就是你的保護人，喂，真不賴呵，住在哈姆斯苔德，濟慈當年寫《夜鶯頌》的地方，沈遠微微笑著腰挺得很直，不，應該說，你比我更不如，落到如此地步，吃一個女人的軟飯。

不關你的事。我就是不發火，看你怎麼糟？她心想。

怎麼不關我的事？沈遠反問。

軟飯，維維安跟她學中文不用心，也不肯花時間在上面，「軟飯」是什麼意思？

沈遠慢條斯理地用英文說，軟飯就是煮得很爛的米飯。維維安不太相信地搖搖頭，開始覺得眼前的氣氛不對勁。

別笑，沈遠，我告訴你，你與我早就結束了，咱們如果不能做朋友，難道還非做仇人不成？既然我們不在一起了，誰也管不著誰怎麼過法！

事情沒你想的那麼簡單，你知道我離不開你。他瞬刻間裝出的瀟灑勁全沒了，再說，就那麼幾個中國女留學生，全被男鬼子、女鬼子弄走了，我們怎麼辦？在人聲喧鬧的大廳，他的聲音輕得像蚊蟲。

她苦笑，眼睛脹痛，眼淚在打轉，說，你怎麼說得出來？女人又不是牲口，由不得你們這幫男人分配。站在她背後的維維安探過頭來問，海倫，怎麼回事？

沒事！她不想維維安介入進來。

沈遠瞟了一眼轉過頭去和人談話的維維安，看看，難怪倫敦的中國人說你，你自己把自己搞成什麼樣了？

什麼樣？我告訴你，這伙中國人心理不正常，整日造謠生事，唯恐天下不亂，小人也。

她停了停說，即使像你們造謠的那樣，也輪不著你來作道德說教，女人總比男人可愛，何罪有之？

沈遠想笑，但沒有笑出來，他直點頭稱是，那……我在這兒為你們乾上一杯！他聲音有點顫，舉起杯子，去碰她的杯子。

從別處轉了一圈的維維安走近沈遠，拍拍他的背，手伸向他的屁股捏了一把，沈遠驚得跳向一邊，臉陡地一紅。維維安舉起杯子去碰沈遠的杯子，說，乾杯！太好了！乾杯！一邊說一邊溜到別處去了。

沈遠握緊杯子，手上的筋因過度用力而冒了出來。她真擔心杯子會被他捏碎。他一飲而盡杯中的酒：你的性格一點沒變，總是對著我乾，讓我難堪，我不太相信你會喜歡那頭騷洋馬。他清了清嗓子，說他真的不相信他們不可能重歸於好，一點沒救？

除非，她說。沈遠把話接過，除非下一生下一世！

下一生下一世也不會。你死了這條心吧。那些夜晚早已消褪顏色，那些詩句早已被淚濕透，越來越模糊。況且，她頓了頓，猶豫了一下，但還是說了出來：你老婆也不會讓你得逞！

不可能，他肯定地說，他們已經議決去法院辦離婚正式手續。

她打過電話給我，就在前幾天，她點到為止。

她能說什麼來著？

真想聽？她問了一句。

沈遠點了點頭。

她說她會養著你，但饒不了你。

沈遠沉默了。他看見維維安和一個男士聊著朝這邊走來。在眾多的女人之中，維維安打扮脫俗，高雅而華貴。他神色詭秘，說真替她難過，她的保護人真是寸步不離她。他放下酒杯，心急火燎地走了。

她站在那兒，渾身一抖，沈遠無意還是有意點出一個她自己一直不願承認但反感漸漸增長的事實?!維維安的確把她看作自己的所有物，一件有趣的收藏品，一個嬌小的中國磁人兒。

她把杯子放在桌上，麵包、黃油，還有奇士，桌上堆的全是洋人喜歡的食品，飲料、酒都打開瓶蓋，她倒了一點雪碧，但沒喝也沒拿起來。她在努力打消那個使她極端不快的念頭，應該說既是無可奈何，又是堅定不移地打消，說事實嘛，事實就是維維安對她很好，再也沒有別的什麼人對她那麼好了?!人們過節似的穿來穿去，相互致敬，慷慨激昂地議論，低語，笑聲、碰杯聲。個子高的俯視矮個子，矮個子的仰望高個子，並肩者更融洽，胖瘦不一，或坐或站，形式自由地進行精神或意志的親密或搏鬥。

他怎麼走了？維維安拉她的手說，來，我給你介紹詹姆斯教授。

母親悄沒聲息地將小圓鏡扣倒在櫃子上，輕輕嘆了一口氣，轉過身來，眼角的淚滴閃閃發亮，母親獨自一人對著鏡子哭了，在夜深人熟睡之際，難道真像她和父親吵架時恨恨不已地說，她所做的一切，是為了父親，是為了這個家？

她當時怎麼就沒想到母親一發脾氣，罰她跪在搓衣板上，把她關進小黑屋，並不是因為她沒聽她的話，而是一種需要，對，是需要。如果早知是這樣，她多麼願意永遠待在小黑屋裡，讓鴿子和老鼠的聲音輪流響在耳邊。哦，那會是一首動聽的歌。

上午的陽光一寸寸挨近她的臉，她拉開窗帘，伸了個懶腰。薄而脆的世界似乎沾了水，輕輕用指頭一戳就可以洞穿。她感到自己的可憐在於用所謂的精神加厚內心的屏障，但是如果置身於那座濕淋淋的南方城市呢？自己不是已經遠遠離開了它嗎？她赤腳從床上跳到地毯上，透過白紗窗，玉蘭樹隱現在窗外，漸漸凋零，那芳香卻和盛開時一樣，太陽沉沒於芳香之中，慢慢爬上玉蘭樹，爬上屋頂，掛在天空。她穿上鞋，想去花園看看那株玫瑰灌水之後活過來了沒有。房東老人拄著拐杖，站在伸進花園一截的玻璃亭子裡，一旁的椅子空著，他像在等什麼人，臉上流露出焦急。丘比特竄到他的腳邊，舔舔他的腳，轉到他的背後，玩椅子後的小皮球。

回到房間，她自言自語，玫瑰是活了，但他若是突然中風了，怎麼辦？我們連知道都做不到。

維維安在熨衣服，說你在念叨什麼呀？

她說，老人要是死了，我們也無法知道。

維維安笑起來：哪裡會？一看他就是長壽人，什麼也不求，也不需要。

她哦了一聲。

你不信？維維安打賭似的說，既然上帝保佑了他那麼多年，就會繼續保佑他。

你是基督教徒？

不是虔誠的基督教徒。維維安往熨斗滲入冷水，我小時礙於父命，每星期天都跟父母去教堂過禮拜。長大了，才對佈道不再感興趣。

現在你不信上帝了？她幫她翻了一面紅裙，鋪平。

我當然相信上帝，不然就完全沒什麼可信的了，那更可怕。維維安把熨好的裙子用衣架掛好，放入衣櫃。海倫，你信什麼？中國人是不是都信佛，信孔子？她敲敲自己的腦袋，糊塗加糊塗，一團泥。她倆哈哈笑起來。

敲門聲響起，停在她和維維安之間。她們聽了一會兒，不錯，是敲門聲。

15

維維安放下手裡的蒸汽熨斗，取掉電插頭。走到門口，從門孔裡往外瞧了瞧，對她說，邁克爾來了！然後打開了門。

來人捧著一束康乃馨。

啊，真是太美了！維維安接過花叫道，她和邁克爾擁抱，吻了吻唇。然後對邁克爾說，這是海倫，你見過的那個漂亮的中國姑娘！

她笑了笑，作為回答。這位頭髮鬈曲留鬍子戴金絲邊眼鏡的邁克爾是維維安較為固定的男友之一。

邁克爾朝她飛了一個媚眼，正好被回過頭來的維維安看見了，但邁克爾照樣毫不在乎地與她沒話找話說。

她對邁克爾說對不起，到廚房，從冰箱裡拿了一塊比薩餅出來，放在盤子裡。水壺的水正好燒開了，她沖了一杯茶，放入牛奶汁、兩勺糖，坐在廚房的桌子前，攪拌著茶，吃起來。

維維安出來為邁克爾沖茶，瞧了瞧桌子上的東西，皺了下眉頭，拉開冰箱門。

你幹嗎老吃你們老板不要的破餅！維維安轉到她身後，若你再和我分得清清楚楚的，我就真生氣了。她的手扶著她坐著的椅子把手，求你了，海倫，嘗嘗這德國香腸。她問她能不能畫一張中國的山水畫，並指明要她家鄉的風景。

放下手裡的茶杯，她扭過頭去，維維安深紫色的眼帘，像火焰般紅的頭髮，灰藍色的眼睛，動人的聲音飄浮著，一陣波浪襲來的感覺，她的心抖了一下，她趕快轉過頭，手中鋼叉卻在比薩餅上劃了深深一道口：但得等忙過這一陣之後，再為你畫，她說。

你加班到什麼時候結束？維維安問。

還有一個星期。從上午十點到晚上八點，她得一直待在比薩餅店裡，有時幹五天，有時幹六天，每週時間不一致。自然工錢比在唐人街打黑工高多了。

維維安搖搖頭，端著一杯茶，一杯咖啡，進自己房間去了。

16

唐寧街十四號門前，首相在發表講話，一群記者舉著錄相機、攝影機。

從導師那兒回來後，她悶悶不樂坐在客廳的地毯上看電視。下學期的獎金泡湯了。不是她不夠格，成績不拔尖，運氣不好。學校裁員，經濟衰退也影響了大學，縮減了資助。藝術史系取消了獎學金計劃。明年六千鎊學費怎麼辦？幻想就是幻想，不可能夢中摘下一顆星，這顆星就留在了枕邊鑽進了心裡，常常就是如此，當你醒來什麼都不存在了。

她喝了口加冰塊的橘子汁。隔壁房間裡傳來維維安的聲音，像是一連串的髒話，說得飛快而且低沉，她聽不清楚。

緊接著是一陣碎裂的響聲。你打爛了我最喜歡的東西，你這個無賴、雜種！門哐噹一聲打開了，維維安清晰的聲音在顫抖。

邁克爾一邊拿著自己的外衣，一邊嚷道，我走，我走，這女人瘋了。他打開門走了出去。

維維安奔過過道，將一個黑包和那束插在長瓶裡漂亮的康乃馨花通通扔出屋門外：滾得遠遠的。她朝門一腳踢過去，門自動關上了。她回到自己的房間。

是過去安慰維維安呢還是裝著不知道？維維安和其他英國女人不太一樣，時而溫柔體貼，時而狂野古怪，她任著性子來，想幹什麼就幹什麼，完全不計較後果，有時罵人罵到聲嘶力竭的程度。只有一次，她聽見維維安在電話裡向人道歉，態度卑謙到讓她發笑的程度。

維維安房間裡似乎沒有哭聲了。她不放心，輕輕走了過去，敲了敲門。

進來！過了一會兒才響起維維安的聲音。

她推開了門，維維安蹲在地毯上，手裡拿著碎玻璃塊，地毯、椅子底下都有碎玻璃渣。

她幫維維安拾摔破的咖啡杯，用吸塵器將可能陷進地毯裡的細小玻璃渣子清除乾淨。

他說你了！維維安抓住她的手，我和他爭了起來！維維安的眼光哀怨。她把維維安扶在床上坐好，邁克爾和維維安鬧成這樣？她不願問維維安，也不太相信維維安剛才含含糊糊說的話。

維維安對鏡看了看淚水弄花了的眼圈，紅腫的眼睛，起身進了衛生間。

真是，這兩天過得不痛快，也不知是怎麼一回事？維維安擰開的水管嘩嘩地淌著水，我什麼時候為男人哭過？她洗淨了臉，從衛生間出來，坐在椅子上，重新化妝，剛才那副傷心勁已消失得無蹤無影。我們邀些朋友來玩玩。你的論文報告也作完了。這樣美好的週末，咱們得輕鬆輕鬆，對不？

不等她答應，維維安便跳起來打電話，她在這時候能找到什麼樣的朋友來？牆上的磁盤電鐘已快到七點了。

回到自己的房間，她沒有開燈。過道裡那盞燈籠狀的吊燈，隨著敞開的窗吹入的風，搖晃著猩紅的光圈，蔓延在魚肚白的地毯上，那兒放著維維安和她的拖鞋，除了隔壁維維安打電話的英語，四周靜得可怕，既沒有玉蘭樹發出的香味，也沒有蟬或鳥的叫聲。她感到累，說不出的淒涼，壓迫著她的心，她點了一支煙，抽了起來。

溫暖的水，流進白色的浴缸，淹沒她的身體的每個角落，每個空處，水蒸氣彌漫之後，天花板出現了一些朦朧的圖案。她躺在浴缸裡，頭髮甩在腦後搭在浴缸邊上。水面浮著洗澡液化開的白色泡沫，滑膩膩地環繞著她，柔嫩的花瓣，一層層覆蓋她，她閉上了眼睛。

天花板上用熱氣形成的圖案，因她關掉水而變幻得清晰多了，更像人的臉，一隻手，一個凋謝的翅膀。她動了動身體，對面的鏡子模模糊糊。她抓住浴缸的把手，坐了起來，伸手去抹鏡子上的水汽，鏡子裡出現一個眉清目秀黑髮掛著水珠的東方女人。她的目光移向傾斜的肩，飽滿嬌嫩的雙乳，苗條的腰，特別是那紅紅的嘴唇，濕潤，微微露出牙齒。彷彿第一次對自己容貌關注，第一次對自己這麼喜歡、傾心，她呆呆地注視鏡子裡的自己。

她從水中站了起來，鏡子映出她修長的腿、挺直的背，背脊上的溝痕，豐滿的臀部。她轉過頭，維維安站在門旁一盆長著小鳥嘴的熱帶植物旁。她臉紅了。

隔著門，維維安叫道：海倫，快點！

馬上就來。她答應著。她在穿一件紅綢面料像旗袍的裙子。沈遠最喜歡她穿這件裙子，說有曲線，又能顯出她修長的腿。真見鬼，自己又想起他來？她拉上裙子背後的拉鏈，關好衣櫃，開始梳頭。

又是敲門聲。你們來了！維維安的聲音在說，呵，安東尼，喬伊斯，不不，他們早來了，肚子裡已灌滿了啤酒、威士忌、杜松子酒，成酒桶啦。一片笑聲。窗外花園那邊隱隱約約響起汽車剎車的聲音。街這邊似乎停滿了車，不然車不會泊在那兒。

杰基，面具帶來了嗎？

一個嬌美的聲音在說，帶來了，都帶來了，親愛的，悠著點，慢慢來。

她打開門，燈忽然全熄滅了。維維安在嚷，都戴上面具！

有人遞到她手裡一個塑料殼，叫她戴在臉上。她撫了撫頭髮，將它戴好，露出眼睛和鼻子，她動了動嘴，不錯有個活動的口，房間太黑，她小心移動，但還是撞著了人，對方笑出了聲。

混血的凱特舉著燃著三支蠟燭的燭臺進來，放在桌子上，燭光飄渺，一閃一閃，狗臉，貓臉，狐狸，還有可怕的鬼臉長在人的身上，一律白色，奇奇怪怪陰森可怕。打開了客廳與維維安臥室那道關死的門，房間特別寬敞。最虧的是她，戴上面具之前，她沒看見任何一個人穿的是什麼衣服。那麼從聲音上也可區分出來。可是她錯了。它們掀動面具上的活動小口慢慢喝著酒，卻有意地改變自己說話的聲調，它們議論威爾市海邊懸崖上狄蘭・托馬斯的墓，瑪丹娜新拍的性電影，皇室秘聞、海灣戰爭以及第三次世界大戰的可能性與必然性。牛臉的鬈髮女郎把看足球那股勁帶到這兒，踢貓頭鷹的屁股，說足球踢在門框上算分就絕了。

那還不如縮小球門或根本不要守門人更來勁！一條帶美國口音的狗盯著牆上的鸚鵡，維維安你家的鳥為什麼不動，要知道，鳥不動，就是在等著做愛啊！

真的嗎？那聲音不像維維安。

蝴蝶做愛只是快樂的撒籽，鳥跟人一樣，差不多。那狗不停地動大腿，得意著呢？

瞎說！蝴蝶不做愛。轟鬧之中有聲音駁道，說得跟真的一樣，好像你看見過鳥做愛？

她的手緊張地握了一下，這未免太奇怪了。

17

你怎麼不鳴叫，可愛的鳥兒？一頭牛對她說，打量她的旗袍，你從中國飛來找誰呢？

她走到牆上的鏡子前，看見自己竟是一隻鳥，嚇了一跳，人們胡亂拿的面具，怎會她是一隻鳥？

一隻手在她腿上拍了拍，低頭看，一隻狐狸遞給她一支煙。她接過來吸了一口，吸第二口後，她明白了，它們在抽大麻。難怪房間裡流動著一種奇特的香味，叫人聞後骨頭微微戰慄，身體變得柔軟，而心裡非常輕鬆無憂。旁邊的老鼠叫她遞過去。音樂響起，是成人模仿兒童的輕聲哼唱的曲子，旋律怪誕，節奏很和緩。輪回的大麻又傳到她面前，煙入喉嚨，極不舒服，之後，她感到了比以前的輕鬆無憂加倍的興奮和快樂，是否成癮的都會這樣？群獸搖晃著和自己臉不相稱的身體抱在一起跳舞。她被一頭虎抱在懷裡，虎呼吸急促，濃重的法國香水味從花襯衣上發出來。虎還有個喉節。

突然門開了，莊嚴地進來一條帶人臉的狗。是樓下老人的丘比特。肯定是維維安想的絕招。掌聲、口哨聲、笑聲起伏不斷。丘比特撒歡似的吠叫，在地上打滾。

她的臉緋紅，身體在慢慢散架，變化成了一堆隨時會因風而紛飛的羽毛。

我是一隻鳥，幹嗎不呢？那頭虎把她重新攬入懷裡，抱得緊緊的，它在低語，在問她，又像自言自語，想和虎交配嗎？她本能地搖頭。但她被抱得更緊了，說，想、想、想，她閉上眼睛，那聲音仍在逼問，溫存而火熱。可不等她開口，一隻貓把她搶了過來，那熟悉的手，柔軟，帶點潮濕，像火焰的頭髮，那呼吸的氣息還會是別人？

她緊緊依偎著這隻貓，房間裡混亂不堪，又井然有序，他們顯然不是第一次玩。有人在解領帶，脫衣。她不知怎麼掙脫了那隻貓的懷抱，晃悠悠地從東倒西歪的人堆中跨出去。

她躺倒在自己的床上。你手伸過去，摸到那扇舊木門，門邊皂桷樹、桑葉相擁，你抓住母親的手，她輕輕撫摸你的臉。舊木門在風中吱嘎吱嘎地響著，她感到一隻手在摘她臉上的面具，脫她的旗袍。香氣，纏繞著她，托起她一點點上升。窗外花園宛如白日，綠綠的繡球花一大叢一大叢在滾動，門外低低流淌的旋律裡，鼓聲輕瀉進來。腳步聲從她床頭退去，門被輕輕關上。她為什麼不來？她想。

她不讓維維安的嘴唇靠近她的脖子，別的地方隨她撫弄。

維維安靜靜地躺在那兒。她拉了拉被單。你別離開我，我討厭男人，維維安側過身來，撫開幾根掛在她臉上的頭髮，說如果她變了心，她就殺了她，把她埋在花園裡。

然後呢？你再自殺！她接過維維安的話。

維維安笑了起來。她沒有笑，我真想嘗嘗被人殺死是什麼滋味，她輕輕說了一聲。真的，不管你跟誰，都不如跟我在一起好。我就覺得你對我的勁！特別是你東方人特有的溫柔。我對別的女人一點感覺也沒有。如果有，也去得快。就你，我徹底投降了，我也搞不明白是怎麼一回事。

我們不可能在一起，她不知怎麼冒出一個這是西方帝國主義對東方弱者再次侵占的念頭。這麼想，她又覺得自己荒唐，便改了一種語氣，聲音溫存，我是說我們不可能永遠在一起。她把手放在維維安的肩膀上，問她，你懂嗎？

維維安搖了搖頭。她伸過手去，想握住她的手，可是手握了個空。維維安並不在她身邊。難道維維安有意不理她，讓她一人待在黑暗裡，還是維維安樂壞了，早已忘了她的存在？她聽見隔壁房間裡一片歡鬧聲……她忽然發現自己嫉妒起來。

鴿子，無數的鴿子在屋頂上飛。母親打開鴿籠蓋，讓鴿子飛走。那似乎是個夏日的午後，她穿著一件短裙站在樓梯的扶手邊，看著母親用手趕鴿子。

鴿子全部飛走了，母親鬆了一口氣。

但母親錯了。鴿子一隻不少地飛回來了，它們帶回來傷心欲碎的太陽，那個南方城市，那灰瓦帶閣樓的房子，才是太陽落下去的地方。母親拿起菜刀、木桶上樓，她每上一級，都費了極大的勁似的。她繫好圍裙，開始殺鴿子，每殺完一隻，塗在她臉上的灰雲便揭去一層。她在不停地洗一雙血手，不停地用刀剖開鴿子。

那天天氣很涼爽，用不著蒲扇。母親卻拿著蒲扇坐在一把舊藤圈椅上，看著一家老小三口吃飯。哥哥走到廚房，把筷子伸進灶上一大鍋燒好的鴿肉時，母親說，不是讓你吃的，別動。一向撒皮賴臉的哥哥被母親的神色唬住了，坐回桌子呼呼喝稀飯。母親臉上的雲越來越薄，露出鐵青色。

父親喝著盅白乾，鬍子拉渣，沉默寡言，桌子上只有一小碗胡豆一小碟泡菜。母親扔了蒲扇，起身，把灶上整整一鍋鴿肉，放在一個尼龍網兜裡，走了出去。吹進門來的風夾著母親和鄰居的說話聲。

那個奇怪的日子，她的下體一陣潮濕，內褲濕透了，她伸手摸了一下坐著的凳子。血，她一看，幾乎嚇暈了，不知所措，一動不動坐在那兒，拿著筷子，盯著碗發愣，那猩紅的血，在一點點染開。她雙腿在掙扎，拼命想止住，但止不住。她終於驚恐地叫了起來。

這是月經，你是大人了，還這樣不懂事！母親第一次溫柔地對她說。

一直到第二天中午維維安出門的聲音才驚醒了她。她揉了揉眼睛，頭仍昏沉沉的。她披了件衣服下床。過道裡大小不同樣的鞋不見了。她和維維安的拖鞋靠牆而立。客廳和平常一模一樣，乾淨、整潔，似乎噴了香水，像菊花的味道。

梳洗之後，她換了一件白色套裙。天空游離著淡淡的雲霧，樹葉、花朵在風中沙沙沙地響。她看了一下時間，趕緊取了挎包，得趕快走，不然就趕不上下午和晚上的班了。她在門口穿皮鞋時，突然想起今天是星期天，她的休假日，但她仍然拉上了門。

廣場上，人沒有以往那麼多，有的人一看就是外國遊客，胸前挎著照相機，手裡舉著微型攝像機。生有綠鏽的塑像對稱地站在噴水池兩頭。爆玉米花車的四周圍著小孩和鴿子。她機械地將手中的麵包捏碎，撒在地上。鴿子傳遞信號似的叫著，一隻羽毛全黑的鴿子飛到她的挎包上，啄她的手指。她打了個冷顫，鴿子發出歡快的叫聲。四周迅速消失的不是車流人影，而是時光，泰晤士河水靜靜地流淌。城市，灰暗陰沉。城市，既不想張開眼睛又不想閉上眼睛，如此古怪！廣場東北角幾乎沒有人，十來隻鴿子散步似的跟在她身後，排成隊，成一線慢慢移動。她蹲下身，手伸向一直和她並行的脖頸有一圈翠綠羽毛的灰鴿。可它比貓還精，飛快地閃開了，停在石欄上盯著她。幾乎同時，所有的眼睛刷地一下像釘子一樣扎來，有人在叫警察！她旁若無人地抬起頭，維維安的聲音響了起來，她擠過人群，朝她走了過來。她再次感到了鴿子滑出手心的空蕩蕩以及鴿子扇在她臉上驚慌的風。

18

往左邊看，那兒是索荷，緊靠索荷是唐人街，維維安站在哈姆斯苔德公園高地上，指著遠處模模糊糊的城市輪廓。

那……那邊，就是聖馬丁教堂。她其實只能略略看見一個尖頂。

那兒可能是緊靠西敏寺大樓、大本鐘的泰晤士河，維維安說，我們可去碼頭區看看，一幢幢後現代式的建築，像玩具的宮殿。

她被維維安帶進一個奇大的玻璃房子，像手伸開的奶酪樹、棕櫚、山茱萸、紫荊、玉簪、鳶尾以及盆景裡的蘋果、金桔、石榴、櫻桃、杏子，應有盡有。一叢疊一叢，一片接一片的紫色小花，像小時見到的勿忘我，映在玻璃上，比一場久違的夢遺下的水跡還深入她的肌膚。

19

我準備下週去西班牙度假！維維安搭著梯子，把厚被和冬衣裝入一個大塑料袋，扛上閣樓，放在那兒的一個大箱子裡。你去嗎？維維安又問了一句。

她的長髮用一條手絹繫在腦後，站在廚房的水池邊洗碗，大聲點，她叫道。

還不夠大聲嗎？我要去西班牙……電話鈴響了起來。

維維安飛快地從梯子下來，甚至來不及移動一下梯子，閃過身子往自己房間跑，哈囉，她抓起電話說，她不在！似乎對方堅決要求著，她才說，好吧，等著，我去找找。捂住話筒，她叫，海倫，電話！

她擱下水淋淋的叉子、勺，擦了擦手，走回自己的房間，拿起電話。

我一直在等你搬來，回家。沈遠冒頭就是一句。

我們已經分手了，你難道還要我再重複一遍嗎？話筒響了一下，維維安肯定拿起了電話。兩個電話，但共一根電話線。維維安能聽懂她與沈遠之間說的中文？她用英文重複了一遍剛才的話。有點像開玩笑，在這兒，中文成了外國話，她更難相信維維安有興致一直拿著話筒，等著自己和沈遠說些什麼。

你說完了，我還沒說完，沈遠求她回去：明天法院的正式離婚文件就下來。

別自欺欺人，我不相信你會簽字？簽了字，沈遠的妻子就可以甩手不管，他得自食其力，這是一開始就明擺著的事。

你若今晚不來我這兒，我就死給你看，沈遠冷冷地說。她沒答腔。不信，是不是？我會死給你看的，他激動得語無倫次，說話顛三倒四，我以為你和那洋馬母牛早完了，真的，我不信你是同性戀。

她盡量控制住自己，沈遠，你說要死，就像個人樣死給我看。你算什麼男人，只不過身上多了一塊像橡皮糖的東西而已。

你等著瞧吧！沈遠的口氣堅定無比，同時還罵了一聲婊子養的。

她坐在床上，面朝牆。「同性戀」不如「婊子養的」這句話更傷她的心。沈遠知道怎麼做能傷她。的確，她是母親當「婊子」養的，母親用青春用肉體換來父親少被懲罰避免升級關押坐牢，母親使一家人活了下來，這代價是實實在在，一分一分地付了十多年。

維維安到她的房裡來，海倫，別理他這種男人！她看得出來，維維安是真心在安慰她，雖然聽不懂電話，但她感覺得出來她與沈遠已鬧到不可收拾的地步，同時，維維安也是真心地為她與沈遠分開高興。

20

咕咕聲在逐漸變大，彷彿有幾百隻鴿子雲集閣樓。它們往瓦縫裡鑽，啄屋梁，屋梁出現空空的聲音，房子在搖晃，整幢房子倒塌。

她從床上猛地坐起，渾身冷汗，想也未想，穿好衣服，站在地毯上。她想起沈遠那個電話，越來越不安。

她輕腳輕手推開已睡著的維維安的房門，拿了她放在手提包裡的車鑰匙，來到停在花園旁的那輛銀灰色小車前。

在一個上坡處，她往右轉彎，進了六層樓高的一幢破舊房子前的小街，雨下了起來。

她蹬蹬蹬地跑上頂樓，轉動手中的鑰匙，將門打開。房間裡靜悄悄的，一片漆黑。她打開了燈。

沈遠側臥在床裡側，手上、身上都是血。血濺到牆上、床單上、地板上。他以前說過，割腕自殺，讓血流盡……她緊靠牆閉上眼睛，感到喉嚨哽塞，心跳加快，快停止了，便用左手指甲掐右手虎口，直到她痛得叫起來，才鬆開，才睜開眼睛，一把推開浴室的門，對著盥洗盆吐了起來。她拉亮了燈。

浴缸邊拉著塑料帘子，一直垂在地上。她慢慢移動步子，走近，拉開塑料帘子：一個人躺在浴缸裡，鮮紅的水淹沒了全身。

是沈遠，他眼睛閉著，嘴閉著，死得硬綳綳的。

她倒退一步，吸了一口冷氣。

火車急駛過的聲音穿過房子，直衝她而來。

那一池水清澈透底，沒有可怕的紅色，沈遠蒼白的臉斜露在水上。她走上前去，搖沈遠的肩膀。他一下從浴缸裡坐起來，雙手掩面。

我沒死，你很失望，對吧?!好一陣，沈遠才開始說話，難道我這輩子真差個手捧鮮花的黑衣寡婦在墳前假惺惺的哭泣?他一把扯下塑料帘子，扔在地上，水滴濺得他和她臉上身上到處都是。

他光著身子從浴缸邁到地上，不知是冷還是激動，渾身直哆嗦，那個器官縮得像根小蟲，可憐又可笑地吊在腿間。

她抹了抹臉上的水滴，一字一句地說，沈遠，我真的受不了，不是對你，而是對自己厭惡到了極點。她抓住門把手，搖晃的身體才沒有倒下：我此生此世再也不想見到你。

沈遠臉變形地呈菱狀，看著地上的塑料帘子，像個拔了毛的公雞，全身皮膚慘白。

她心軟了一些，動了動身體，想向他靠近，但她的雙腳定在那兒了。她問自己，為什麼不趕快逃開，她不明白在等待什麼。

駛回那幢熟悉的房子。她沒想到，維維安披了件米色風衣坐在路旁石階上，抽著煙，明顯在等她回來。

見她把車停在門口，維維安走了過來，替她打開車門。

他死了？

你別問了，好嗎？她幾乎是哀求。

雨早停了。漆黑的街道，路燈照著仍然濕漉漉的路面。她背靠著車座合上眼睛，隔了一會兒，說，他要是死了，可能我就不會離開他了。可是他……他，她說不下去，真的，他還不如死了的好，那樣子，她絕望地想。

那麼你跟他上床了？這麼長的時間。維維安尖刻地問，扔掉了手裡的煙頭。

她疲倦、無力地垂下了頭，沒有否認，也沒承認，維維安你問得太多了點，你在這個時候，多麼不該這麼說啊！

維維安沒有再說話，她示意她越過車閘，移向左邊的座位。

坐上駕駛座後，維維安猛地發動，她的豐田科蕾西達車嗖的一下用大油門衝了出去，開上半夜無人的道路。偶爾對面疾駛過一輛車，車燈晃過她們的眼睛時，一霎間什麼都看不見。

那幅畫在她書桌前暗白條的牆上掛著，她有什麼必要一直帶在身邊呢？車子在潮濕的馬路上飛快地駛著，經過一個個緊閉門窗的書店、咖啡館、旅館、瑪丹娜快餐店，展覽館、畫廊、超市商場，她們穿過泰晤士河，又從滑鐵盧那兒折回。凌晨到天亮時分，整個倫敦都在她們的車輪下滾過，她和維維安都未繫安全帶，任憑車子向前駛去。那是一群鳥，你也可以認為它們是鴿子，它們互相抓住脖子或尾巴。像空中特技跳傘的疊羅漢一樣扭在一起飛著。地是的，有什麼必要帶在身邊呢？

她記得維維安當時說的話，你真怪，喜歡這種畫？從哪裡弄來的？她還記得自己是這麼回答維維安的：是它自己從《魔鬼詞典》這本書裡跑下來找我的。

車子駛進一個圓形馬路，轉著圈、尖頂、圓頂的建築拱門，還有那藍紅色拼湊的米字旗，都在陰森可怕地注視著這輛彷彿沒人駕駛的車。地鐵標誌閃著亮光。街道上連一個流浪漢，一個酒鬼也沒有。越過泰晤士河，穿過廣場，穿過那些古色古香宮殿式的建築，穿過那最後一批盛開的康乃馨花。

城市，冷漠地聳立在四周，毫無表情地注視著他們幾個人在發瘋。

這是個可憎可怕的世界，我們無法選擇要不要來。這是誰在說話？

遠遠地她看見了大本鐘，一點不錯，指針正在淩晨四點上。高高的納爾遜將軍的塑像漸漸清晰，又漸漸模糊。天快亮了，她感到臉上流下滾燙黏糊糊的液體，她想，那可能是眼淚。

寫人沉重的命運（代跋）

〈蛋黃蛋白〉是我最近寫的一個短篇，它在我寫長篇的空隙中溜了進來。這個小說取材於一個真實故事，我第一次知道時，它就展現在我的眼前。我敬仰的一位長輩，著名的翻譯家，耄耋之年，他用心血寫了一部自傳，極其詳細地敘述了曲折的一生，單就繞開了「文革」中自殺的兒子不著一字，他也從不與親朋好友提起。這不只是一道傷痕，是什麼？我想，我們每個經歷過那個劫難的人都清楚。

由於「文革」貫穿我的童年和青少年時期，和我的經歷戚戚相聯，我寫的短篇大都與之有關，將〈六指〉、〈內畫〉、〈飛翔〉、〈近年余虹研究〉，包括此次獲獎的〈蛋黃蛋白〉等等，在敘述一個個人物的過程中，我發現自己對人的命運的關切，遠遠超過了以往對藝術形式的關注。在寫作這些小說的時候，我的心好像在絞擰，痛得讓我知道，對一個作家來說，再沒有什麼比人的命運更為重要了。這念頭冷靜、頑固地鎮守在我的寫作中，會一直持續下去。在這對文學越來越冷漠的世界中，我保持對文學的熱愛，正是因為人的命運越來越沉重。

那些現實裡已不在人世的人，那些被現實湮沒的人，我願他們在我的文字中活下來，成為倖存者。這是我在辛勞中期待的唯一收穫。

三民叢刊書目

①邁向已開發國家　孫　震著
②經濟發展啟示錄　于宗先著
③中國文學講話　王更生著
④紅樓夢新解　潘重規著
⑤紅樓夢新辨　潘重規著
⑥自由與權威　周陽山著
⑦勇往直前
・傳播經營札記　石永貴著
⑧細微的一炷香　劉紹銘著
⑨文與情　琦　君著
⑩在我們的時代　周志文著
⑪中央社的故事(上)
・民國二十一年至六十一年　周培敬著
⑫中央社的故事(下)
・民國二十一年至六十一年　周培敬著
⑬梭羅與中國　陳長房著
⑭時代邊緣之聲　龔鵬程著

---

⑮紅學六十年　潘重規著
⑯解咒與立法　勞思光著
⑰對不起,借過一下　水　晶著
⑱解體分裂的年代　楊　渡著
⑲德國在那裏?(政治、經濟)
・聯邦德國四十年　郭恆鈺　許琳菲等著
⑳德國在那裏?(文化、統一)
・聯邦德國四十年　郭恆鈺　許琳菲等著
㉑浮生九四
・雪林回憶錄　蘇雪林著
㉒海天集　莊信正著
㉓日本式心靈
・文化與社會散論　李永熾著
㉔臺灣文學風貌　李瑞騰著
㉕干儛集　黃翰荻著

㉖作家與作品　謝冰瑩著
㉗冰瑩書信　謝冰瑩著
㉘冰瑩遊記　謝冰瑩著
㉙冰瑩憶往　謝冰瑩著
㉚冰瑩懷舊　謝冰瑩著
㉛與世界文壇對話　鄭樹森著
㉜捉狂下的興嘆　南方朔著
㉝猶記風吹水上鱗
・錢穆與現代中國學術　余英時著
㉞形象與言語
・西方現代藝術評論文集　李明明著
㉟紅學論集　潘重規著
㊱憂鬱與狂熱　孫瑋芒著
㊲黃昏過客　沙　究著
㊳帶詩蹺課去　徐望雲著
㊴走出銅像國　龔鵬程著
㊵伴我半世紀的那把琴　鄧昌國著
㊶深層思考與思考深層　劉必榮著
・轉型期國際政治的觀察
㊷瞬　間　周志文著
㊸兩岸迷宮遊戲　楊　渡著
㊹德國問題與歐洲秩序　彭滂沱著
㊺文學關懷　李瑞騰著
㊻未能忘情　劉紹銘著
㊼發展路上艱難多　孫　震著
㊽胡適叢論　周質平著
㊾水與水神
・中國的民俗與人文　王孝廉著
㊿由英雄的人到人的泯滅
・法國當代文學論集　金恆杰著
51重商主義的窘境　賴建誠著
52中國文化與現代變遷　余英時著
53橡溪雜拾　思　果著
54統一後的德國　郭恆鈺主編
55愛廬談文學　黃永武著
56南十字星座　呂大明著
57重疊的足跡　韓　秀著
58書鄉長短調　黃碧端著
59愛情・仇恨・政治
・漢姆雷特專論及其他　朱立民著

⑥⓪蝴蝶球傳奇 顏匯增著
・真實與虛構
⑥①文化啓示錄 南方朔著
⑥②日本這個國家 章 陸著
⑥③在沉寂與鼎沸之間 黃碧端著
⑥④民主與兩岸動向 余英時著
⑥⑤靈魂的按摩 劉紹銘著
⑥⑥迎向眾聲 向 陽著
・八〇年代臺灣文化情境觀察
⑥⑦蛻變中的臺灣經濟 于宗先著
⑥⑧從現代到當代 鄭樹森著
⑥⑨嚴肅的遊戲 楊錦郁著
・當代文藝訪談錄
⑦⓪甜鹹酸梅 向 明著
⑦①楓 香 黃國彬著
⑦②日本深層 齊 濤著
⑦③美麗的負荷 封德屏著
⑦④現代文明的隱者 周陽山著
⑦⑤煙火與噴泉 白 靈著
⑦⑥七十浮跡 項退結著
・生活體驗與思考
⑦⑦永恆的彩虹 小 民著
⑦⑧情繫一環 梁錫華著
⑦⑨遠山一抹 思 果著
⑧⓪尋找希望的星空 呂大明著
⑧①領養一株雲杉 黃文範著
⑧②浮世情懷 劉安諾著
⑧③天涯長青 趙淑俠著
⑧④文學札記 黃國彬著
⑧⑤訪草(第一卷) 陳冠學著
⑧⑥藍色的斷想 陳冠學著
・孤獨者隨想錄
⑧⑦追不回的永恆 彭 歌著
A・B・C全卷
⑧⑧紫水晶戒指 小 民著
⑧⑨心路的嬉逐 劉延湘著
⑨⓪情書外一章 韓 秀著
⑨①情到深處 簡 宛著
⑨②父女對話 陳冠學著

93 陳冲前傳　嚴歌苓著
94 面壁笑人類　祖慰著
95 不老的詩心　夏鐵肩著
96 雲霧之國　合山究著
97 北京城不是一天造成的　喜樂著
98 兩城憶往　楊孔鑫著
99 詩情與俠骨　莊因著
100 文化脈動　張錯著
101 桑樹下　繆天華著
102 牛頓來訪　石家興著
103 深情回眸　鮑曉暉著
104 新詩補給站　渡也著
105 鳳凰遊　李元洛著
106 文學人語　高大鵬著
107 養狗政治學　鄭赤琰著
108 烟塵　姜穆著
109 河宴　鍾怡雯著
110 滬上春秋　章念馳著
111 愛廬談心事　黃永武著
112 吹不散的人影　高大鵬著
113 草鞋權貴　嚴歌苓著
114 是我們改變了世界　張放著
115 夢裡有隻小小船　夏小舟著
116 狂歡與破碎　林幸謙著
117 哲學思考漫步　劉述先著
118 說涼　水晶著
119 紅樓鐘聲　王熙元著
120 寒冬聽天方夜譚　保真著
121 儒林新誌　周質平著
122 流水無歸程　白樺著
123 偷窺天國　劉紹銘著
124 倒淌河　嚴歌苓著
125 尋覓畫家步履　陳其茂著
126 古典與現實之間　杜正勝著
127 釣魚臺畔過客　彭歌著
128 古典到現代　張健著
129 帶鞍的鹿　虹影著
130 人文之旅　葉海煙著

⑬1 生肖與童年

小民 著
喜樂 圖

十二生肖在每個農曆新年來臨時，都為年節的歡樂帶來一股高潮。這些可愛的動物們，為童年的生活增添了無限的趣味。本書紀錄了作者對於十二生肖的情感，和童年難忘的美好時光。加上喜樂先生細膩的插畫，讓生肖與童年的故事，一一鮮活起來。

⑬2 京都一年

林文月 著

京都是一個新舊互容的都市，有著高樓矗立及寬敞的街道，又存有古典風味的低矮木屋與不平的石板路。作者在京都的一年中，品味著這古都對文化保存、人情往來及文藝活動的諸般樣態，藉由她的生花妙筆，使讀者沈湎於京都典雅、優閒的情調。

⑬3 山水與古典

林文月 著

山水景致，勾起了幾許文人的多愁善感；而古典文學，又蘊含著多少古人的人生情懷。本書探討著古典作品和詩人之間的關係。筆調輕鬆而不輕浮；題材古典絕不枯燥。且邀您一同進入詩人的筆墨之間，翱遊在山水作品的世界裏。

⑬4 冬天黃昏的風笛

呂大明 著

旅居法國的作者呂大明女士，以其一貫典雅柔美的風格和精致細膩的筆觸，表達出她對生活、自然的樂觀態度。她如詩般的作品，仿如一幅幅精美瑰麗的圖畫，靜靜地訴說著對美好人生理想的浪漫情愫。

135 心靈的花朵

戚宜君 著

本書作者一生從事文化的傳播工作，積累數十年的工作經驗及閱讀習慣，創作出一篇篇詞美意深的勵志散文。除了用以傳達理性的知識和感性的情懷外，並深切期望本書能敲開你的心扉、溫暖你的心靈，進而耕耘你的心田，綻放出美麗的心靈花朵。

136 親戚

韓秀 著

人間真情不分種族國界；世間的溫暖存在每一角落。在有風有雨的日子裡，亦或在恬淡如鏡的歲月中走過，是否有如詩般美麗的故事令人難以忘懷？是否忘了去感激那些曾經陪著你、關懷你的人呢？靜下思慮，就讓韓秀的慈心慧語洗滌你久未感動的心。

137 清詞選講

葉嘉瑩 著

清詞之盛，號稱中興，其作者之多、流派之盛，以及其對詞集之編訂整理，對詞學之探索發揚，種種方面之成就，固已為世所共見。作者以其豐富的文學涵養，旁徵博引地賞析其所鍾愛的清詞，相信定能讓讀者流連忘返於清詞的世界中。

138 迦陵談詞

葉嘉瑩 著

本書為以詩詞涵養享譽國內外的葉嘉瑩教授，繼《迦陵談詩》之後又一精緻力作。從詩歌欣賞入門到分析溫韋馮李四家詞風，兼論晚唐五代時期在意境方面的拓展等，作者以其細膩的詩心，帶領讀者一起感受詞中的有情天地。

⑬⑨ 神樹

鄭義 著

曾以《老井》獲東京影展最佳編劇的作家鄭義，在因八九民運遭當局通緝而流寓異國之後，他以一個村落、一棵「神樹」，具體而微地映現當代中國的重重劫難。形象化的語言，原始潑辣的書寫，在魔幻詭麗的背後，透露出對生命與死亡的真實關懷。

⑭⓪ 琦君說童年

琦君 著

每個人都有童年，不管是苦是樂，回憶起來都是甜美的。善於說故事的琦君，與您一起分享她魂牽夢縈的故鄉與童年。篇篇真摯感人，字裡行間充滿了愛心與情義，在欣賞琦君的散文之餘，更別有一番溫馨感受，是一本老少咸宜的好作品。

⑭① 域外知音

張堂錡 著

本書作者張堂錡先生歷年來針對世界各國知名漢學家進行訪談，透過感性的筆觸，生動的文字敘述，道盡了這群域外知音漢學研究生涯的甘苦，因這一路執著不渝的採拾和耕耘，呈現繽紛絢麗的色彩，並給予中國人新的研究觀點，重新檢視自己的文化。

⑭② 遠方的戰爭

鄭寶娟 著

當地理上應該是遠方的戰爭，而我們已能同步掌握其狀況時，地球村的思維方式已不是口號，而是現實。以更宏大的視野看待這世界，以更深入的態度反省既存的觀念，將曾經事不關己的遠方納入思維，於是你會發現心可以更寬廣，生活也會更豐富。

⑭③ 留著記憶・留著光

陳其茂 著

作者的刻畫世界總讓人有無盡想像的空間，又傳遞著溫馨美麗的情感。此書收錄作者生活及其於國外遊歷時所記下的作品，點點滴滴，時而讓人會心一笑，時而讓人溫情滿懷，更有異國風光、園野之美呈現在版畫及真摯的文字裏，值得細細品味。

⑭④ 滾滾遼河

紀剛 著

那是個遙遠的年代，那是個古老得近乎神話的故事。大時代的洪流中，上演的是一幕幕民族興亡、兒女情長。今日的人們也許早已淡忘，但歷史永遠不會忘記他們。就讓本書來為你溫習，屬於那個時代的中國人以血淚寫成的不朽傳說。

⑭⑤ 王禎和的小說世界

高全之 著

以〈嫁妝一牛車〉、〈人生歌王〉等小說及劇本著稱於世的王禎和，擅長描繪臺灣社會中的倫常、愛情，以及患難互助的友情，筆觸真實感人，在臺灣文學史上有很重要的地位。本書以專業的分析及討論，帶您進入這位文學巨擘的筆下世界。

⑭⑥ 永恆與現在

劉述先 著

本書為當代思想泰斗劉述先教授，繼《哲學思考漫步》之後又一結集力作。透過文字，讀者不僅可以了解作者如何通過自己的哲學理念去面對當前政治社會的現實；更有甚者，也可在作者哲學思路的引領下，重新思考，再對現實有深一層的體悟。

⑭⑦ 東方・西方

夏小舟 著

東方古老神祕而透徹，溫情而淡漠；西方快樂的吉他演奏悲情的歌。長年浪迹於日本與美國的作者，如同一葉小舟，以其豐富的情感，敏銳地觀察異國生活情趣不同面貌，進而以細膩文筆記錄下來，使讀者能藉由閱讀和其心靈有最深切的契合。

⑭⑧ 嗚咽海

程明琤 著

作者以行世的闊步、觀想的深情，帶領讀者閱歷世界——一同憑弔瑪雅文明的浩劫災難；吟咏廬山的懸松傲柏；繫情塞歌維亞的夕輝斜映；漫遊唐吉訶德的故鄉。更以人文的關懷，心靈的透悟來探思文化、體驗人生、拓昇智慧。

⑭⑨ 沙發椅的聯想

梅新 著

擔任中副總編輯多年，梅新先生經歷了文化界的春去秋來，看多了人事的起伏，由他敏銳的觀察力所發抒成的文字，也更能扣緊時代脈動。本書包含作家訪談、藝文評論、生活自述，透過這些真摯生動的文字，我們彷彿見到一幅筆觸淡雅的文化群相。

⑮⓪ 資訊爆炸的落塵

徐佳士 著

在日新月異的電動玩具之外，您是否亦曾留意到資訊時代來臨在你我生活中所產生的新情境？在傳播媒體提供的聲光娛樂之餘，您是否關心其後所產生的文化衝擊？本書深入淺出為您剖析資訊社會中大眾傳播激盪下的文化省思，值得您細心體會。

⑮ 沙漠裡的狼

白樺 著

像在冷冽的冬夜裡啜飲著濃烈的茶，感受一種在蒼茫大地上，心海澎湃的震顫。那麼地古老、深沈，剎時間，恍若置身廣闊的大漠，一回首，就是長城。這是金鼎獎作家又一直指人性，內容深刻的作品，請您在一個適合沈思的夜晚，漫步中國。

⑯ 風信子女郎

虹影 著

一本能深刻引起讀者共鳴的小說，其必然與人世現實生活有著緊密的關連。本書作者秉持著對人的命運的關切，遠勝於對以往藝術形式的關注，賦予了文學創作的生命。從本書作者對人物刻劃描述的過程中，可窺知作者對此一理念的堅守。

⑰ 塵沙掠影

馬遜 著

生命的旅途中，有許多可掌握的機運，但似乎一半早已註定……。馬遜教授從故鄉到異國求學，最後來臺定居，繼而與佛結了不解之緣。滿懷豐富的情感，細膩的筆觸，深刻的寫下了旅赴歐美等地之點滴情事，而念舊懷恩之情愫亦時時浮現於文中。

⑱ 飄泊的雲

莊因 著

歲月的洗禮，在人們內心深處烙印著痛苦、悲哀、快樂與美好的回憶。由於時代的變動、戰爭的摧折，作者歷盡滄桑的輾轉遷徙，使那些漂流不定、幻化多變的過往，煥發出人生的智慧。就讓我們乘著飄泊的雲，領會「知足常樂，隨遇而安」的生活哲理。

⑮ 和泉式部日記

林文月 著

本書為日本平安時代文學作品中與《源氏物語》、《枕草子》鼎足而立的不朽之作。書中以簡淨的日記形式，記錄了一段不為俗世所容的戀情。優美的文字，纏綿的情詩，展現出愛情生活中細膩的起伏感受與歡愁，穿越時空，緊扣你我心弦。

⑯ 愛的美麗與哀愁

夏小舟 著

愛情之於女人，常常是引誘飛蛾撲火的明燈，是絢麗的毒花，可女人偏偏渴望愛情。作者列舉許多男女的愛情、婚姻故事，郎才女貌未必幸福，摯情摯愛未必有緣，只是男人與女人之間如同萬物的規則，一物降一物，鹵水點豆腐，魔高一尺，道高一丈。

⑰ 黑月

樊小玉 著

丁小玎隨著所在的中國公司到國外做勞務承包。因為是公司的英語翻譯，加上辦事勤快，見了人又總是一個柔柔和和的笑，於是很快就引起當地大部分男人的注意；而小玎能否在心儀的外交人員與愛慕自己的餐廳老闆間找到最後情感的歸宿？……

⑱ 胡適與當代史學家

逯耀東 著

胡適、錢穆、沈剛伯、陳寅恪……，這些擲地有聲的名字在世變之中歷經風雨而傲然卓立。作者或因企慕或因親炙，在長久而深入的體察下，援筆描繪出一幅幅生動的大師畫像，展現一代學者在學術之外的生命情調，特別值得您細細品味。

國家圖書館出版品預行編目資料

風信子女郎／虹影著.--初版.--臺北
市：三民，民86
面；　公分.--(三民叢刊；152)
ISBN 957-14-2588-5 (平裝)

857.63　　86004670

國際網路位址　http://sanmin.com.tw

著作人　虹　影
發行人　劉振強
著作財產權人　三民書局股份有限公司
臺北市復興北路三八六號
發行所　三民書局股份有限公司
地　址／臺北市復興北路三八六號
電　話／五〇〇六六〇〇
郵　撥／〇〇〇九九九八——五號
印刷所　三民書局股份有限公司
門市部　復北店／臺北市復興北路三八六號
重南店／臺北市重慶南路一段六十一號
初　版　中華民國八十六年六月
編　號　S 85358
基本定價　肆　元
行政院新聞局登記證局版臺業字第〇二〇〇號

ISBN 957-14-2588-5 (平裝)

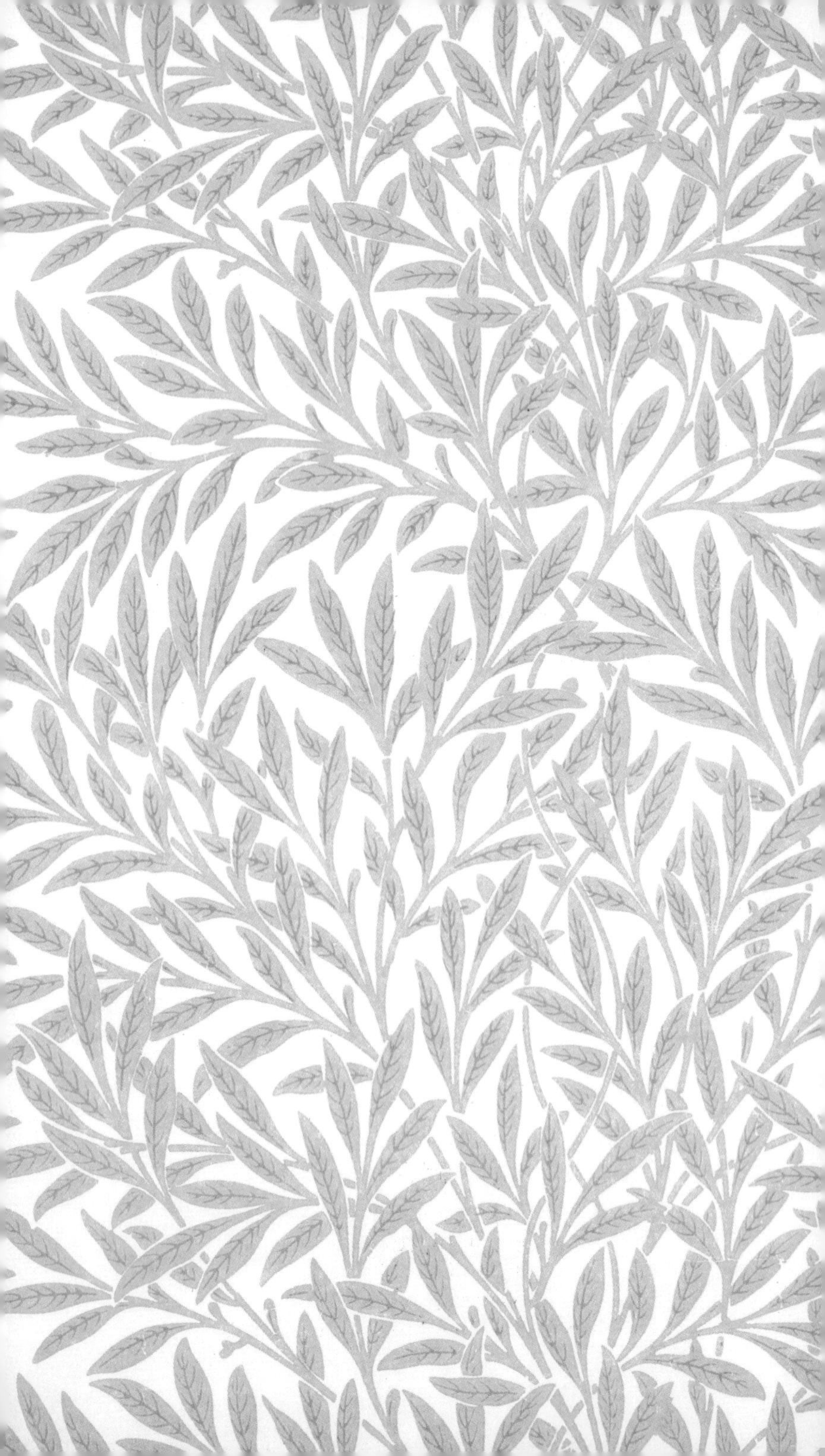